Sebastian Beck
Vinz Solo

Sebastian Beck

Vinz Solo

Roman

LANGENMÜLLER

© 2023 Langen Müller Verlag GmbH, München
Alle Rechte vorbehalten
Umschlaggestaltung: Büro Jorge Schmidt, München
Umschlagmotive: aarrows/shutterstock, We are/Getty Images
Satz: Satzwerk Huber, Germering
Druck und Binden: Friedrich Pustet GmbH & Co. KG, Regensburg
Printed in Germany
ISBN: 978-3-7844-3657-9

www.langenmueller.de

Für Johannes und Max

Heilige Maria Goretti,
lass mich werden, wie du warst:
rein in Gedanken,
edel in Worten,
sittsam im Benehmen.
Amen.
(Monsignore Breitwieser)

Get up
Get on up
Get up
Get on up
Stay on the scene
Get on up
Like a sex machine
(James Brown)

Prolog

Dietrich trat ans Mikro. Seine schwarzen Locken klebten ihm klatschnass am Kopf, als sei er gerade aus der Dusche gestiegen. Simmerl kaute Kaugummi. Meine Hände fühlten sich steif und kalt an, obwohl es immer noch 20 Grad warm war. So würde ich nicht einmal den C-Dur-Akkord greifen können. Nur Spy stand verträumt und mit frisch gefärbtem Iro in seiner Bomberjacke da.

Zweitausendsiebenhundertachtunddreißig Augenpaare richteten sich auf uns. Mit einem Mal wurde es still.

»Auf geht's!«, brüllte wer. Stille.

»Ansage«, soufflierte Wolfi von hinten. »Ansage.«

Dietrich aber glotzte nur. Schweiß tropfte ihm vom Kinn. Es schien so, als winde sich etwas aus seinem Bauch in Richtung Hals, etwas sehr Mächtiges, Wildes, Gefährliches. Eine Schlange vielleicht. Aber als er dann seinen Mund öffnete, da kam nur ein Krächzen raus, das sich wie »Ärrrrggg« anhörte, gefolgt von einem »Ähhhh«.

Stille.

Teil 1

Gras und Ufer

Vor meinem 18. Geburtstag plagten mich drei unerfüllte Wünsche: Erstens hätte ich Rainer gerne die Freundin ausgespannt, zweitens träumte ich von einer 61er-Fender-Stratocaster-E-Gitarre und drittens brauchte ich endlich ein eigenes Auto.

Wunsch eins konnte ich komplett vergessen. Genauso gut hätte ich sagen können, ich steige jetzt bei The Police als neuer Sänger ein.

Allein schon ihr Name. R-I-C-A-R-D-A. Nicht Gerti oder Tini oder Franzi. Ricarda von Straten aus Herford, um ganz genau zu sein, also eine Jungfrau von Adel, was sie noch unerreichbarer erscheinen ließ, als sie es ohnehin schon war. Ihr rotbraunes Haar, dieser Duft der Patschuliwolke, die sie wie eine königliche Schleppe hinter sich herzog. Ihr Lachen auf dem Pausenhof, mit dem sie Regenbögen und Blitze in den Himmel zauberte.

Leider machte ich den Fehler, Simmerl in meine Gefühle einzuweihen, jedenfalls andeutungsweise. »Die Ricarda ist gar nicht übel«, ließ ich mal so nebenbei fallen. Simmerl schaute mich entgeistert an. Er sagte, abgesehen davon, dass Ricarda die eingebildetste Kuh sei, die er jemals gesehen habe, spiele sie in einer ganz anderen Liga als ich. Der Rainer habe ihm erzählt, Ricarda arbeite nebenbei als Fotomodell für eine Unterwäschefirma. So einen Job könne er sich für mich nur ganz schwer vorstellen. Ich solle mich doch lieber auf ein realistisches Projekt konzentrieren. Auf die Gisela zum Beispiel, die wegen ihrer Zahnspange keinen finde, aber sonst einigermaßen passabel sei.

Simmerl war ein Bauerntrampel. Ihm fehlte jeglicher Sinn für Romantik. Er wusste zwar, wie man eine Wiese mäht oder eine Sau mästet, aber mit Frauen wie Ricarda hatte er keinerlei Erfahrung. Ich allerdings auch nicht. Um ehrlich zu sein: Ich hatte null Komma null Ahnung von Frauen, ich war in der Hinsicht total blank, und es deutete wenig darauf hin, dass sich das jemals ändern würde, weil ein Typ wie ich, den alle nur Vinz riefen, was stark nach Zwerg klang, nicht einmal bei einer Gisela landen könnte.

Der Rainer dagegen. Er trug diese schwarze Motorradjacke aus Echtleder und brachte es im Weitsprung auf 6,22 Meter, obwohl er nur ein halbes Jahr älter war als ich. Ich kam auf 4,30 Meter, mein beiges Cordblouson hatte mir meine Mutter zum 16. Geburtstag geschenkt. Im Biologiebuch erkannte ich mich in der Darstellung eines dürren Männleins auf Seite 124 wieder, unter dem stand: »Leptosomer Körperbau. Kennzeichen sind seine schwache Muskulatur und zarte Erscheinung.« Alle drei Monate nahm ich mir einen Fünfer aus der Haushaltskasse und ließ mir im Salon Adelwarth die Haare schneiden. Wenn mich die Frau Adelwarth in ihrem blauen Arbeitskittel fragte, was sie beim jungen Herrn machen dürfe, antwortete ich jedes Mal: »Vorne und an der Seite eher kurz, hinten mittellang.« Während sie meine Spaghettihaare zurechtstutzte, zählte ich im Spiegel meine Pickel. 24 waren Rekord, auf weniger als 15 brachte ich es nie.

Immerhin fuhr ich ein Mofa, aber nur die alte grüne Piaggio Ciao von Onkel Rudi mit 1,4 PS. Rainer brachte es mit seiner auffrisierten Kreidler zwischen Artlhofen und Unhofen auf 110 Spitze. Ich musste an der Steigung vor dem Gymnasium in Moosbach in die Pedale treten, weil die Piaggio sonst röchelnd zusammengebrochen wäre. Eine Ciao war ungefähr so lässig wie der Elektrorollstuhl, mit dem der Haubensteiner, dem sie beide Beine bei Kursk weggeschossen hatten, jeden Vormittag zum Hofwirt zockelte, um seinen Rausch aufzuwärmen.

Was Wunsch zwei betrifft, so wäre ich lieber als Rory Gallagher denn als Vinzenz Bachmaier auf die Welt gekommen. Aber wenn Jesus der Herr mir schon das Vinzdasein auferlegt hatte, dann hätte er mir doch zumindest Rorys 61er-Stratocaster oder wenigstens eine Kopie davon auf dem Altar von Sankt Anton darreichen können. Technisch war er dazu in der Lage, siehe Matthäus 15, 32, die Speisung der Viertausend.

Es hätte nicht viel gefehlt, und ich wäre damals im Circus Krone in Ohnmacht gefallen, als Rory auf seiner Strat *Shadow Play* anspielte. Es war, als würde durch die Strat ein göttliches Wesen sprechen. Ich pennte zwar die meiste Zeit beim Ministrieren und im Religionsunterricht und auch sonst gerne am Nachmittag, aber soweit ich mich erinnerte, fuhren an Pfingsten himmlische Feuerzungen in die Jünger, und sie waren von da an erleuchtet oder so. Jedenfalls auf einem ganz anderen Level als vorher. Rorys Stimme klang noch viel klarer als der Sopran von der Roswitha Geiger aus dem Kirchenchor, wenn sie an Weihnachten *Süßer Trost, mein Jesus kömmt* sang. Rorys Strat verkündete mir: Siehe, du bist zwar bloß ein Depp aus Artlhofen, aber da draußen gibt es tatsächlich noch eine andere Welt. Die Welt der Coolness.

Nicht einmal Rainer besaß eine 61er-Stratocaster, obwohl er sonst alles hatte. Das deutete ich als winzige Schwäche in seinem Leben der Superlative. Womöglich war das ein Einfallstor in seine Bastion der Männlichkeit. Eines Tages würde ich Ricardas Herz in der Manier von Rory Gallagher erobern. Also theoretisch jedenfalls, man darf ja mal träumen. Ich würde mir eines von Rorys karierten Flanellhemden anziehen, die Tracht eines ehrlichen Arbeiters, eines Kumpels wie Bruce Springsteen, und dann würde ich oben auf der Bühne stehen und lakonisch zwei Worte sagen, in denen sich die ganze Tiefe meines Empfindens spiegelte: »Für Ricarda.« Einfach so nebenbei. Und dann würde ich zum längsten Solo aller Zeiten ansetzen, länger noch als das von Rory in *Shadow Play* im Circus Krone, bei dem er und ich am Ende um ein Haar zusammengebrochen wären, Rory oben auf der Bühne und ich unten im Parkett. Sogar dem Simmerl hatte es da Tränen in die Augen getrieben. »So was von brutal geil!«, schrie er mir ins Ohr. »Ich scheiß gleich in die Hose.«

Nach dem Konzert beschlossen wir auf der Heimatfahrt im D-Zug nach Landshut, unsere Karrieren als Musiker zu starten. Ich als Gitarrist, Simmerl als Schlagzeuger, weil er mehr so der robuste Typ war. Drei Wochen später spielten wir in der neuen Rhythmusgruppe der Pfarrjugend Sankt Anton. Ein Anfang immerhin, aber kein vielversprechender. Wenigstens bekamen wir die Instrumente kostenlos gestellt, ich traktierte eine vergilbte Hohner mit speckigen Saiten, die nach Faschingsbällen roch. Der Herr schwieg, wenn ich *Smoke on the Water* übte, womöglich hielt er sich sogar die Ohren zu. Er schickte keine einzige Feuerzunge, nicht mal ein kleines Fünkchen, nichts. Dafür entsprach das Repertoire der Tonis, wie wir hießen, ganz den Vorstellungen von Pfarrer Willi Schleginger, der sich selbst zum Bandleader ernannte. *Herr, deine Liebe ist wie Gras und Ufer* hieß unser Hit, zu dem Schleginger in seiner Tenorstimme knödelte. D, Em, A, diese Akkorde schaffte ich noch, aber beim Bm, diesem verfluchten Bm zu *Wie Wind und Weite* blieb ich mit meinen Pfoten regelmäßig hängen. Es hörte sich an, als ob man ohne zu kuppeln im Unimog den Gang reinhaut.

Simmerl hatte ja recht, bei Ricarda wäre damit nichts zu holen gewesen. Ich war von dem lässigen Typen, der ich sein wollte, so weit entfernt wie München von Artlhofen, mein Heimatkaff, das sich zwischen Wäldern und Äckern ins Hügelland duckte, als ob es sich verstecken wollte. Eine Metzgerei, zwei Wirtshäuser, eine Bäckerei mit angeschlossener Quelle-Agentur, ein Friseur, das waren schon so ziemlich alle Höhepunkte des Dorfs mit seinen 853 Einwohnern. Hätte man allerdings noch Schweine und Legehühner mitgezählt, Artlhofen wäre eine Großstadt gewesen.

Commodore

Wenigstens ging Wunsch drei in Erfüllung, jedenfalls ansatzweise. An meinem 18. Geburtstag absolvierte ich die Führerscheinprüfung in der Fahrschule Zeller. Zum Abschied schärfte mir der alte Grantler Zeller noch ein, die Waldkurve nach Steinbach dürfe ich niemals mit mehr als 80 Stundenkilometern nehmen. »Auf keinen Fall, Bachmaier! Sonst bist ruck, zuck weg vom Suppenteller.« Die Frau Neumann radle jetzt schon seit zehn Jahren jeden Tag drei Kilometer bis zum Marterl, das die Stelle markiere, an dem ihr Bub, der Günther, dieser Raserdepp, verreckt sei, anders könne man das gar nicht ausdrücken.

Als Geschenk zur Volljährigkeit überreichte mir meine Mutter den Schlüssel für den Opel meines Vaters. Sie tat das mit großer Geste, so als wolle sie mir die Kommunion spenden, wie sie das als Helferin in der Sonntagsmesse machte. Seit sie neuerdings Vorträge von Monsignore Breitwieser in Landshut besuchte, setzte sie noch öfter als zuvor diese leidende Miene auf. Der Breitwieser zog auch dauernd eine Schnute und sprach die Wörter ganz vorne im Mund aus, weil sie dann heiliger rüberkamen. Wenn er »Roratemesse« sagte, dann hätte gerade mal ein Strohhalm durch die runde Öffnung seiner gespitzten Lippen gepasst. Meine Mutter verkündete auf Breitwieserisch: »Fahr mit dem Schutz der Schmerzensmutter.« Dann legte sie mir die Schlüssel in die Hände, und fast hätte ich Amen gesagt, als ich sah, dass sie den Paulaner-Flaschenöffner am Schlüsselbund durch ein Medaillon der Heiligen Mutter von Wigratzbad ersetzt hatte.

»Aber fürs Autofahren ist doch der Christophorus zuständig«, wagte ich einzuwenden.

»Die Heilige Mutter von Wigratzbad soll dich ja auch vorm Satan schützen, mein Bub«, belehrte sie mich. »Wer weiß, wo du dich mit dem Schinderkarren überall rumtreibst.«

Draußen in der Auffahrt wartete Kowalczyk, den meine Mutter herbestellt hatte, damit er sich das Auto ansah. »Jungchen, mach, ich muss heut noch einen Radlader fertig kriegen«, sagte er in seinem seltsamen osteuropäischen Akzent. Kowalczyk genoss schon deshalb den Ruf als bester Mechaniker von ganz Artlhofen, weil er der einzige war. Sein Overall schlackerte ihm um die dürren Beine, und aus der Brusttasche lugten filterlose Reval hervor, von denen er sich zwei Packungen am Tag reinzog. Die John-Deere-Baseballkappe setzte er nur ab, wenn er sich mit seinen öligen Fingern die paar Haarsträhnen, die ihm noch geblieben waren, nach hinten wischte.

Das Auto döste seit jenem Tag vor zwei Jahren vor sich hin, als beim Gruberbauern ein Zuchtstier auf meinen Vater losgegangen war. Erst hatte er meinen Alten aufgespießt, dann den Gruber, bis endlich die Polizei anrückte und das Vieh erschoss. Nach der Beerdigung fing meine Mutter sofort damit an, alle Spuren ihres toten Gatten zu beseitigen, seine Klamotten, seine Schallplatten, seine Werkbank im Keller, alles flog raus, auch seine heilige Geweihsammlung und die Jagdwaffen. Das Ölbild mit der Graf Spee in schwerer See wich einer Reproduktion von Botticellis Verkündigung an Maria. Auch das Auto wollte sie erst verkaufen, weil sie keinen Führerschein hatte, doch als ich protestierte, ließ sie es wenigstens im Schuppen vergammeln.

Und so stand der Opel noch genau dort, wo ihn der Onkel Rudi eingeparkt hatte. Ein mumifizierter Commodore, Viertürer, bronzemetallic, Baujahr 1974, 2,8 Liter Hubraum, und damit genau das Gegenteil eines BMW 323i oder eines Porsche

924. Keine Spur von Kult wie eine Ente oder ein Mini. Auch kein Witz wie ein Fiat Bambino. Der Commodore war einfach nur ein humorloses Spießerauto für Komödienstadel-Glotzer und Typen aus der Dinosaurierzeit. Als mein Vater so alt war wie ich, marschierte er im Stechschritt durch Paris. Und bevor die Arthrose seine Hüften zerfraß, drehte er an schönen Tagen manchmal die Stereoanlage im Wohnzimmer auf und paradierte mit mir zum *Alten Kameraden* durch den Garten. An der Birke vorbei ums Kartoffelbeet herum. »Im 114er-Schritt die Champs-Élysées runter!«, brüllte er. Seine Augen strahlten in Erinnerung an die beste Zeit seines Lebens, als Ignaz Bachmaier aus Wallern in Böhmen, 1,66 Meter groß und kurzsichtig wie ein Maulwurf, für ein paar Monate zu jenen gehörte, vor denen die Welt erschauderte.

Zu so einem passte der Commodore. Mit ihm zeigte mein Vater allen im Dorf, dass er es zu was gebracht hatte, aber dennoch einer von ihnen geblieben war. So ein Commodore machte mehr her als ein VW Käfer oder Opel Kadett, die jeder Kasperl fuhr, der Onkel Rudi zum Beispiel, mit seinem Holzhandel, der ihm nichts einbrachte. Zugleich aber bewegte sich der Commodore noch innerhalb der Neidgrenzen, wogegen ein Fünfer-BMW oder gar ein Mercedes als ein Indiz für neureiche Arroganz gedeutet werden konnten. Das ging gar nicht.

Aber bitte, es war trotzdem ein Auto. Mein Auto. Und das zählte.

Als Erstes würde ich damit eine Spritztour nach München unternehmen, wo dieses verruchte Schwabing lag. Mick Jagger spazierte da einfach so auf der Straße herum, und keine Sau drehte sich nach ihm um. Das war da ganz normal. Nun gut, in Artlhofen hätte sich auch keine Sau nach Mick Jagger umgedreht, aber bloß deshalb, weil ihn hier niemand kannte. Oder sollte ich lieber gleich zur ganz großen Tour aufbrechen und über den Brenner zum Gardasee fahren? Neben mir würde Ricarda in ihrem blauen Badeanzug sitzen, sie würde ihre sonnenbraunen Beine auf das Armaturenbrett legen. Es würde nach ihrem Patschuli und Rosmarin und Oregano und Zitronen duften. Und dann, aus einer Laune heraus, würde sie hinter Bozen sagen: »Ach, fahren wir lieber nach Korsika.« Und ich würde einfach so nach Korsika abbiegen, und sie würde mich für immer lieben.

Leider sprang der Commodore nach zwei Jahren im Schuppen nicht an. Wir mussten ihn runter zur Werkstatt schieben. Zwei Wochen lang schraubte Kowalczyk daran herum. Wenn ich ihn zwischendurch besuchte, jammerte er, die Reparatur koste ihn mehr, als er von einem Habenichts wie mir verlangen könne.
Als ich den Commodore abholte, kassierte Kowalczyk unglaubliche 350 Mark. Ohne Rechnung, versteht sich. Er zählte auf: Kupplungsscheibe gewechselt, alle vier Bremsen inklusive Bremsleitungen erneuert, Auspuff geschweißt, Ölwanne eingebaut, Vergaser eingestellt, Batterie getauscht.
»Dafür, dass ich die Schrottkiste zum Laufen gebracht habe, bist du mir noch einen großen Gefallen schuldig«, sagte er. »Und jetzt schleichst dich vom Hof.«

Schnitzel

»Also ins Trash«, sagte Simmerl, als er sich auf den Beifahrersitz fallen ließ und seine Beine aufs Armaturenbrett wuchtete. Er trug wie immer Ledersandalen samt Socken und dazu die kurze Hose mit Gürtel. Schon mit 15 konnte er sich einen Vollbart stehen lassen, was ihn zehn Jahre älter aussehen ließ, dafür fraßen sich jetzt Geheimratsecken in seine blonden Locken. Nach allen Regeln der Coolness war Simmerl maximal uncool. Doch für ihn galten eigene Maßstäbe.

Simmerl und ich waren seit der ersten Klasse Freunde. Damals schenkte er mir als Beweis seiner Zuneigung eine Ratte, die er im Kuhstall gefangen und dann auf den Namen Otto getauft hatte, weil er ein Fan von Otto Waalkes war. Meine Mutter brachte sie noch am selben Tag in einer Schuhschachtel zurück. »Bei den Schmalhofers draußen geht es zu wie bei den Asozialen, die fressen ohne Gabel und Löffel«, raunzte mein Vater. Ich aber beneidete Simmerl fast so sehr wie später den Rainer, weil er alles machen durfte, was bei uns verboten war. Er fuhr mit dem Bulldog über die Felder, fischte im Weiher und schoss mit dem Luftgewehr Tauben ab. In der Küche der Schmalhofers herrschte seine Mutter über einen unendlichen Vorrat an Schmalznudeln, abends holte sein Vater die Ziehharmonika raus und sang Gstanzl, wenn er gut drauf war. Und er war oft gut drauf.

Bei uns Bachmaiers dagegen war meistens tote Hose. Im Sommer fuhren wir immer für eine Woche zum Wandern ins Fichtelgebirge, wo außer uns nur Menschen Urlaub machten, die sich beim Essen Geschichten von der Inflation 1923 in die Hörgeräte schrien.

Simmerl und ich blieben sogar Freunde, als er auf die Real-
schule wechseln musste, weil seine Eltern befürchteten, als
Abiturient werde ihr Sohn sich zu fein für die Hofnachfolge
sein. Er war frei von all den Selbstzweifeln, die mich Tag und
Nacht heimsuchten. Ihm ging es vor allem um Gaudi, und die
hatte bei ihm fast immer was mit Bier und AC/DC zu tun.

Ich war jetzt doch ein bisschen stolz auf meinen Commodore,
aber Simmerl interessierte sich nicht dafür. Er kurbelte das
Fenster runter und hielt den Arm raus.
»Wir brauchen eine richtige Band, nicht so einen Pfarrjugend-
mist. Dann wird's auch mit den Mädels was«, schrie er gegen
den Fahrtwind an.
»Ich glaube, ich bin im Moment nicht offen für eine Beziehung«, schrie ich zurück. Das war gelogen.
»Hä? Du betest doch die Tussi aus Herford an.«
»Ich habe drüber nachgedacht. Eine Beziehung würde mich in
meiner Freiheit zu sehr einschränken.« Das war wieder gelogen,
aber ich hatte den Satz so ähnlich zuvor im Fernsehen gehört
und fand, dass er sich sehr reif anhörte.
»Bachmaier, du bist einfach ein verklemmter, feiger Hund.
Deshalb redest so viel Mist daher.«
Simmerl zog unter seinem Hintern eine Kassette meines Vaters
hervor. Laut las er »Marschmusik aus vier Jahrhunderten«,
dann warf er sie aus dem Fenster.

Das Trash gab es schon seit Anfang der Siebzigerjahre, seit der
Dorfwirt von Eberfing aufgegeben hatte. Sein Ruf war seitdem
konstant schlecht, jedenfalls unter Opelfahrern. Ein Münchner
Anwalt hatte damals das Anwesen gekauft und es ausgerechnet
an Wolfi Zollner verpachtet, den Sohn von Landrat Theodor
Zollner von der Bayernpartei. Wolfi galt schon mit Mitte
zwanzig als dubiose Existenz. Erst hatte er den Wehrdienst

verweigert, danach studierte er in München ein Semester Politik und Soziologie und anschließend auch noch Jura, bis er nach Eberfing zurückkehrte, den Dorfwirt in Trash umbenannte und hinten im Stadel Rockkonzerte veranstaltete.

Jedes Mal, wenn wir auf dem Weg zu Tante Mechthild daran vorbeifuhren, redete sich mein Vater in Rage. Das Trasch, wie er es mangels Englischkenntnissen nannte, sei eine Absteige für Gammler, Hascher, Hippies und Arbeitsscheue. Der Wolfi, dieser ungewaschene Baader-Meinhof-Sympathisant, habe seinen Eltern Schande gemacht und sogar noch im Wahlkampf gegen den eigenen Vater gehetzt. Kein Wunder, dass der Theo jetzt ein gebrochener Mann sei. Meine Mutter ergänzte an der Stelle gerne, die Weiberleut in der Drecksbude hätten nicht einmal einen BH an. Ich fand, das klang sehr geil und sehr furchterregend zugleich. »Lass dich da bloß nie erwischen«, drohte mein Vater. »Sonst kannst du dein Zeug packen.«

Als ich den Commodore in eine Parklücke an der Stadelwand bugsierte, beschlich mich für einen Moment das Gefühl, eine Sünde zu begehen: Du sollst nicht mit dem Auto deines Vaters ins Trash fahren und so sein Andenken beschmutzen. Würde er noch leben, so würde er dich völlig zu Recht rausschmeißen. Verheimliche es wenigstens deiner leidgeprüften Mutter und sag einfach, du wärst mit Simmerl im Don-Bosco-Club in Landshut gewesen. Da freut sie sich gewiss.

Drinnen im Stadel war es voll, dunkel und vor allem laut. Ein paar Deckenscheinwerfer beleuchteten die Bühne, auf der die Punkband Rotten System ihr Konzert gab. Hinter ihr spannte sich ein meterlanges Transparent. Nein zur WAA, stand darauf. Simmerl und ich drückten uns durch die Menge zur Bar. Vorne schubste und rempelte sich das Publikum gegenseitig zur Musik. Wenn einer dabei zu Boden ging, wurde er von den anderen mit Bier überschüttet. Fast alle trugen Springerstiefel, auch Silke, die Sängerin. Ich erkannte sie wieder, obwohl sie ganz anders aussah als damals in der fünften Klasse des Gymnasiums, das sie nach der Probezeit verlassen musste. Ihr Kopf war kahl rasiert, und auch sonst entsprach Silke ziemlich genau den Vorstellungen, die meine Mutter von den Weiberleuten im Trash hatte. Was Silke ins Mikro brüllte, vermischte sich mit Gitarre, Bass und Schlagzeug zu einem Inferno aus Rückkopplungen und Verzerrungen.

Simmerl deutete auf einen Mann, der sich am Rand der Bühne hinter den Lautsprechern postiert hatte.

»Der Wolfi!«

Das war er also. Ein Typ mit Metallbrille, steinalt, mindestens so um die vierzig. Die graubraunen Haare hingen ihm bis auf die Schultern herab. Schweiß tropfte von seiner Nase. Unter dem weißen T-Shirt wölbte sich eine Wampe, die vorne über den Gürtel seiner Jeans quoll. Er hatte beide Hände in den Hosentaschen vergraben und nickte mit dem Kopf im Rhythmus des Schlagzeugs. Und weil Rotten System nur schnelle Beats spielte, sah es aus, also ob Wolfi unter nervösen Zuckungen litte.

»Ich habe mir den irgendwie anders vorgestellt«, sagte ich. »Der hat doch studiert und ist Anwalt.«

»Der ist ein Intellektueller«, sagte Simmerl. »Die schauen alle ein bisserl ungesund aus.«

Während unten die Menge tobte, standen oben die Musiker von Rotten System steif herum. Ich war mir nicht sicher, ob es bloß Unvermögen oder doch ein Teil ihrer Show war.

»Das nächste Stück heißt: Wir spucken auf den Atomstaat!«, rief Silke ins Gejohle hinein. Es waren die ersten Worte von ihr, die ich verstand, seit ich den Stadel betreten hatte. Wieder hob der rasende Rhythmus an, Wolfi zuckte mit dem Kopf, die Menge schubste sich auf dem glitschigen Boden hin und her.

»Wir scheißen auf euch! Wir kotzen auf euch! Wir spucken auf euch!«, lautete der Refrain. Um die Bedeutung der Zeilen noch zu verstärken, spuckte Silke tatsächlich in Richtung Publikum.

Einige aus der torkelnden Menge spuckten sogleich zurück in Richtung Silke, die nun doch überrascht wirkte, als habe sie nicht mit einer solch prompten Reaktion gerechnet. Sie blickte auf einmal ziemlich angewidert drein. In diesem Moment kam von ganz hinten, wo die Tische standen, in hohem Bogen etwas Dunkles über die Köpfe des Publikums geflogen. Es sah aus wie ein Putzlappen, aber als das Geschoss Silke im Scheinwerferlicht genau an der Stirn traf, da konnten alle sehen, dass es ein Schnitzel Wiener Art war, das im Trash für 7,90 Mark inklusive Kartoffelsalat, Pommes und wahlweise Preiselbeersauce oder Ketchup auf der Speisekarte stand. Es gab ein riesiges Gejohle, und einen Augenblick später flog schon das nächste Schnitzel auf die Bühne. Es verfehlte die Silke aber knapp und streifte das Schlagzeugbecken.

»Saustark, jetzt geht's richtig los«, freute sich Simmerl. Mir dagegen war so mulmig zumute, als ob ich bei einer verbotenen Demonstration mitmarschieren würde, und ich erinnerte mich wieder an die Mahnung meines Vaters.

Silke schrie auf, die Musik brach ab. Der Schlagzeuger, ein dürrer Kerl mit nacktem Oberkörper, stieß das Standtom zur Seite, sprang von der Bühne und stürmte in Richtung der Schnitzelwerfer. Er kam aber nicht weit, weil er sogleich in ein Handgemenge mit dem Publikum geriet. Als der Gitarrist zu Hilfe eilte, sah alles nach einer Massenschlägerei aus. Silke war verschwunden, nur der Bassist mit dem rosa Irokesenschnitt und der grauen Bomberjacke stand noch da und glotzte teilnahmslos auf das Durcheinander.

Jetzt watschelte Wolfi zum Mikro. Die Hände behielt er noch immer in den Hosentaschen. »Erdinger Weißbier« prangte auf seinem T-Shirt, das vom Schweiß durchsichtig geworden war. Er sprach fast so ruhig wie Onkel Willi bei der Predigt in der Sonntagsmesse.

»Ihr da hinten. Mit Schnitzel wird hier nicht geschmissen. Und ihr da vorne, ihr hört jetzt sofort auf, sonst muss ich die Bullen holen.« Ein Pfeifkonzert hob an. »So, jetzt ist Pause«, sagte Wolfi noch. »Und die Liste für den Bus am Pfingstsamstag nach Wackersdorf liegt an der Theke.«

Die große Stadeltür ging auf. Kühle Luft zog durch den Saal. Nur der Schlagzeuger regte sich schon wieder fürchterlich auf und drosch nach allen Seiten um sich.

»Halt mal.« Simmerl drückte mir sein Bier in die Hand. Mein Gott, was musste sich der jetzt auch noch einmischen. Er ging zum Schlagzeugwicht, packte ihn mit der einen Hand hinten am Gürtel und drehte ihm mit der anderen den Arm auf den Rücken. Dann schob er ihn zum Ausgang. Ich zahlte die zwei Bier und folgte ihnen.

Draußen stand Wolfi und bedankte sich bei Simmerl. Der Schlagzeuger rieb sich den Arm und fluchte.

»Die Bullen sind immer nur die allerletzte Option«, dozierte Wolfi mit seiner Bassstimme. »Ich möchte im Grunde genommen mit dem Polizeiapparat nichts zu tun haben.«

»Passt schon«, sagte Simmerl.

Wolfi musterte mich. »Du bist doch der Bub vom Bachmaier, dem Besamer aus Artlhofen.«

»Ja, schaut ganz so aus«, antwortete ich. Mir war fast alles peinlich, aber besonders peinlich war es mir, wenn jemand den Beruf meines Vaters erwähnte. Besamer. Das klang fies. Ich kannte alle Witze dazu.

»Kommts mal wieder vorbei«, sagte Wolfi. Er wirkte so unfassbar souverän. Ein Typ wie ein Berg. Ich wollte zwar nicht so aussehen wie er, sondern mehr wie Rainer. Aber den Rest hätte ich gerne von ihm kopiert. Und natürlich von Rory.

Wir gingen zum Auto. Daneben lehnte eine Gestalt im Dunkeln an der Stallwand. Es war der Bassist mit dem Irokesenschnitt.

»Sag, willst du mal in einer echten Band spielen?«, fragte ihn Simmerl, der anscheinend immer noch nicht genug hatte.

»Nicht in so einer Kiffergang. Wir wollen was in Richtung Rory Gallagher und AC/DC aufziehen. Hast Bock?«

»Spinnst du«, warf ich ein. »Was willst du denn mit dem Typ? Der ist total breit.«

Der Bassist schwankte leicht. Dann würgte er und kotzte auf die Motorhaube meines Commodore.

Ich wich zurück. »Was soll das, verdammt noch mal?«

Simmerl zuckte mit den Schultern. »Ich glaube, er hat Ja gesagt.«

Onkel Willi

Seit mein Vater vor zwei Jahren vom Stier aufgespießt worden war, kam jeden zweiten Sonntag Pfarrer Willi Schleginger zum Mittagessen. Onkel Willi. Keine zwei Wochen nach der Beerdigung pflanzte er sich zum ersten Mal ans Kopfende des Esstisches. Zu seiner Rechten saßen meine Mutter und meine ältere Schwester Elvira, zu seiner Linken saß ich. »Ihr dürft gerne Onkel Willi zu mir sagen«, verkündete er.

Vor der Suppe schloss er stets die Augen und sprach ein improvisiertes Gebet. Meistens ging es darin um die Armen, die weniger zu essen hatten als wir. Nur bei besonderen Anlässen wich er davon ab. Einmal sagte er: »Herr, behüte deine Tochter Elvira, die jetzt eine Ausbildung zur Bürokauffrau beim Betonwerk Schachtner und Söhne absolviert. Möge sie einen guten Abschluss machen, danach heiraten und viele Kinder gebären. Amen.« Elvira lief rot an, und meine Mutter tätschelte ihr zur Bestärkung den Arm.

Onkel Willi genoss einen Ruf als moderner Pfarrer, weil er im Sommer manchmal in Jeans und T-Shirt durch Artlhofen radelte. Mit seinen schwarzen Haaren, die er für einen katholischen Geistlichen eine Spur zu lang trug und vor Gottesdiensten auch noch mit Festiger traktierte, erinnerte er die Älteren an den Schmalzsänger Neil Diamond aus Amerika. Wäre da nicht diese Knödeltenorstimme gewesen, über die wir uns als Ministranten lustig machten, aber nur heimlich, weil er in der Sakristei gerne Watschen austeilte. Pfarrer Willi war als Würdenträger ein begehrter Gast an den Esstischen der Gemeinde und darüber hinaus. Das wusste auch meine Mutter, und sie setzte alles daran, um ihre Trophäe mit kiloschweren Bratenstücken ans Haus zu binden.

Dafür nahm sie auch in Kauf, dass Willi sich wenigstens drei Halbe reinschüttete und lange Monologe über das Ordinariat hielt, speziell über seinen Intimfeind, den Generalvikar Wagner. Der sei eine ausgesprochen dumme Sau, ein Arschkriecher des Bischofs, der von seelsorgerischer Arbeit keine Ahnung habe und bloß Rechnungen vom Pfarrfest sehen wolle. Dabei habe sich Jesus die wundersame Brotvermehrung am See Genezareth auch nicht quittieren lassen. Gelebte Spiritualität verhalte sich zur kirchlichen Bürokratie in Regensburg wie der Teufel zum Weihwasser.

Ich hörte nie zu bei diesen Mittagessen, genauso wenig, wie ich in der Kirche zuhörte, obwohl ich seit acht Jahren ministrierte. Aber pro Gottesdienst kassierte ich 50 Pfennig, für Beerdigungen 1,50 Mark. Bei Hochzeiten waren sogar bis zu 10 Mark Trinkgeld drin. In guten Monaten brachte ich es auf 15 Mark, dafür hatte ich auch schon die Predigten von Pfarrer Dotterweis, dem Vorgänger von Willi, ausgesessen.

»Vinz!«

Die Stimme meiner Mutter wurde lauter.

»Vinzenz!«

»Ähm, ja?«

»Sag mal, wo bist du eigentlich mit deinem Hirn? Der Onkel Willi möchte mit dir was besprechen.«

Das klang bedrohlich, zumal sich meine Mutter mit Elvira in die Küche zurückzog. Onkel Willi kaute noch an seinem letzten Bissen Rinderbraten. Mit dem kleinen Finger stocherte er zwischen den Zähnen herum, dann wischte er sich den Mund mit der Serviette ab. Er faltete die Hände auf der Tischdecke.

»Lieber Vinz, ich muss mit dir heute eine ernste Sache besprechen, sozusagen von Mann zu Mann.«

Ich wünschte mich auf die Cook-Inseln, die genau auf der anderen Seite des Erdballs im Südpazifik lagen. Dort schliefen die Menschen in Hängematten, die sie zwischen Palmen spannten, und blickten um diese Uhrzeit auf die Lagune hinaus. Das Meer rauschte.

»Ich habe den Eindruck gewonnen, dass deine Entwicklung zurzeit in die falsche Richtung läuft. Deine schulischen Leistungen sind mau, und alleine im Mai hast du zwei Frühmessen verschlafen.«

Auf den Cook-Inseln musste niemand schwer arbeiten. Wenn man Hunger hatte, schnappte man sich entweder eine Kokosnuss oder man warf ein Fischernetz in der Lagune aus.

»Gestern hast du all dem die Krone aufgesetzt, indem du mit Simmerl ins Trasch gefahren bist, obwohl wir eine Bandprobe für Maria Himmelfahrt angesetzt hatten. Der Don-Bosco-Club ist seit einem Jahr geschlossen. Ich bin sehr enttäuscht von dir. Und besorgt.«

Irgendjemand musste mich verpfiffen haben.

Er nahm einen Schluck Bier, stieß auf, wobei das Gemisch aus Bier, Bratensaft und Magensäure bis zu mir herüberwehte, dann fuhr er fort.

»Ich habe ehrlich gesagt den Eindruck, dass du seit dem Tod deines Vaters aus dem Ruder läufst. Es ist an der Zeit, Verantwortung zu übernehmen. Ich gebe dir eine einmalige Chance. Im Herbst beginnt Heinrich Lang sein Theologiestudium in Rom. Ich möchte, dass du seine Nachfolge als Oberministrant antrittst. Das ist das schönste Amt, um zum Manne zu reifen.«

Nachmittags zog über dem Atoll eine frische Brise auf, es war die Zeit, um ein Gläschen Kava-Tee zu genießen und dann eine Runde Fußball am Strand zu spielen. Wahrscheinlich hatten einige um diese Uhrzeit sogar Sex am Strand. Nachmittagssex. Dem Onkel Willi hätte ich jetzt gerne von den Cook-Inseln aus zugerufen, dass ihn meine Entwicklung einen Dreck anging, dass mich sein ganzes heiliges Getue ebenso ankotzte wie sein Geschiele auf die Blusenknöpfe von Elvira, dass Heini Lang von mir aus zur Hölle fahren konnte, dass alle hintenrum über Willis Geknödle lachten. Aber es war schon eine große Sünde, das auch nur zu denken.

Deshalb schwieg ich. Denn er war Pfarrer Willi Schleginger und ich ein überführter Lügner, der das Trash-Verbot missachtet hatte.

»Und, was sagst du dazu?«, fragte er.

»Danke«, sagte ich.

»Sehr schön«, sagte Willi mit einer betont versöhnlichen Stimme. Er tätschelte mich an der Schulter, dann stand er auf. Er nahm das Bistumsblatt und ging aufs Klo zum Scheißen. So hielt er es immer nach dem Mittagessen. Er fühlte sich ganz daheim bei den Bachmaiers.

Sankt Pauli

Unser Haus lag am Ortsrand von Artlhofen, Siedlerweg 21, mein Vater hatte es nach dem Krieg als Heimatvertriebener selbst gebaut, wie er immer wieder gerne betonte. »Stein für Stein. Ohne Kran. Wir haben ja nichts gehabt. Alles verloren. Alles vom Tschechen geraubt«, sagte er dann eine Spur zu laut. »Das kann sich heute kein Schwein mehr vorstellen.« Und meine Mutter ergänzte: »Nichts, absolut nichts.« Dazu setzte sie ihre Pietà-Miene auf, die sie sich als Mädchen vier Jahre lang im Internat der Franziskanerinnen antrainiert hatte.

Der Hausbau blieb der einzige Kraftakt im Leben meiner Eltern. Nachdem sie damit fertig waren, durfte nichts mehr verändert werden. Weder an ihrem Haus noch an ihrem Leben. Alles hatte von nun an seinen festen Platz. Das Nordmende-Radio auf der Konsole an der Küchenwand, die Siemens-Bügelmaschine im Hauswirtschaftsraum, der Weihwasserkessel mit den betenden Händen am Hauseingang. Das Wohnzimmer hieß bei uns das Gute Zimmer. Wenn nachmittags die Sonne hineinschien, tanzte der Staub in der Luft, und ins Ticken der Wanduhr mischte sich das Schnarchen meines Vaters auf dem Kanapee. Wie er da mit seinem Bierbauch unter der Graf Spee lag, erinnerte er mich an einen Seehund auf der Sandbank.

Meine Mutter saß dann meistens in der Küche und löste die Kreuzworträtsel in der *Hörzu* oder las im *Straubinger Heimatkalender*. Auf dem Tisch stapelten sich neben dem Blutdruckmessgerät ihre Tablettenschachteln. Sie schien immer zu leiden, auch wenn ich nicht wusste, ob es an mir oder an meinem Vater oder an meiner Schwester lag oder generell an der irdischen

Existenz. Als ich zur Welt kam, war sie 42, weshalb sie auf mich immer schon wie eine Oma wirkte, ein Eindruck, der durch ihre ausgemergelte Gestalt und ihre früh ergrauten Haare im Laufe der Zeit nur noch verstärkt wurde. Nach dem Tod meines Vaters redete sie fast gar nichts mehr. Wie ein Geist schwebte sie durchs Haus, und es kam mir vor, als verabschiede sie sich allmählich ins Jenseits. Irgendwann würde sie sich in einen Lufthauch auflösen und in den Himmel aufsteigen. Doch einmal in der Woche nahm sie wieder ganz ihre fleischliche Gestalt an, wenn sie mit dem Bus nach Landshut zum Freundeskreis Maria Goretti fuhr, um sich bei Monsignore Breitwieser Vorträge über Keuschheit oder die Freuden des Leids anzuhören und danach im Café Amalie mit den anderen alten Schachteln das Kuchenbuffet leer zu räumen.

Als mein Vater noch lebte, kamen ab und zu der Postbeamte Günther Huber und seine Frau Renate zum Abendessen. Dann brachten sie immer ihren Norbert aus der Parallelklasse mit, ein seltsamer Kerl mit HJ-Haarschnitt, der immer noch Hosenträger trug, obwohl sogar ich mit Gürtel in die Schule gehen durfte. Der alte Huber hatte nur noch einen Arm, den linken blöderweise. Der rechte lag, wie er gerne erzählte, seit Dezember 1944 in der Nähe von Bastogne irgendwo unter einem Acker vergraben. Damit ihm seine Renate nicht alles klein schneiden musste, kochte meine Mutter stets Rehgulasch, wenn die Hubers kamen. Nach dem Essen wurden wir hinauf ins Zimmer geschickt, wo sich Norbert über meine Legos hermachte, als ob er selbst kein Spielzeug hätte. Unten ging es hoch her, das Thema war jedes Mal das gleiche. Meistens fing als Erster der Huber zu schreien an.

»Dünkirchen! Dünkirchen! Niemand hat das verstanden. Das war der entscheidende Fehler, gleich am Anfang. Aber bitte, Führerbefehl, da kannst du nichts machen.«

Einmal fragte mich der Norbert unvermittelt: »Schon mal welche beim Ficken gesehen? Schwanz? Muschi?«

Ich hielt die Luft an. Solche Wörter durften bei uns weder gedacht noch ausgesprochen werden. Die Bachmaiers waren sauber bis unters Sofa.

»Willst mal was sehen?«, fragte Norbert. Er grinste. Es war ein seltsames Grinsen, nicht so, wie man beispielsweise grinst, wenn man die Augsburger Puppenkiste im Fernsehen anschaut.

»Nein«, sagte ich, weil ich immer Nein sagte, wenn ich Ja meinte. Das gehörte sich so in einem katholischen Haus.

Norbert zog ein zusammengerolltes Heft aus der Innentasche seines Parkas hervor. »Das versteckt mein Alter hinterm Ehebett am Kopfende, aber er weiß nicht, dass ich es weiß.«

»Sei leise«, zischte ich.

»Manteuffel!«, schrie mein Vater unten in einer Lautstärke, die nach einer Flasche Asbach Uralt klang.

Oben im Kinderzimmer tat sich ein neues Universum mit nie da gewesenen Sauereien auf. In dem Heft waren praktisch keine Texte drin, sondern nur Fotos. Der Norbert erklärte jedes im Flüsterton. »So ein Fledermausanzug aus Leder ist in Sankt Pauli ganz normal«, raunte er.

»Brutal«, sagte ich. »Aber wozu die Löcher?«

»Wie blöd bist du eigentlich?«, fragte der Norbert. Ich kam dann aber auch selber drauf, wozu die da waren.

Wir blätterten so konzentriert, dass wir nicht merkten, wie sich Elvira heranschlich. Mit einem Mal riss sie das Heft an sich.

»Das sag ich jetzt, was ihr für Hammel seid.«

Weg war sie. Norbert riss seine Augen vor Schreck weit auf. Es war etwas sehr Schlimmes passiert, es war maximal schlimm, und trotzdem würde es gleich noch viel grässlicher kommen.

Wir hörten Elvira unten nur noch »Die spielen gar nicht Lego« sagen, dann war es mit einem Mal still, bis ein scharfer Ruf ertönte: »Norbert, aber sofort!«

Norbert sprang auf und rannte die Treppe runter, eine linkshändige Watschen klatschte, die Haustür fiel ins Schloss. Die Hubers kamen danach lange nicht mehr und später nur noch ohne Norbert. Meine Eltern verloren nie ein Wort über den Vorfall, aber ich kapierte auch so, dass Sex, speziell in Sankt Pauli, eine teuflische und widerwärtige Sache war, vielleicht nicht ganz so schrecklich wie der Zweite Weltkrieg. Aber fast.

Sonnenfinsternis

Ich mochte mein Zimmer unter der Dachschräge mit den Blümchentapeten, denn von dort konnte ich über die Felder blicken und den Lerchen zuhören. An den Nachmittagen träumte ich auf dem Fensterbrett in der Sonne vor mich hin, statt Hausaufgaben zu machen.

Es war August geworden, die Ferien gähnten mich an. Maria Himmelfahrt rückte näher und damit der erste Auftritt der Tonis im Rhythmusgottesdienst. Ich schämte mich schon jetzt dafür, denn Scham gehörte nicht erst seit dem Skandal um das Pornoheft zu meiner Grundausstattung. Die Sache lag zwar schon acht Jahre zurück, hatte sich mir aber eingebrannt. Seitdem galt für mich die Peinlichkeitsskala von 0 bis 10, wobei der Maximalwert von Hubers Wichsvorlage mit den Fledermausanzügen markiert wurde.

Im hintersten Winkel meines Hirns ahnte ich inzwischen, wie übertrieben die Aufregung darüber war. Wahrscheinlich lag daheim bei Rory in seiner Villa sogar eine ganze Sammlung von Pornoheften und Playboys offen rum, und jeder konnte darin blättern, wie er wollte. Aber das war in der fernen Welt der Coolness. In Artlhofen herrschten Pfarrer Willi und das Wort Gottes. Geilheit hatte der Teufel geschickt. Aber das Perfide daran war, dass sich die Erinnerungen an den Fledermausanzug und all die anderen Sauereien in Hubers Heft weder wegdenken noch wegbeten ließen. Sie führten inzwischen ihr Eigenleben in meinem Kopf. Da halfen selbst die schönsten Jugendwallfahrten nach Altötting nichts.

Den Commodore hatte ich auf Hochglanz poliert, eine solche Beschäftigung erschien sogar meiner Mutter als unverdächtig, weshalb sie mir beim Saubermachen half. Doch für Touren fehlte mir nach der Reparatur das Geld. Die Ciao musste ich Elvira abtreten, die damit zum Betonwerk rausfuhr. Und so verbrachte ich die meiste Zeit auf dem Aussichtsplatz in meinem Zimmer. Eine Woche lang jobbte ich unten im Sägewerk, wo ich Bretter stapelte und mir von Friedl, dem besoffenen Vorarbeiter, anhören musste, dass wir Gymnasiasten sowieso alles faule Hunde seien, die erst noch das Arbeiten lernen müssten. Nach fünf Tagen steckte ich 400 Mark ein und setzte mich wieder auf die Fensterbank, um mir mit der Pinzette die Splitter aus den Händen zu ziehen.

Wenn Simmerl etwas mit mir besprechen wollte, hörte ich es schon von Weitem. Er rief nie an, sondern fuhr mit seinem Fendt übers Feld bis direkt unter mein Fenster. »Der Irokesen-Bassist hat sich gemeldet. Er sagt, er hat zwar keinen Bock auf dein Bluesrockzeugs, würde aber trotzdem bei uns mitmachen. Er will allerdings nicht im Pfarrheim üben.«
»Sondern?«
»Bei uns auf dem Hof geht es auch nicht. Tierschutz. Mein Alter sagt, dass die Kühe dann keine Milch mehr geben würden.«
»Wo dann?«
»Bei dir in der Garage.«
Ein Punk auf unserem Grundstück, das kam mir oberpeinlich vor – 6,5 bis 7 auf der Huber-Skala.
»Außerdem habe ich in der *Münchner Stadtzeitung* eine Anzeige aufgegeben«, fuhr Simmerl fort. »Professionelles Bandprojekt sucht Sänger.«
»Du spinnst.«
»Sowieso.« Simmerl salutierte, dann legte er krachend den Gang ein und tuckerte davon.

Vor unserem Auftritt sprühte Pfarrer Willi seine Neil-Dia-mond-Frisur mit noch mehr Festiger ein als sonst. Er gönnte sich in der Sakristei zudem einen großen Schluck 83er-Chris-tus Rex, der eigentlich fürs Abendmahl bestimmt war. Die Frau Schweiger, unsere Mesnerin, half ihm in sein neues Messgewand, das er sich in Rom hatte maßschneidern lassen. Königsblau, mit sieben goldenen Fischen drauf. Wir standen alle schon bereit zum Einzug in die Kirche, da gab Willi dem Johann Hartmann, einem der acht Fackelträger, noch schnell eine Watschen mit. »Rein prophylaktisch«, sagte er, »damit du nicht so krumm rumhängst wie an Fronleichnam.«

In der Kirche drängten sich die Menschen sogar in den Sei-tengängen. Maria Himmelfahrt mit einer Rhythmusband, das wollten sich in Artlhofen weder die alten Nörgler noch Pfarrer Willis Fangemeinde entgehen lassen. Heini, Simmerl und ich saßen in unseren Ministrantenhemden mit den Instrumenten zu Füßen des Altarraums. Willi trat an den Ambo und sprach mit einer Stimme, die ein bisschen zu sehr an amerikanische Fernsehprediger erinnerte: »Dies ist ein ganz besonderer Tag, ein Tag, den wir unserer Lieben Frau widmen und ihrer leiblichen Aufnahme in den Himmel. Denn siehe, der Engel verkündete: Der Heilige Geist wird über dich kommen, und die Kraft des Höchsten wird dich überschatten.«

Pfarrer Willi trug immer wieder mal eine Spur zu dick auf, an diesem Tag aber kannte er kein Halten mehr. Er redete noch eine ganze Weile über die Versuchungen des Konsums und die Jungfräulichkeit Mariens, dann stellt er sich vor den Altar, schloss die Augen und atmete tief durch. Das war das verein-barte Zeichen. Simmerl zählte ein. Wir spielten *Herr, deine Liebe*, und schon nach drei Takten klatschte die ganze Kirche im Rhythmus dazu. Wahnsinn. *»Unser versklavtes Ich ist ein Gefängnis und ist gebaut aus Steinen unsrer Angst«*, sang Pfarrer Willi und ballte die Faust. Weil wir nur zwei Songs eingeübt hatten, musste zwischendrin der Organist bei der Kommunion mit *Yesterday* aushelfen. Aber als die Tonis am Ende des Gottesdiensts *Go tell it on the Mountain* anstimmten, da riss es alle von ihren Bänken, und mich beschlich eine Vorahnung, dass eine richtige Band mit richtigen Songs etwas richtig Geiles sein könnte.

Die Gemeinde applaudierte, doch Pfarrer Willi setzte den Zeigefinger an die Lippen.

»Ein herzliches ›Vergelt's Gott‹. Nun bitte ich Heinrich Lang und Vinzenz Bachmaier zu mir.« Wir postierten uns links und rechts neben ihn wie zwei Kerzenständer. Ich blickte in Heinis frommes Gesicht, das mich mit seinen Segelohren und der Akne, die noch viel schlimmer war als meine, an einen rostigen Kochtopf mit zwei Henkeln erinnerte. Pfarrer Willis Liebling trug einen Seitenscheitel, den er sich mit dem Lineal gezogen haben musste.

»Dies ist der Tag«, begann Pfarrer Willi, »an dem Heinrich Lang das Kreuz an Vinzenz Bachmaier übergibt. Denn Heinrich Lang wird nach Rom übersiedeln, um dort an der Päpstlichen Universität Gregoriana Theologie zu studieren.« Er machte eine Pause. Die Gemeinde tuschelte. Heinrich schien leicht zu vibrieren, so als würde er frieren. »Ich danke Heinrich für seine Dienste als Ministrant. Nicht nur moralisch, sondern auch musikalisch ist er ein leuchtendes Vorbild für die Pfarrjugend. Danke, Heinrich.«

Wieder brandete Applaus auf. Dem Heini schien es jetzt wirklich zugspitzmäßig kalt zu sein, so sehr schlotterte sein ganzer Leib vor Ergriffenheit.

»Mit dem heutigen Tag«, hob Pfarrer Willi an, »ernenne ich daher Vinzenz Bachmaier zum neuen Oberministranten. Heute wird er uns zum ersten Mal bei der Prozession mit dem Kreuze vorangehen. Möge er auch sonst immer auf dem Weg der Tugend wandeln. Amen.«

Dann reichte mir der Heini, der jetzt kurz vor dem Kältetod stand, den Stab, und ich schritt hinaus in die Sommerhitze.

So eine Prozession mit Pfarrer Willi konnte sich ziemlich in die Länge ziehen, ich durfte auch nur im Zeitlupentempo vorangehen, weil sonst die Alten vom Krieger- und Soldatenverein den Anschluss verloren hätten. Während wir singend und betend in Richtung der Kapelle am Wald marschierten, hatte ich Zeit, darüber nachzudenken, wie peinlich es war, als Achtzehnjähriger in Ministrantenkluft rumzulatschen. Auf meiner Huber-Skala rangierte das bei 7. Andererseits belegte ich in der inoffiziellen Wichtigkeitsskala der Pfarrei inzwischen Platz vier hinter Pfarrer Willi, Kaplan Euler und Diakon Rosenberger. Wahrscheinlich lebte ich als Einziger von ihnen im Zölibat, sofern man chronische Onanie und damit einhergehende Zwangsgedanken nicht als Sex einstufte. Sogar der heilige Heini hatte zölibatstechnisch so seine Anfängerprobleme. Jeder wusste, dass ihm die Gisela auf einer Party im Don-Bosco-Club mal eine gescheuert hatte, weil er ihr beim Schiebertanzen zu *Hiroshima* den BH aufmachen wollte.

»Gegrüßetseistdumariavolldergnade«, nuschelte Kaplan Euler hinter mir ins Mikrofon. Vor mir schlängelte sich der Weg durch die abgeernteten Felder. Die Sonne brannte mir ins Genick, und ich bereute es langsam, dass ich mir am Morgen den schwarzen Rollkragenpulli angezogen hatte, weil da noch Nebel auf den Feldern lag. Andererseits liefen die Urchristen in der Wüste früher auch in langen Klamotten herum und bekamen trotzdem keinen Hitzschlag. Ich versuchte zur Ablenkung an Ricarda zu denken, aber ihr Bild blieb sonderbar blass. Dubistgebenedeitunterdenfrauen. Staub an den Schuhen. Großergottwirlobendich. Das Kreuz. Der Himmel. Graublau. Eigentlich mehr grau als blau. Und so weit weg auf einmal. So hoch. So schwer.

So schwarz.

Sonnenfinsternis.

Ein Schatten wanderte übers Firmament. Mit einem Mal fing er an zu sprechen: »Vinz, du schaust voll schlecht aus.« Der Schatten vor der Sonne trug eine Metallbrille, ein Pferdeschwanz hing ihm über die Schulter fast bis auf mein Gesicht herab. Es war Angelika, die Pfarrsekretärin, die sich über mich beugte.

»Himmel oder Hölle?«, fragte ich.

»Ich bin dein Schutzengerl«, flüsterte sie.

»Also Hölle.«

Sie gab sich empört. »Dafür, dass es dich gerade umgehauen hat, bist du ganz schön frech.«

Ich lag im Gras unter einem Apfelbaum. Eine Brise strich durch die Äste. Beim ersten Einsatz als Oberministrant umzukippen, das rangierte auf der Huber-Skala bei 9.

Kaplan Euler trat von links in mein Blickfeld.

»Wir holen einen Krankenwagen«, kündigte er an.

»Auf keinen Fall«, protestierte ich. »Ich bin schon wieder fit.«

Euler und Angelika diskutierten hin und her, dann folgte er der Prozession nach, die inzwischen umgekehrt war.

Angelika setzte sich neben mich ins Gras. »Ich habe gesagt, dass ich auf dich aufpasse, schließlich habe ich mal ein Praktikum beim Roten Kreuz gemacht.« Sie reichte mir eine Flasche Mineralwasser aus ihrem Rucksack. Ich trank sie zur Hälfte aus und goss mir den Rest über den Kopf.

»Fast schon romantisch. Nur wir zwei hier«, flötete Angelika. Sie riss einen Grashalm aus und kitzelte mir damit die Nasenspitze. Das ging jetzt eindeutig über eine Wache am Krankenlager hinaus, das kapierte sogar ich. Aber warum hatte sie sich ausgerechnet mich als Opfer ausgesucht? Sie war fünfundzwanzig und damit viel zu alt für mich. Im Judo hatte sie es zum Schwarzgurt gebracht, sie trainierte mit den Männern aus der Landesliga. An ihr war alles ein bisschen zu groß geraten: ihr Hintern, ihr Busen, ihre Brille, aber vor allem ihr Mundwerk. »Hey, alte Fischhaut!«, rief sie mir immer nach, wenn ich dienstags auf dem Weg zur Ministrantenstunde an ihrem Büro vorbeiging. Angelika und Ricarda, das war wie eine Blaskapelle und ein Streichorchester. »Die bringt jeden beim Sex um«, lästerte Simmerl mal über sie. »Schulterwurf, Würgegriff. Orgasmus. Tod.«

»Die ist Pfarrjugendsekretärin«, sagte ich. »Die hat keinen Sex.«

Da war ich mir jetzt nicht mehr so sicher.

»Ich muss schiffen«, log ich, um ein paar Meter Abstand zwischen uns zu bringen.

»Ich auch«, sagte Angelika.

Ich schwankte rüber zum Waldrand, hob vorne den Rock und stellte mich an einen Baum, obwohl ich völlig ausgetrocknet war. Angelika setzte sich fünf Meter entfernt hinters Brombeergebüsch. Nur ihr Kopf ragte noch zur Hälfte daraus hervor. Mücken summten.

»Warum bist du eigentlich so ein verklemmter Kerl?«, fragte sie. So etwas Ähnliches hatte neulich auch schon der Simmerl über mich gesagt. Ich schwieg.

»Du möchtest immer so lässig sein, aber du schleichst rum wie der Heiland nach der Geißelung. Ich habe dich noch nie lachen sehen. Mach halt mal dein Maul auf, so blöd bist doch gar nicht.«

Jetzt fiel mir erst recht nichts mehr ein. Sie redete hinter dem Brombeergebüsch weiter.

»Und so hässlich bist du auch wieder nicht, obwohl du schon noch ein paar Knödel vertragen könntest.«

»Sag mal, wie lange pieselst du eigentlich noch?«, fragte ich.

»Ich hab gar nicht müssen.«

Ich drehte mich um und ging zurück zum Weg. Sie kam mir nach und baute sich vor mir auf.

»Jetzt hör mal zu, Vinz. Ich mag dich, weil du kein Depp bist. Und Deppen gibt es in Artlhofen mehr als genug. Aber lass endlich dein Kreuz los. Du hast ja gesehen, dass es zu schwer für dich ist.«

Und dann gab sie mir einen kurzen, feuchten Kuss. Auf den Mund. Eine Vorstufe zu Sex. Vorspiel zum Vorspiel gewissermaßen. Also noch mal: Angelika gab mir einen Kuss. Einfach so.

Ich raffte meinen Ministrantenrock und rannte über ein Stoppelfeld davon. Erst als ich nicht mehr konnte, blieb ich stehen. In der Ferne sah ich die Prozession, wie sie wieder auf die Kirche zusteuerte. Irgendwo ertönte ein Martinshorn. Über mir kreiste ein Bussard. Und da kamen mir, ich wusste nicht warum, die Tränen.

Lichtwesen

Dass es mich bei meiner Premiere als Oberministrant umgehauen hatte, war noch nicht das Schlimmste. Am Sonntag danach kaute Onkel Willi lustlos auf seinem Rollbraten herum. Außer mir waren bei der Prozession noch sieben andere zusammengeklappt, im Pfarrgarten hatte es ausgesehen wie in einem Feldlazarett.

»Ein so ein schöner Gottesdienst mit so einem unwürdigen Ende«, jammerte er. Meine Mutter musterte mich mit ihrem Pietà-Blick. »Der Bub hat seine Konstitution von seinem Vater und mir geerbt. Wir sind eher von schwächlicher Natur in der Familie Bachmaier.«

Ich dachte währenddessen an die Worte von Angelika. So hatte noch nie jemand mit mir geredet. Wenn mein Vater mit mir sprach, dann sagte er: »Schalt den Österreicher ein.« Damit konnte ich was anfangen. Dann ging ich zum Fernseher und drückte den Knopf mit der Nummer 5. Meine Mutter sagte zu mir: »Du musst deine Unterhosen regelmäßiger wechseln. Letzte Woche waren nur vier in der Wäsche.« Elvira sagte: »Du bist so blöd, dass einem schlecht werden kann.«

»Ich mag dich, weil du kein Depp bist«, das hatte ich noch nie gehört. Aber sah ich wirklich so unglücklich aus? War ich überhaupt unglücklich? Wie fühlten sich Glück und Unglück an? Das waren völlig neue Fragen. Ich konnte unmöglich mit Simmerl drüber reden, weil die ganze Sache auf der Huber-Skala bei 9,5 rangierte, denn letztlich ging es dabei um die vage Aussicht auf Sex mit Angelika. Das war das Schlimmste. Auf das lief es doch immer hinaus, wenn zwei zusammenkamen, außer bei meinen Eltern vielleicht, aber selbst die mussten es wenigstens zweimal miteinander getrieben haben.

In den nächsten Wochen verbrachte ich noch mehr Zeit als sonst auf dem Fensterbrett. Wenn ich nicht rauchte oder grübelte, dann stolperte ich im Duckwalk wie Angus Young durchs Zimmer und versuchte dabei das Gitarrenriff von *Highway to Hell* auf der gottlosen Hohner nachzuspielen.

Nebenan leierte das Kassettenradio in Elviras Zimmer dauernd *Santa Maria* von Roland Kaiser. *Insel, die aus Träumen geboren/ Ich hab meine Sinne verloren/In dem Fieber, das wie Feuer brennt.* Elvira kicherte. Fast jeden Nachmittag hing jetzt der Manni Schachtner bei ihr herum. Meine Mutter hatte zwar ihren Horchposten unten in der Küche bezogen, sie schritt aber nicht ein, wahrscheinlich, weil sie den Schachtner als Juniorchef des Betonwerks für eine ziemlich gute Partie hielt. Den Schachtner hörte ich ab und an stöhnen, aber nicht vor Lust, sondern weil er einarmige Liegestütze vorführte, um Elvira zu beeindrucken. Einmal platzte er zu mir ins Zimmer. Alles an ihm leuchtete in Rot. Seine Haare, sein Kopf, sein FC-Bayern-T-Shirt. Er sah aus wie eine menschliche Warnlampe. »Vinz, du Penner!«, schrie er begeistert und boxte mich in die Schultern. »Mach endlich mal Sport!«

»Schachtner, im Vergleich zu dir ist ein Betonpfosten ein Nobelpreisträger.«

»Ein was?«, fragte Schachtner und stutzte. In den leeren Weiten seines Hirns schienen ein paar dunkle Wolken aufzuziehen.

»Geh, komm, Manni, lass ihn in Ruhe«, sagte Elvira und zog ihn wieder in ihr Zimmer zurück.

Danach zündete ich mir wieder eine an und blickte hinaus auf die Felder. Ich war schnell im Kontern. Wenn bloß dieses Gefühl nicht gewesen wäre, das mich immerzu verfolgte. Das

Gefühl, ein Verlierer zu sein. Sogar im Vergleich zu Schachtner kam ich mir in jeder Hinsicht wie ein Schwachmat vor. Ich spielte in einer Rhythmusband, fuhr einen bronzefarbenen Opel Commodore, kippte während der Prozession um und wurde von der pummeligen Pfarrsekretärin angemacht. Alles nicht Rainer-like. Meine Wunschliste war längst nicht abgearbeitet.

Auf keinen Fall konnte ich mit Angelika gehen, so viel war klar. Erstens wäre das ein Eingeständnis meiner Mittelmäßigkeit gewesen, und zweitens hatte ich Angst vor ihr, denn sie hatte mich durchschaut. Ich ertrug es nicht, dass jemand in mich reinglotzte wie in eine Schaufensterauslage. Andererseits spürte ich noch ihre Lippen auf den meinen, und wenn ich die Augen zumachte und gedanklich Patschuli dazumischte, stellte ich mir vor, sie wäre Ricarda.

In Ricarda war ich seit der Pool-Party im März verschossen. Das war der Augenblick des Urknalls. Stunde null. Frank Steininger aus meiner Klasse hatte sturmfrei und alle zu sich eingeladen, weil er sich beliebt machen wollte. Er war zwar der gleiche Langweiler wie sein Vater, der im Vorstand der Kreissparkasse saß. Sie residierten aber in einer protzigen Millionärsvilla samt Kaminzimmer und Hallenbad, die für Saufpartys deutlich besser geeignet war als die Maschinenhalle von Simmerls Vater. Einmal hatte ein Filmteam bei den Steiningers sogar ein paar Szenen für den Kommissar gedreht: Erik Ode starrte vom Beckenrand ins Wasser, in dem eine Filmleiche trieb, und fragte die heulende Filmwitwe: »Hatte der Hausmeister einen Schlüssel?«

An dem Samstag im März lungerten 50 oder 60 Leute beim Steininger herum, der von allen am wenigsten Spaß hatte, weil er fürchtete, dass die Party vielleicht doch ein paar Spuren an der Villa seiner Alten hinterlassen könnte. Simmerl und ich ließen uns gerade den Rücken an einer Wasserdüse massieren, da flog die Tür auf.

Ein Lichtwesen erschien im Hallenbad.

Seine Haare glänzten kastanienbraun, seine Zähne erstrahlten in makellosem Weiß. Das Lichtwesen trug einen dunkelblauen Badeanzug, der so was von durchsichtig war, dass alle Gespräche mit einem Mal verstummten.

Das Lichtwesen trat an den Beckenrand, räkelte sich, wippte kurz auf den rot lackierten Zehen und sprang. Noch nie hatte ein Hecht so lange gedauert, das Lichtwesen schwebte förmlich in der Luft, sekundenlang, minutenlang, eine Ewigkeit, bevor es sich dem Wasser hingab, um dann in die Tiefe zu gleiten, seinen Leib von silbrigen Bläschen umschmeichelt. So glitt das Lichtwesen bis ans andere Ende des Beckens, wo es genau vor Rainer auftauchte, der bis zur Nase im Wasser stand und hypnotisiert wirkte. Da nahm das Unheil seinen Lauf, denn das Lichtwesen lachte Rainer, diesen Riesenarsch, mit seinem Zauberlächeln an und hauchte: »Hi, ich bin Ricarda.«

»Ich bin der Rainer«, sagte der Rainer.

»Mist«, raunte Simmerl, »warum steht der jetzt da, wo ich hätte stehen sollen?«

Mein Herz klopfte, ja, es pochte mit einem Mal so heftig, dass ich glaubte, alle könnten es hören. Ricarda von Straten aus Herford. Erst drei Tage zuvor war ihre Familie nach Gammelsdorf gezogen. Ich würde sie anbeten, ich würde mit ihr Kinder zeugen und am Ende der Tage in der Kathedrale von Canterbury für immer neben ihr ruhen.

»Ich wichse mich heute in eine völlig neue Dimension hinein«, sagte Simmerl, tauchte kurz ab und stieß einen dünnen Wasserstrahl aus dem Mund.

»Du bist so unglaublich primitiv«, fuhr ich ihn an und stieg aus dem Becken. Ich lief rüber ins Kaminzimmer, wo ich mir mein drittes Bier reinschüttete.

Später am Abend fläzten Ricarda und Rainer auf dem Ledersofa vor dem Kaminfeuer. Ein schändlicher Anblick. Ich hing allein rum, weil Simmerl sich die Ulrike vorgenommen hatte, die seiner Meinung nach landwirtschaftsaffin war, weshalb er ihr die Schritte der Milcherzeugung in einem Mischbetrieb ausführlich erklärte.

Als Rainer eine Pinkelpause machte, nahm ich meinen ganzen Mut zusammen. Ich trat zu ihr hin und lallte: »Soll ich dir ein Bier bringen?«

Ricarda blinzelte mich verschlafen an.

»Oooch, bist du ein Süßer. Du könntest mir und dem Rainer zwei Campari oben aus der Bar holen.«

»Klar.« Ich stolperte zur Bar rauf und goss zwei Campari in die Gläser, aber als ich wieder unten ankam, war sie weg – und Rainer auch. Ich schüttete die Camparis selbst runter. Simmerl berichtete mir später, ich hätte mich nach Mitternacht an den Beckenrand gestellt und gerufen: »Das ist der Kelch des neuen und ewigen Bundes!« Und dann sei ich der Länge nach ins Wasser gekippt.

Der Spätherbst wich dem Winter, aber ich senkte immer noch den Blick, wenn ich Ricarda auf den Gängen der Schule begegnete. Nur aus der Ferne wagte ich es, sie anzuschmachten. Die Unerreichbare. Die Makellose. Sie.

Geiles Zeug

An einem Nebelsamstag holte ich Dietrich mit dem Commodore vom Bahnhof ab. Er war der Einzige, der sich auf Simmerls Annonce in der Stadtzeitung hin gemeldet hatte.

In meiner Fantasie hatte ich mir einen großen, hageren Typen vorgestellt. Dietrich aber war klein und formlos. Er trug einen schwarzen Ledermantel, dessen Kragen er aufgestellt hatte. Mit seinen dunklen Lockenhaaren erinnerte er mich an den Sänger Bon Scott von AC/DC, was sich schon mal ziemlich vielversprechend anließ.

»Voll Arsch der Welt hier«, war das Erste, was er sagte, als er ins Auto stieg. Er sprach Hochdeutsch. Er kam aus München. Er war mindestens zwanzig und verfügte daher über große Lebenserfahrung. Das reichte, um mich vollends einzuschüchtern.

»Ja, ich überlege mir auch schon dauernd, wann ich wegziehe«, antwortete ich und versuchte dabei möglichst lässig zu klingen. »Totale Provinz halt. Aber günstig.«

Die restlichen drei Kilometer schwieg Dietrich und blickte angewidert aus dem Fenster. Wir fuhren die Hauptstraße rauf, und ich roch auf einmal, was er roch: Es war der Gestank nach Saustall, diese stechende Wolke, die immer über dem Ort hing. Kuhscheiße roch irgendwie erdig, fast appetitlich. Aber Schweinescheiße? Kein Mensch würde da reintreten wollen.

Eine Flügeltür des Schuppens stand offen, Simmerl und der Bassist warteten schon. Als wir ausstiegen, bewegte sich kurz der Vorhang des Küchenfensters, hinter dem meine Mutter lauerte.

46

Dietrich baute sich vor dem Eingang auf. »Das also ist jetzt das professionelle Bandprojekt«, sagte er mit höhnischer Stimme. »Ich habe den Eindruck, dass ihr bloß drei Arschlöcher seid.«

»Vier Arschlöcher, dich eingerechnet«, sagte der Bassist. Es war das erste Mal, dass ich ihn reden hörte, aber er hätte besser das Maul halten sollen. Dietrich kam aus München, womöglich hatte er dort Mick auf der Straße gesehen, und wir kamen aus Nirgendwo.

»Ich bin der Simmerl, Großgrundbesitzer«, sagte Simmerl. »Und das ist der Spy, unser Bassist mit mehrjähriger Bühnen-erfahrung.«

»Wieso Spy?«, fragte der Bassist. »Ich heiße doch Werner Czapka.«

»Weil du neulich aufs Auto gespeit hast. Englisch ausgespro-chen klingt es halt eleganter.«

Dietrich setzte sich auf zwei leere Bierträger und hob zu einer Rede an. »Also, Leute, ich bereue es zwar jetzt schon, dass ich mir den Tag ruiniert habe. Ich erkläre euch aber mal, worum es mir geht. Ich möchte etwas Anspruchsvolles machen, mit kritischen Texten, die was bewegen. Janis Joplin, Jim Morrison, Tom Waits, Ton Steine Scherben …«

»Mist«, unterbrach ihn Spy.

»Rockmusik hat endlich wieder eine eminent politische Funktion, gerade nach Tschernobyl. Sie ist aufklärerisch, sie ermächtigt den Einzelnen im Kampf …«

»Alles Bullshit«, sagte Spy mit Nachdruck.

Dietrich brach ab. Er sah gekränkt aus. Anscheinend war er als Stadtmensch sehr sensibel. Seine Mutter war Psychoanalytikerin und sein Vater ein bekannter Architekt, das hatte mir Simmerl schon über ihn erzählt. Wir schwiegen. Spy holte sich einen Beutel Roth-Händle-Tabak aus der Hosentasche, bröselte Gras aufs Zigarettenpapier und drehte sich einen Joint. In unserer Garage. Einfach so. Obwohl Rauchen hier feuerpolizeilich verboten war, das stand sogar auf dem Schild, das mein Vater angeschraubt hatte.

»So eine Hirnwichserei mache ich nicht mit. Da hau ich lieber gleich ab.«

»Wir wollen vielleicht auch so was in Richtung Bluesrock spielen«, sagte ich vorsichtig. »Also Ten Years After, Rory Gallagher, John Mayall.«

»AC/DC!«, warf Simmerl ein. »Die machen auch kritische Texte, bloß versteht die keiner.«

Dietrich schüttelte den Kopf. Spy inhalierte den Joint und bot ihn mir an. Ich hatte noch nie Gras geraucht, nahm aber betont beiläufig einen Zug, weil ich mich nicht noch mehr blamieren wollte. Und außerdem waren wir jetzt Künstler, da gehörten Drogen in einem gewissen Maße einfach dazu. Ich reichte den Joint an Dietrich weiter, der gierig dran saugte. Nur Simmerl winkte ab.

»Okay, dann lasst mal was hören«, sagte Dietrich.

»Wir fangen doch gerade erst an«, antwortete ich.

»Irgendwas werdet ihr doch eingeübt haben.«

Ich blickte zu Simmerl.

»Herr …«, murmelte er und nickte mir zu. Und dann spielten wir den Schlager der Tonis an, nur ohne den Knödeltenor von Onkel Willi und ohne Heinis Hammondorgel.

Spy hüstelte den Zigarettenrauch aus. Dietrich riss die Augen auf, als habe er etwas Fürchterliches erblickt, im nächsten Moment prusteten beide los. Auch mich überkam plötzlich ein so heftiger Lachzwang, dass ich abbrach und in die Knie gehen musste. Nur Simmerl saß am Schlagzeug und wirkte angepisst, was irgendwie auch witzig aussah. Alles war mit einem Mal extrem lustig.

»Geiles Zeug«, stieß Dietrich hervor, ehe sein Lachen in ein Wiehern überging und dann in einem asthmatischen Hustenanfall endete.

Simmerl reichte es. »Ja Kruzifix, ihr Deppen, was soll das denn werden?«, herrschte er uns an.

Es dauerte noch etliche Minuten, bis wir drei uns wieder halbwegs im Griff hatten. »Ihr seid zwar total hoffnungslose Bauern«, sagte Dietrich. »Aber fangen wir vielleicht einfach mal von ganz vorne an. Wir brauchen einen Bandnamen. Und ich hätte da schon einen Vorschlag.«

Er ließ eine Kunstpause und blickte hinauf zur Decke, als hätte er eine Eingebung von oben erhalten.

»November.«

»Ähm?«, fragte Spy. »Was ist im November?«

»Mann, das ist der Bandname. November hat eine Tiefe und Ambivalenz, die uns von dem ganzen oberflächlichen Schwachsinn des Musikbetriebs unterscheidet.«

»Mit mir nicht.« Simmerl feuerte die Schlagzeugsticks in die Ecke. »August, maximal. Aber auf keinen Fall November. Ich will mich nicht umbringen, sondern Musik machen.«

Dietrich verschränkte beleidigt die Arme. Wieder herrschte Schweigen. Das Feuer im Kanonenofen prasselte. Wir dachten nach.

»Irgendwas mit Krawall«, schlug Spy vor. Dietrich schnaubte. Four Friends, Maria Höllenfahrt, The Farmers, Bavarian Metal, Altar Boys, Widerstand 2000 – die Vorschläge flogen durcheinander. Dietrich versuchte es noch einmal mit Oktober, ohne Erfolg.

»Heilige Scheiße, mir fällt jetzt nichts mehr ein«, seufzte ich, nachdem auch Sechszylinder, The LAs, Motorschaden und TÜV 2000 durchgefallen waren.

»Das sind die ersten vernünftigen Worte von dir«, sagte Spy. »Heilige Scheiße, das klingt doch genial.«

»The Holy Shit! Das ist es!«, rief Simmerl. »The Holy Shit!«

Dietrich nickte. »Damit kann ich leben. Da klingt auch was Politisches durch.« Ich wusste, das würde für mich Ärger geben.

Aber wir waren jetzt immerhin eine Band. Wir brauchten nur noch ein paar Songs.

Im Winter verschwand Artlhofen von der Landkarte. Tagelang legte sich ein so dichter Nebel auf den Ort, dass sich selbst die Nachbarhäuser nur erahnen ließen. Meine Mutter hockte nicht mehr am Küchentisch, sondern lag meistens auf dem Kanapee im Guten Zimmer. Ab und zu kam unser Hausarzt Doktor Roggenmaier vorbei, um ihr eine Vitaminspritze oder so etwas Ähnliches zu verabreichen. »Eure Mutter ist nervlich ein bisschen angeschlagen«, sagte er zu Elvira und mir. »Sie braucht absolute Schonung.« Fortan schlichen wir nur noch auf Zehenspitzen durchs Haus. Im Schuppen machte die Band dafür umso mehr Lärm. The Holy Shit übte jeden Donnerstag und manchmal auch am Samstagnachmittag. Nur Sonntag war tabu. Bis nach Weihnachten hatten wir immerhin drei Songs einstudiert: *Room to move* von John Mayall, aber ohne Mundharmonika, *Highway to Hell*, aber ohne Solo, und *Lebenslügen* von Dietrich.

Immer wenn der Refrain kam, verdrehte Simmerl hinterm Schlagzeug die Augen. *Lebenslügen, sie fressen dich auf / alles Schall und Rauch.*

»Was für ein Schwachsinn. Das reimt sich doch nicht einmal«, beschwerte sich Simmerl.

»Das ist Deutschrock, du Saubauer!«, fauchte ihn Dietrich an. »Reime sind reaktionär.«

»Schall und Rauch, der Bauch grummelt nach zu viel Lauch«, witzelte Spy.

Dietrich flippte aus. »Kannst du ein einziges Mal was mit Substanz sagen, du niederbayerischer Punk-Depp?«

So ging das oft den ganzen Abend lang, bis ich Dietrich zum letzten Zug bringen musste, der um 20.34 Uhr in Richtung München fuhr.

Im Januar erhielten ich und Spy unsere Einberufungsbescheide. Spy sagte, er werde sich für zwei Jahre beim Fernmeldebataillon in Donauwörth verpflichten, weil er erstens eh schon die Ausbildung zum Signaltechniker bei der Bundesbahn absolviere und zweitens langfristig eine Beamtenlaufbahn anstrebe. Dietrich starrte ihn an. »Ich habe gedacht, du wärst ein Punk? Einer wie du muss sich doch den Goldenen Schuss setzen.« »Ich saufe, kiffe und arbeite. Du kannst gescheit daherreden, weil sie einen wie dich eh ausgemustert haben.« Dietrich stöhnte. »Ich habe sehr wohl Tauglichkeitsstufe drei. Aber ich verweigere komplett, weil ich mich weder dem militaristischen System der BRD noch dem ausbeuterischen Zivildienst ausliefern werde. Ich habe mich vom Anwalt beraten lassen und mache einen auf psychische Störung. Manisch-depressiv. Einen Typen wie mich kannst du nicht in einen Panzer setzen, der schießt die eigenen Leute ab, wenn er schlecht drauf ist.« Simmerl war vom Wehrdienst freigestellt worden – unabkömmlich vom elterlichen Bauernhof. Ich selbst hatte bei der Musterung Tauglichkeitsstufe eins erhalten, was mich ein wenig mit Stolz erfüllte, da ich zumindest in dieser Hinsicht auf Augenhöhe mit Rainer war. Andererseits hatte ich wie Dietrich weder Bock auf Zivildienst noch auf Bundeswehr. Strammstehen? Niemals. Aber Hintern auswischen im Altenheim Sankt Jakobus, das kam auch nicht infrage. Deshalb musste mich Kowalczyk nicht lange überreden, um mich für zehn Jahre Dienst in der Freiwilligen Feuerwehr Artlhofen zu verpflichten. Das war der Gefallen, den ich ihm schuldig war fürs Autoreparieren. Außerdem konnte ich bei der Feuerwehr kostenlos den Lkw-Führerschein machen. Ich hatte zwar keine Ahnung, was ich damit anfangen sollte, aber es klang männlich. »Du bist der Erste bei uns mit Abitur«, sagte Kowalczyk, »da bringst du es locker in zwei Jahren zum Zugführer und in zehn Jahren zum Kommandanten.«

Gig

Am Sonntag nach Maria Lichtmess klingelte das Telefon. Es dauerte eine ganze Weile, bis sich meine Mutter zum Apparat schleppte. »Der Herr Zollner für dich«, rief sie vom Gang herauf. In ihrer Stimme lag diesmal kein schmerzhafter, sondern ein anklagender Ton. Sie hielt mir den Hörer hin.

»Hier Bachmaier junior«, rief ich.

Er wolle sich nur mal erkundigen, ob wir am 28. März Lust auf einen Gig im Trash hätten, sagte Wolfi.

Der Wolfi. Der Wolfi, der so unglaublich intellektuell und souverän war, rief bei mir, Vinzenz Bachmaier, an. Und bot mir einen Gig im Trash an.

Jedenfalls finde dort am Abend die Jahreshauptversammlung der Jungsozialisten samt Neuwahlen statt, sagte er. Man werde dieses Mal ein bisschen mit den Konventionen brechen, um neues Publikum anzulocken. Denn leider sympathisierten seit Tschernobyl immer mehr junge Leute mit diesen grünen Wohlstandsdeppen, die im Kern apolitische Wichte seien. Dem müsse man eine entschlossene Antwort der Arbeiterklasse entgegensetzen. Der Genosse Werner Czapka habe ihm erzählt, dass wir da ein schönes Bandprojekt mit sozialkritischen Texten am Laufen hätten. Das könnten wir bei der Gelegenheit vorstellen. Als Gage biete er jedem Musiker ein Schnitzel und vier Freibier. Ich sagte sofort zu.

Meine Mutter, die das Gespräch im Guten Zimmer mitgehört hatte, rief nun mit ihrer Leidensstimme: »Wenn dein Vater wüsste, mit wem du Umgang hast, dann würde er sich zweimal im Grab umdrehen!«

52

»Dann liegt er ja wieder richtig rum«, gab ich zurück und drosch die Tür zu.

Das Trash stank wie eine Bierleiche auf dem Volksfest, als wir am Nachmittag mit unseren Instrumenten anrückten. Eine Mischung aus verschüttetem Bier und vollen Aschenbechern, gewürzt mit einer Note Kotze. Durch die Ritzen des Stadels zog der Schneewind. Der Kachelofen werde erst um 18 Uhr angeheizt, beschied uns Wolfi, und so froren wir in unseren Parkas an den Biertischen. Dietrich jammerte. Bei der Kälte könne er unmöglich einen Ton rausbringen. Das sei alles eine einzige Zumutung.

Er sah sogar für seine Verhältnisse ziemlich blass aus. Nach einer halben Stunde hatte er bereits zwei seiner vier Freibiere runtergeschüttet. Als wir mit dem Soundcheck anfangen wollten, war er verschwunden. »Dietrich!«, rief ich ins Mikro, aber von Dietrich war nichts zu sehen. Wir schwärmten aus. Nichts. Weder auf der Straße noch vorne im Wirtshaus. Ich diskutierte mit Spy und Wolfi gerade, ob er womöglich nach Hause getrampt sei, da kam Simmerl aus dem Herrenklo.

»Er hat sich eingesperrt.«

»Aus Versehen?«, fragte Spy.

»Nein, weil er ein verdammter Psycho ist. Er will nicht auftreten.«

Zu viert bauten wir uns vor der Kabine auf.

»Jetzt mach halt auf, du blöde Sau!«, brüllte Simmerl. Wolfi schüttelte den Kopf, um ihm zu bedeuten, dass er ruhig sein solle. Er legte sein Ohr an die Klowand, lauschte einen Moment und sprach mit seinem sanften Wolfi-Bass.

»Dietrich, ich weiß, dass du da drin bist. Und das ist im Prinzip okay. Du kannst auch einfach sitzen bleiben, aber sag halt, was los ist, damit wir uns keine Sorgen machen müssen.«

»Ver-sa-gens-angst.«

Dietrich dehnte jede einzelne Silbe. Dann hämmerte er von innen gegen die Tür. Wolfi zuckte zurück. Simmerl schnappte schon wieder nach Luft, doch Wolfi hob beschwichtigend die Hand.

»Dietrich, das ist ganz normal, das befällt alle großen Künstler hin und wieder. Bleib einfach hocken und rauch einen Joint.«

»Ich habe noch zwei Bier gut«, tönte es von drinnen.

Ich holte schnell zwei Flaschen Weißbier und schob sie unterm Türspalt durch.

»Brauchst auch einen Öffner?«, fragte ich so einfühlsam wie möglich.

»Nein, danke«, sagte Dietrich.

Eine halbe Stunde später traf die SPD-Landtagsabgeordnete Dr. Wenke Mauser ein, die ich schon ein paarmal im Dritten Programm gesehen hatte. Sie wirkte abgehetzt und ließ sich als Erstes einen Jägermeister bringen. Dietrich streikte immer noch auf dem Klo. Simmerl fluchte in einer Tour. Er habe sich ohnehin schon dauernd gefragt, warum einer aus München bei einer Band in Artlhofen einsteige. Das könne ja nur ein Vollidiot sein, was sich jetzt bestätige. Im Stadel saßen wir nun zu sechst am Tisch, denn nach Mauser erschien noch der pensionierte Hauptschullehrer Garhammer als Berichterstatter des Tagblatts. Sonst war noch niemand da.

Und dafür sei sie jetzt eigens aus Berchtesgaden über lauter Nebenstraßen hergeschlichen, maulte Mauser. Später müsse sie noch weiter nach München. Die Rede könne sie sich eigentlich sparen.

Dann gehe auch er wieder heim, kündigte Garhammer an, doch Wolfi hielt ihn zurück. Erstens sei das die Jahreshauptversammlung einer Volkspartei und nicht irgendein Grattlertreffen, zweitens werde Genossin Dr. Mauser sehr wohl die Rede halten, und drittens trete heute erstmals die Deutschrockband The

Holy Shit auf. Das seien gleich drei Nachrichten auf einmal, und damit eigentlich schon zu viele für eine durchschnittliche Ausgabe des Tagblatts.

Garhammer blieb, aber damit er sein Foto schießen konnte, bestand er darauf, dass die Abgeordnete Mauser in ihrem dunkelblauen Hosenanzug ihre Rede vom Pult ablas. Sie tat ihm den Gefallen.

»Liebe Genossinnen und Genossen! Auch im fünften Regierungsjahr von Helmut Kohl ist die Sozialdemokratie im Bund quicklebendig. Überall im Lande wächst der Widerstand gegen die neoliberale Politik, die nur darauf abzielt, sämtliche Errungenschaften der Regierungen Brandt und Schmidt rückgängig zu machen. Der Kampf gegen die Atomfabrik in Wackersdorf, aber auch die vielen lokalen Initiativen für Frieden und Abrüstung zeigen uns, dass wir mit unseren Themen grundsätzlich richtigliegen. Die repressive Aids-Politik der …«

Dietrich durchquerte schlurfend den Saal, was die Rednerin kurz aus dem Konzept brachte. »Ein herzliches Grüßgott unserem neuen Gast!«, rief sie, er schien es aber nicht zu hören. Dietrich plumpste neben Wolfi auf die Bank und flüsterte: »Mal angenommen, ich bestelle noch ein Bier, das könntest du doch beim Kontingent von Vinz abziehen, weil der eh fahren muss.«

»Aber nur, wenn du singst«, raunte Wolfi zurück.

Genossin Mauser machte noch einige Ausführungen zur Landtagswahl in Bayern, bei der sich die SPD gegen die abgewirtschaftete CSU leider nicht habe durchsetzen können. Dann kam sie endlich zum Schluss. »Und jetzt Bühne frei für die Jugend!«

Wolfi drehte das Licht ab und schaltete die Spotscheinwerfer ein. Als erstes unserer drei Stücke spielten wir *Room to move* ohne Mundharmonika. Dietrich hätte sich trotz seiner vermutlich zwei Promille einigermaßen gut geschlagen, wenn er nicht mit dem Rücken zum Saal gesungen hätte. Selbst bei der Ansage zu »Lebenslügen« starrte er auf Simmerls Bassdrum. »Wir singen jetzt einen Song, der irgendwie alle angeht«, nuschelte er ins Mikro und zählte ein. »Wan, tu, sri, for!«

Wir hatten uns schon bis zum zweiten Refrain durchgekämpft, da riskierte Dietrich doch einen Blick über die Schulter und brach jäh ab. »Wir sind mehr als zwei und es ist uns alles ...«

Simmerl schlug noch ein paar Takte weiter, dann kam die ganze Band zum Halten wie ein Zug, in dem jemand die Notbremse gezogen hat.

Genau in der Mitte des dunklen Saals stand eine Frau, die einzige Zuschauerin außer Garhammer, Frau Dr. Mauser und Wolfi.

Ich kniff die Augen zu. Sie schon wieder. »Angelika?«

»Übt ihr bloß oder ist das ein Auftritt?«, fragte sie.

»Also, bis gerade eben war es ein Auftritt. Aber was machst du da?«

»Vinz, was ist jetzt das für eine blöde Frage? Schau ich aus, als ob ich in der Badewanne sitze? Ich wollte hören, ob ihr genauso lahmarschig spielt wie die Tonis.«

Während ich gerade überlegte, ob das bei 9 oder 10 auf meiner Huber-Skala lag, flüsterte Simmerl mir von hinten zu: »Vinz, die ist eindeutig scharf auf dich.«

10.

Wolfi räusperte sich am Biertisch. »Wir kommen jetzt zum Tagesordnungspunkt Neuwahl des Vorsitzenden.«

»Ich hab aber noch zwei Strophen«, protestierte Dietrich.

»Die geben wir zu Protokoll.«

Das erste Konzert von The Holy Shit war damit vorzeitig beendet. Nun hielt Wolfi eine Rede, die aber nicht länger als eine Minute dauerte. Weil Genosse Werner Czapka voraussichtlich noch in diesem Jahr seinen Wehrdienst in Donauwörth antrete, gebe er sein Amt als Kreisvorsitzender der Jungsozialisten ab.

Man stehe nun vor der Wahl, entweder den Kreisverband auf-
zulösen oder einen neuen Vorsitzenden zu bestimmen. Er selbst
sei schon lange aus dem Alter raus, weshalb er hier nur gute
Dienste leisten und helfen wolle, aber er sehe hier durchaus
einen potenziellen Kandidaten im Raum. Und das sei Vinzenz
Bachmaier.

»Ich?«

»Du.«

»Warum?«

»Du stammst zwar nicht aus der Arbeiterklasse, aber verfügst
über ein großes Maß an katholischer Hinterfotzigkeit, das sieht
man dir an.«

»Endlich merkt es mal einer«, pflichtete ihm Angelika bei, die
sich am Biertisch neben mich drückte.

»Wenn du mich fragst, war der ganze Gig eine Falle«, sagte
Simmerl. »Ihr spinnt doch alle hier. Totales Irrenhaus.«

Wenke Mauser runzelte die Stirn. »Also, die Versammlung
entspricht überhaupt nicht den Statuten. Das geht so nicht.«

»Und ob das geht«, sagte Wolfi. »Wir stimmen ab. Basisdemo-
kratie. Wer ist für Vinzenz Bachmaier?« Spy, Wolfi und Angelika hoben die Hand. »Dagegen?« Simmerl nickte. »Vinzenz
Bachmaier ist mit drei zu eins Stimmen zum Kreisvorsitzenden
der Jusos gewählt worden. Nimmst du die Wahl an?«

»Also, ich …«

Alle am Biertisch, einschließlich Garhammer, applaudierten.
Von der Ofenbank her mischte sich Dietrichs Schnarchen
darunter.

Aus der Politik hatte ich mich davor rausgehalten, so wie
ich mich insgesamt aus meinem Leben rausgehalten hatte.
Irgendwo tief drin in mir lauerte zwar eine Art Aufsässigkeit,
ich war der Langeweile und der ewig gleichen Sonntagspredig-
ten überdrüssig. Jesus ist für uns am Kreuz gestorben. Geht

hinaus in den Alltag. Blablabla. Aber ich bekam stets aufs Neue eingeschärft, dass ich auf der richtigen Seite zu stehen hatte. Andernfalls wäre die Sache mit dem ewigen Leben erledigt, das wollte ich auch nicht so einfach riskieren. Auf der richtigen Seite standen diejenigen Artlhofener Bürger, die auf Erden ein Eigenheim besaßen, mindestens einmal pro Woche die Heilige Messe besuchten und sich damit die Anwartschaft auf einen Platz im Himmel sicherten.

Die auf der falschen Seite hatten zwar im Diesseits mehr Spaß, dafür gab es nach dem Tod für sie keine Verlängerung. Vielleicht ein bisschen Fegefeuer, aber grundsätzlich war erst einmal Feierabend. Die meisten von denen wohnten bloß zur Miete und waren von irgendwoher zugezogen. Sozis, Grüne und Atheisten halt. Im Gottesdienst sah man die nie, dafür hingen sie im Trash herum, hatten voreheliche Sex und machten auch sonst, was sie wollten.

Aber ehrlich gesagt wäre ich auch lieber zum Bauzaun nach Wackersdorf gefahren statt nach Altötting. Den Wolfi spritzten die Bullen an Pfingsten erst mit dem Wasserwerfer ab, danach nahmen sie ihn vorübergehend fest und verpassten ihm noch eine mit dem Schlagstock. Alles obercool. Ich dagegen saß an dem Pfingstwochenende mit dem Kolpingwerk wieder einmal im Wallfahrtsbus und sang Salve Regina. Onkel Willi machte auf der Rückfahrt nach Artlhofen eine Durchsage, dass linke Chaoten in Wackersdorf randalierten und das schöne Bayern bald in Anarchie versinken werde. Danach betete er für den Frieden. Ich wollte aber auch mal eine auf die Fresse bekommen wie der Wolfi. Oder wenigstens ein Bein rüber auf die falsche Seite halten, mehr so testweise.

Ich hatte keine Ahnung, was ich als Kreisvorsitzender der Jusos anstellen sollte. Reden halten? Auf Demos gehen? »Am besten machst du jetzt erst einmal gar nichts«, riet mir Wolfi. »Das ist nie verkehrt, da kannst nichts falsch machen. Und wenn du mal was machen sollst, dann werde ich es dir schon sagen.«

Zwei Tage nach der Wahl rief mich aber schon der Garhammer an und wollte wissen, wie ich als Jungsozialist zum Planfeststellungsbeschluss für den Autobahnabschnitt 34/4 stünde. Ich dachte kurz an meinen Commodore, der ein absoluter Befürworter des Ausbaus war, dann fiel mir Simmerl ein, dessen Familie dafür zehn Hektar Ackerland abtreten sollte und vor dem Verwaltungsgericht prozessierte. »Ja, was jetzt?«, hakte Garhammer nach. Ich konnte schlecht antworten, dass mir das Thema schlicht am Arsch vorbeiging, deshalb sagte ich einfach: »Schreib doch lieber, dass das Kultusministerium jedem bayerischen Kollegiaten, männlich wie weiblich, im Monat zehn Präser kostenlos zur Verfügung stellen soll.« Ich wusste auch nicht, wie ich darauf kam. Der Satz stieg einfach so wie eine Gasblase aus der Tiefe auf.

Garhammer klang verwirrt. »Und was hat das mit der Autobahn zu tun?«

»Nichts.«

Am Tag darauf titelte das Tagblatt: »Präser statt Autobahn – die irren Vorschläge des neuen Juso-Kreischefs.« Danach rief der Wolfi an und sagte, ich sei ein politisches Naturtalent.

Teufel

Am Sonntag saß Pfarrer Willi wieder am Esstisch, zum ersten Mal seit drei Monaten. Sein Gesicht wirkte eingefallen, was seine Helmfrisur im Vergleich noch imposanter erscheinen ließ. Ausgerechnet bei einer Krankensegnung war er mit einer Gallenkolik zusammengebrochen. Es dauerte eine Stunde, bis der Sanka endlich die Einöde Wurmsham fand. Der Wurmshamer Opa lag oben im Sterben, während sich Pfarrer Willi unten in der Küche vor Schmerzen auf dem Boden krümmte. Nach der Gallenoperation musste er vier Wochen zur Kur nach Bad Wörishofen. Die Ärzte verordneten ihm eine Diät, weshalb meine Mutter Tafelspitz und Salzkartoffel auftrug, allerdings in dreifacher Menge, denn zum ersten Mal speiste jetzt der Schachtner Manni mit.

Er hatte sich bei uns im Haus inzwischen fest eingenistet und gab den Vorzeige-Schwiegersohn. Mit meiner Mutter war der Schleimer schon per Du, der lieben Roswitha brachte er regelmäßig Blumen oder Weihwasser aus Altötting mit, jedenfalls behauptete er, dass er das Weihwasser eigens für sie in Altötting geholt habe, und beim Tee im Guten Zimmer deutete er an, dass ihre Schwäche sicher was mit dem seiner Ansicht nach missratenen Sohn des Hauses zu tun habe.

»Der Vinz braucht einfach Schliff«, sagte er im Tonfall eines Unteroffiziers. »Ich kann ihn gerne mal an die Kandare nehmen. Liegestützen, Sit-ups, das volle Programm. Charakterbildung halt.«

»Monsignore Breitwieser in Landshut meint, dass der Bub von der fleischlichen Begierde gemartert wird«, hauchte meine

Mutter und fügte an mich gewandt hinzu: »Der Monsignore empfiehlt einen Büßergürtel, aber dafür bist du wahrscheinlich noch nicht reif genug.«

Pfarrer Willi betete an diesem Tag dafür, dass wir alle unablässig auf dem Weg der Tugend und der Demut voranschreiten sollten. Als er sich über den Tafelspitz hermachte, moserte er über Kaplan Euler, der die Osternacht als sein Vertreter liturgisch komplett vergeigt habe. Aber bitte, so ein Spätberufener, der früher mal bei der Volksbank gearbeitet habe, der sei im Grunde ein theologischer Laie.

Das deckte sich nicht ganz mit meiner Erinnerung an die Osternacht. Denn beim Frühstück im Pfarrheim hatte ich danach mitgehört, wie die Pfarrgemeinderatsvorsitzende Weizenbauer zu Euler sagte, er dürfe das jetzt nicht falsch verstehen, aber sie sei froh, dass der blasierte Affe mal ein paar Monate auf der Nase liege. Euler hatte genickt und gegrinst. Dann hatte die Weizenbauer noch hinzugefügt, es sei ja nett, dass sich der Willi so eifrig um seine Mutter im Bayerischen Wald kümmere, aber in Artlhofen gebe es auch Bedürftige. Euler nickte abermals.

Als Willi mit Euler fertig war, ließ er sich Teller und Glas wieder füllen und knöpfte sich mich vor.

Er habe in der Zeitung lesen müssen, dass ich mich neuerdings mit Kommunisten herumtreibe und, als ob das nicht verwerflich genug sei, auch noch für kostenlose Kondome werbe. Das sei mit meiner Position als Oberministrant unvereinbar. Und der Wolfi Zollner, das dürfe man bei der Gelegenheit schon mal erwähnen, sei ein warmer Bruder.

Schachtner grunzte. Meine Mutter legte das Besteck beiseite. »Was sind die Zollners aber auch gestraft mit dem Kerl.«

Pfarrer Willi seufzte. »Roswitha, ich persönlich habe nichts gegen Schwule, wirklich nicht. Sie sind Geschöpfe Gottes wie alle anderen auch. Eine Laune der Natur. Aber das heißt noch lange nicht, dass man mit ihnen Umgang pflegen soll, vor allem als Jugendlicher und erst recht nicht als Ministrant einer katholischen Pfarrei.«

Ein paar Sekunden herrschte Schweigen am Tisch. Nur Willis Kaugeräusche waren zu hören. Er schluckte seinen Bissen hinunter und fügte noch einen Gedanken hinzu. »Von der Ansteckungsgefahr will ich gar nicht erst reden.«

Schachtner schüttelte den Kopf und deutete mit der Gabel auf mich. »Der Zollner, die schwule Sau. Dein Freund. Hat er dir schon mal in die Hose gelangt?«

»Mannilein, jetzt lass es halt mal gut sein«, versuchte ihn Elvira zu beschwichtigen.

Auf meinem Gesicht breitete sich eine Art Raureif aus, der sich über Schläfen, Stirn und Nasenspitze legte.

»Schachtner, in deiner Hose könnte er lange suchen, denn du hast hinten keinen Arsch und vorne keinen Schwanz«, sagte ich. »Du hängst hier bloß rum, weil du sogar zu blöd fürs Betonwerk bist.«

Weil ich schon in Fahrt war, setzte ich noch eins drauf. Das sollte ich allerdings bald bereuen.

»Noch ein Wort über den Wolfi, und ich blas dir deine Kerze aus.«

Über den letzten Satz erschrak ich selbst, aber er blubberte so ähnlich wie das Präser-Statement in mir herauf, als hätte er schon lange ganz unten auf seinen Abruf gewartet.

Manni schleuderte Messer und Gabel über den Tisch. Unter seinem Hemd zuckten die Brustmuskeln. Es sah aus, als würden sie gerade mit Adenosintriphosphat vollgepumpt, das hatten wir eben erst in Biologie durchgenommen. Adenosintriphosphat ist quasi auf molekularer Ebene die Voraussetzung für eine Riesenwatschen.

»Du … du … du …«, stammelte Manni.

»Ganzer Satz, bitte«, sagte ich nun eine Spur leiser. »Und außerdem: Ich habe gesehen, wie du das Weihwasser oben im Bad abgefüllt hast. Von wegen Altötting.« Das war zwar gelogen, aber es geschah ihm recht.

Manni stürzte zur Tür hinaus, die Elvira hinterher, nicht ohne mir einen Blick zuzuwerfen, der sagen sollte: Du warst die längste Zeit mein Bruder.

Meine Mutter und Onkel Willi hockten da wie zwei Wachsfiguren.

»In dieses Haus ist der Teufel eingefahren«, murmelte sie und bekreuzigte sich. Willi schaute verblüfft, aber in seinen Gesichtsausdruck mischte sich auch eine winzige Spur Verunsicherung.

Als ich das bemerkte, setzte mich wieder hin und sagte: »Ich hätte noch gerne Kartoffeln.«

Vielleicht hatte meine Mutter ja sogar recht. Irgendwas lauerte da in mir. Mit mir war definitiv was nicht in Ordnung.

Willi nahm noch seinen Espresso und zwei Obstler, verzichtete aber auf die Sitzung mit der Kirchenzeitung. Stattdessen trat er gleich den Heimweg an, weil er noch an der Predigt arbeiten müsse. Auf den Stufen am Eingang drehte er sich kurz um. »Du warst die längste Zeit Ministrant. Und deine Gitarre lieferst du bei der Angelika ab.«

Am nächsten Sonntag fraß er sich bei den Weichselgartners drei Häuser weiter durch.

Meine Mutter und meine Schwester redeten nach dem Zwischenfall tagelang kein Wort mehr mit mir, auch der Manni drückte sich hasserfüllt an mir vorbei, was aber alles nicht so schlimm war, denn ich musste mich ohnehin auf die Abiturprüfungen vorbereiten. Englisch, Geschichte und Bio schriftlich, mündlich Religion. Ich war in keiner Weise ehrgeizig, nur durchfallen wollte ich nicht.

Meine Energie richtete sich auf etwas ganz anderes: The Holy Shit sollte bei der Anti-Autobahn-Demo in Unterkirchen auftreten. Er sei jetzt mal ganz ehrlich, sagte der Wolfi, als Simmerl und ich zum Billardspielen im Trash rumhingen. Unser Konzert auf der Kreisversammlung sei richtig mies gewesen. Er habe schon viele schlechte Bands gehört, aber The Holy Shit sei die schlechteste von allen, und zwar mit Abstand.

»Euer Clown, der Sänger …«

Simmerl hüstelte. »… Dietrich …«

»… hat mir nur seinen Hintern zugewandt, aber wahrscheinlich sollte ich darüber sogar froh sein, wenn ich es mir genau überlege.«

»Ja, da hast du Glück gehabt, denn ich habe ihn am Schlagzeug dauernd von vorne gesehen.«

»Wir arbeiten an der Bühnenperformance«, sagte ich.

Der Wolfi nahm einen Schluck aus seiner Apfelschorle. »Ihr seid zwar der Untergang der Rockmusik, trotzdem bekommt ihr eine zweite Chance. Ihr seid irgendwie subversiv. Und das in Artlhofen. Das muss man unterstützen.«

Dann kam er mit der Anti-Autobahn-Demo im Juni daher. Wenigstens 3000 Demonstranten sollten sich nach einem Sternmarsch in Unterkirchen treffen. Grüne, Bund Naturschutz, Bauernverband, die Spinner von Pax Christi, sie alle seien mit von der Partie. Sogar der CSU-Landrat Feichtl habe sich als Redner eingeladen, weil er ein opportunistischer Schwachkopf sei. Bloß die SPD könne sich nicht auf eine gemeinsame Haltung zur Autobahn einigen. Gerhard Polt und die Biermöslblosn seien angefragt, Wally Warning, Al Jackson, die ganze erste Garde halt. Und The Holy Shit als Special Guest.

»Ich scheiß gleich in die Hose«, jubelte Simmerl und stürzte sich auf mich. Er drückte mich mit seinen Schlagzeugerpfoten so fest, dass er mir fast die Rippen brach.

Dietrich hockte auf seinen Bierkisten im Übungsraum und sah aus, als sei er gerade zu den Fallschirmjägern abkommandiert worden. »Also echt, mir ist das politisch …«, er rang nach Worten oder tat zumindest so, »… zu eindimensional. Erst der Gig bei den Jusos, und jetzt das Autobahnzeugs. Da kommen wir ganz schnell aufs falsche Gleis, Leute.«

»Lieber auf dem falschen Gleis als total neben der Spur. Ein Furzkissen singt besser als du.« Niemand konnte ihn so leicht aus der Fassung bringen wie Spy.

Dietrich sprang auf und riss die Flügeltüren des Schuppens auf. »Ich hau jetzt ab.«

Simmerl sah auf die Uhr. »Der Zug geht aber erst in zwei Stunden.«

»Mir egal.« Er stapfte in Richtung Hauptstraße davon, nicht unbedingt im 114er-Stechschritt, aber doch in einem für Dietrich erstaunlichen Tempo. Am Gartenzaun zeigte er uns noch den Mittelfinger, dann war er verschwunden.

Wir standen schweigend rum. Spy zog an seiner Selbstgedrehten. »Okay, das mit dem Furzkissen war vielleicht eine Spur zu hart.«

Simmerl schüttelte den Kopf. »Er wird uns jeden Auftritt versauen, der hat sogar Lampenfieber, wenn er unter der Dusche singt.«

»Wir haben aber keinen anderen«, sagte ich. Spy und Simmerl nickten.

Vor der Bäckerei Scheininger hatten wir ihn eingeholt. Spy kurbelte hinten das Fenster des Commodore runter. »Okay, ich entschuldige mich.« Dietrich sagte nichts, er holte nur zu einer Art Karatekick aus und trat mit dem Fuß in die Beifahrertür.

»Hundert Mark Schaden, Minimum. Deine erste Gage ist schon weg«, sagte Simmerl.

Dietrich schlug mit der Faust aufs Dach und ging weiter.

Ich sagte: »Mach dich ruhig aus dem Staub. Aber du wirst nie wieder eine Band finden, die so schlecht ist, dass sie dich als Frontmann nimmt. Das ist das Ende deiner Karriere. Wenigstens kannst du dann in Ruhe deine Lurchi-Hefte lesen.«

Dietrich blieb stehen.

Spy fing schon wieder an zu sticheln. »Ich mal dir auch einen Pfeil auf die Bühne, damit du weißt, wo das Publikum steht.«

Jetzt trat Dietrich gegen den Kotflügel. Ich wollte schon Gas geben, bevor er mir das ganze Auto zerschlug, da riss er hinten die Tür auf, stieß Spy zur Seite und ließ sich auf die Rückbank fallen.

Ich drehte um und fuhr zurück. Von da an probten wir dreimal pro Woche.

Glück

Zum ersten Mal seit Monaten war Ricarda aus meinen Träumen verschwunden. Stattdessen blendete mich nachts das Rampenlicht, und Willis Stimme aus den Lautsprechern befahl, ich solle mir endlich eine Hose anziehen. Ich blickte an mir runter. Da hing mein Schwanz. Warum war ich nackt? Aber so sehr ich es auch versuchte, ich schaffte es einfach nicht, die verdammte Jeans anzuziehen. Mal war sie zu groß, mal zu klein, dann verwandelte sie sich plötzlich in einen Pullover und ich versuchte, mit den Beinen in die Ärmel zu schlüpfen. Die Menge schrie: »10, 10, 10.«
Ich wachte auf und blickte durchs Fenster auf den Nachthimmel. So musste sich Dietrich gefühlt haben, als er sich im Trash auf dem Klo eingesperrt hatte. Ich hatte eine Riesenangst. Versagensangst.

Und dann stand ich tatsächlich auf der Bühne. »Spiel mal was«, sagte der Tontechniker, der sein Mischpult unter einem Pavillon aufgebaut hatte. »Einfach einen Akkord schlagen.« Ich stöpselte die vergilbte Hohner ein. Nichts. André, der Roadie, fummelte an meinem Kabel herum, checkte den Verstärker durch. Nichts außer einem Brummen. »Scheint an der Gitarre zu liegen«, rief er dem Tontechniker zu. »Poti oder Lötstelle.« Ich schlich davon.
Für The Holy Shit bahnte sich eine Großblamage an, eine 10 auf der Huber-Skala, wie in meinen Albträumen, nur dass es real und Sonntagnachmittag war. Am Festplatz von Unterkirchen lungerten schon Hunderte im Gras herum, obwohl der

Demonstrationszug noch mindestens eine Stunde unterwegs sein würde. Vor dem Parkplatz stauten sich die Autos bis zur Kreisstraße. Es gab sogar einen Backstagebereich und grüne VIP-Bändchen, die wir nur zu gerne anlegten, weil sie allen signalisierten, dass The Holy Shit von einer Garagencombo zu einer echten Band gereift war. Und dann machte ausgerechnet meine Pfarrjugendklampfe schlapp, wahrscheinlich aus Rache, weil ich sie noch nicht bei Angelika abgeliefert hatte.

Ich legte die Hohner hinter der Bühne auf den Biertisch wie zu einer Operation im Feldlazarett. Simmerl holte den Werkzeugkasten aus dem Auto und versuchte das Schlagbrett abzuschrauben, was aber mit dem riesigen Schraubenzieher nicht funktionierte. »Verdammt, ein Taschenmesser her!«, rief ich. Aber Dietrich zuckte nur mit den Schultern. »Bin ich bei den Pfadfindern oder was?« Wir fingen alle zu fluchen an, unsere Anspannung steigerte sich zur Panik, als eine Stimme ertönte: »Boys, what's up?«

Er stand einfach so da. Al Jackson. Im violetten Batikhemd. Al Jackson, der Mann, der schon mal mit dem Saxofonisten der Rolling Stones aufgetreten war. Ich konnte also jetzt wahrhaftig von mir behaupten, dass ich einen kannte, der einen kannte, der Mick Jagger kannte. Al beugte sich über meine Hohner. »What's that?«

Meine Stimme bebte. »Sis is my guitar. It just fucked up.« Ich schilderte in meinem Abitur-Englisch, was passiert war, bloß das Wort Lötstelle fiel mir nicht ein.

Al Jackson antwortete in seinem Südstaaten-Amerikanisch, ich könne mir ja seine Gibson leihen, ich solle sie aber bloß nicht runterschmeißen, weil auf der schon B. B. King gespielt habe. »No sänks«, sagte ich, weil ich als Vinz Bachmaier immer Nein sagte, wenn ich Ja meinte.

»He wanted to say yes«, sagte Spy. »But he suffers from roman-catholic confusion.«

»Yes«, sagte ich.

Al Jackson grinste sein überlegenes Al-Jackson-Grinsen, ein Grinsen, das alle Bühnen dieser Welt gesehen hatte. Rainer war dagegen sogar in seinen stärksten Momenten ein Nichts. Er deutete auf die Hohner: »Du wegschmeißen.«

Von den Stunden danach blieben in der Erinnerung nur Bruchstücke. Pfiffe, Applaus. Klo. Reden. Klo. Blasmusik. Wieder aufs Klo. Zweimal nur zog ich am Joint von Spy und Dietrich. Es dämmerte. Ein Lichtschein umrahmte die Bühne.

Al Jacksons Bluesgitarre jaulte über den Wiesen von Unterkirchen. Zugaberufe.

Dann waren wir dran. Die Special Guests. Jackson stieg von der Bühne runter und drückte sie mir in die Hand. Eine Gibson ES-355, die deutlich mehr kostete als mein Auto. Ihr Hals war noch warm und feucht. Er zwinkerte. »That's Lucille, she's yours.«

Oben bauten die Techniker noch ein paar Minuten lang um. Schließlich gab mir André das Zeichen: Bühne frei für The Holy Shit.

Dietrich trat ans Mikro. Seine schwarzen Locken klebten ihm klatschnass am Kopf, als sei er gerade aus der Dusche gestiegen. Simmerl kaute Kaugummi. Meine Hände fühlten sich steif und kalt an, obwohl es immer noch 20 Grad warm war. So würde ich nicht einmal den C-Dur-Akkord greifen können. Nur Spy stand verträumt und mit frisch gefärbtem Iro in seiner Bomberjacke da.

Zweitausendsiebenhundertachtunddreißig Augenpaare richteten sich auf uns. Mit einem Mal wurde es still.

»Auf geht's!«, brüllte wer. Stille.

»Ansage«, soufflierte Wolfi von hinten. »Ansage.«

Dietrich aber glotzte nur. Schweiß tropfte ihm vom Kinn. Es schien so, als winde sich etwas aus seinem Bauch in Richtung

Hals, etwas sehr Mächtiges, Wildes, Gefährliches. Eine Schlange vielleicht. Aber als er dann seinen Mund öffnete, kam nur ein Krächzen raus, das sich wie »Ärrrrggg« anhörte, gefolgt von einem »Ähhhh«.

Stille.

»Ja, was jetzt?«, rief wieder einer im Publikum. Ein paar Pfiffe. Gelächter.

»Dann sag halt du was, Vinz«, zischte Wolfi.

Ich trat nach vorne und sah, wie das Mikro näher kam, wie es immer größer wurde, bis ich jede Einzelheit der Metallkugel mit ihrem Gitternetz und den Schriftzug *Sennheiser* erkennen konnte. Das Gras von Spy hatte mein Seh- und Denkvermögen auf geradezu erstaunliche Weise geschärft. Irgendwer fing an zu reden.

Die Stimme sprach: »Wir sind The Holy Shit. Wir sind heute hier, weil wir die ganze Scheiße satthaben. Diesen ganzen katholischen Müll, dieses Spießertum, diese Arschgeigenparaden, die Hostienfresserei, diese verlogene Geilheit überall. Ich scheiß auf euer scheinheiliges Gelaber. Ich brauch Luft, ich reiß jetzt das Fenster auf, weil es nach Weihrauch stinkt, dass es keine Sau mehr aushalten kann. Fick dich, Jesus.«

»Ja, spinnst jetzt total. Sag sofort was Politisches. Es geht um die Autobahn und nicht um deine Kirche.«

Ich drehte mich um und sah Wolfi an. Er wirkte ernsthaft besorgt. So hatte ich ihn noch nie gesehen. Dann blickte ich wieder auf den Sennheiser-Schriftzug. Das Scheinwerferlicht blendete mich. Unten konnte ich Köpfe und Gesichter erkennen. So musste das damals in Woodstock gewesen sein. Oder im Circus Krone. So hatte es auch Rory Gallagher von oben gesehen.

Die Stimme sprach weiter: »Und außerdem sind wir gegen die Autobahn. Scheiß auf die Autobahn. Highway to Hell.«

Ich sah, dass meine Finger den A-Dur Akkord griffen, die rechte Hand den Regler aufdrehte. Wie eine Orkanböe fuhr mir der erste Ton der Gibson ins Shirt. A-Dur, G-Dur, D-Dur. Nicht C-Dur, A-Moll, F-Dur. Nicht *Lebenslügen*, sondern *Highway to Hell*.

Das war nicht abgesprochen. Dietrich wachte mit einem Mal aus seiner Schockstarre auf. A-Dur, G-Dur, D-Dur. Simmerl setzte mit dem Schlagzeug ein. Spy strahlte. Und Dietrich sang: »*Living easy, living free …*«

Danach blieben wieder nur Schnappschüsse. Eine Fotoserie. Der Moment, als Dietrich an die Bühnenkante trat und den Refrain rausbrüllte: »*Highway to Hell, I'm on the Highway to Hell.*« Klick. Als er sich das weiße Hemd aufriss und Knöpfe und Schweißtropfen wie Schrapnells umherflogen. Klick. Als ich Simmerl zunickte und das Solo spielte. Klick.

Das Publikum johlte. Zugabe. *Room to move*. Al Jackson mit der Mundharmonika. Wir fünf Arm in Arm, ein letzter Streifen Licht am Horizont über Unterkirchen. Wärme überall. Glück. Klick.

Es war schon fast Montagmittag, als ich aus dem Zelt kroch. Dietrich lag in seiner weißen Unterhose auf der Isomatte und sonnte sich. Er sagte nichts, sondern machte nur das V-Zeichen, als er mich bemerkte. Simmerl durchpflügte schon längst wieder irgendwo mit dem Bulldog die Felder. Ich ging rüber zum Backstagezelt, vor dem ein paar Leute an den Biertischen herumhingen. Wolfi trug eine Sonnenbrille, weshalb ich ihn nicht gleich erkannte. Er warf mir die Zeitung hin. »Ein Gruß von deinem katholischen Freund.« Die Titelseite des Tagblatts zierte ein Foto von The Holy Shit, wie sich Dietrich gerade das Hemd aufriss.

Darunter stand: »Linke Gotteslästerer. Von Herausgeber Joseph Lallinger. In Unterkirchen versammelten sich gestern fast 3000 Menschen zum Protest gegen die Autobahn. Zu einem Eklat kam es, als der Jungsozialist und Oberministrant Vinzenz

Bachmaier aus Artlhofen sich in wüsten Schimpftiraden gegen die Kirche erging. Sie waren so jenseits des guten Geschmacks, dass sie hier nicht vollständig wiedergegeben werden können. Als Beispiele seien lediglich die Ausdrücke »katholischer Müll« und »Fick dich, Jesus« angeführt. Bachmaier, der aus gutem Hause stammt, hat dem Anliegen der Autobahngegner damit schweren Schaden zugefügt. Er selbst ist ein Beispiel für den sittlichen Niedergang der bayerischen Jugend. Landrat Feichtl verließ unter Protest die Veranstaltung.«

»So empört war der Lallinger seit dem 8. Mai 1945 nicht mehr«, sagte der Wolfi. »Da hast die reaktionäre Bande schön getroffen.«

Spy schlürfte Kaffee. Sein Iro hatte im Schlafsack schwer gelitten und sah aus wie nach einem Hagelschlag. »Vinz, du bist ein echter Punk. Saugeil. Der Sid Vicious von Artlhofen.«

Mir war mit einem Mal flau. »Ich habe keinen Bock mehr, ich hau ab«, sagte ich und stand auf, um das Zelt abzubauen.

Wolfi rief mir nach: »Vinz, ich soll dir von Al noch ausrichten, du hättest ein gewisses Talent.«

Nachdem ich in die Auffahrt eingebogen war, blieb ich noch einen Moment im Auto sitzen. Ich fühlte mich geschlagen und leer, seit ich Lallingers Hetzschrift gelesen hatte. Er war ein alter Nazi, das wusste jeder. Sein Volontariat bei der Zeitung hatte er schon 1938 begonnen, und er ließ seitdem keine Gelegenheit aus, um Niedergang von Sitte und Moral zu beklagen.

Aber vielleicht hatte er ja in diesem Fall recht. Ich hatte gestern Abend schon wieder die Kontrolle über mich verloren. Ich stand mit mehr als nur einem Bein auf der anderen Seite.

Da sah ich den Zettel, der an der Haustür klebte. Ich riss ihn ab und las: »Die Mama hat einen Schlaganfall. Wir sind im Krankenhaus. Willst du uns noch alle umbringen?«

Undank

Eine halbe Stunde später stand ich an der Pforte des Kreiskrankenhauses Landshut und fragte nach Frau Roswitha Bachmaier. Die Telefonistin tippte in ihrem Computer herum und wählte eine Nummer. Irgendjemand hob am anderen Ende ab.

»Ein Herr Bachmaier ist hier an der Pforte.« Sie schien zuzuhören.

»Sind Sie der Sohn?«, fragte sie.

»Ja.« Dann hörte sie wieder zu.

»Station vier, dritter Stock. Der Herr Dr. Mersini wartet auf Sie.«

Ich hastete das Treppenhaus hinauf. Mersini, ein hagerer Assistenzarzt Anfang dreißig, wartete schon an der Tür zur Station. Er zog mich ins Besprechungszimmer und bot mir einen Stuhl an. Ich wusste, was nun kommen würde. Mersini straffte sich.

»Herr Bachmaier, ich muss Ihnen leider mitteilen, dass Ihre Mutter heute Morgen an einem Schlaganfall verstorben ist.«

Es roch nach Salmiak.

»Sie wurde bereits bewusstlos eingeliefert und starb kurz darauf. Sie musste nicht leiden, falls Sie das tröstet.«

Durchs Fenster konnte man auf den Park des Krankenhauses blicken. Eine Amsel sang auf einem Baum. Mersini atmete einmal tief durch. Er schien erleichtert zu sein, dass er die Nachricht überbracht hatte, er war noch kein Profi, das merkte man ihm an.

»Herr Bachmaier, wollen Sie Ihre Mutter noch einmal sehen?«, fragte der Arzt.

»Sollte ich das?«

Die Frage überraschte ihn. »Na ja, manche wollen eben Abschied nehmen von ihren Liebsten.«

»Ich glaube, wir haben schon vor langer Zeit voneinander Abschied genommen.«

Wir schwiegen uns für ein paar Sekunden an. Auf dem Flur hörte man Schritte. In der Brusttasche seines Kittels steckten drei Kugelschreiber. Auf einem stand »Boehringer«.

Mersini räusperte sich. »Ja gut, das Formale habe ich ja bereits mit Ihrer Schwester und Ihrem Schwager geklärt.« Er hielt mir die Tür auf und drückte mir die Hand. »Mein Beileid.«

Als ich wieder in die Auffahrt einbog, konnte ich Mannis Gesicht im Küchenfenster erkennen. Ich stieg die drei Stufen zum Eingang hinauf und wollte den Schlüssel gerade in die Tür stecken, da wurde sie im selben Moment mit einem Ruck aufgerissen. Manni versperrte mir den Weg.

»Verpiss dich, Drecksack«, fuhr er mich an.

»Mamamörder!«, schrie Elvira von hinten. Ich konnte ihre Silhouette am Ende des Flurs erkennen. »Manni, sag ihm, wie es passiert ist.«

»Als sie heute um sechs Uhr in der Früh in der Zeitung gelesen hat, was du für ein gottloses Ungeheuer bist, da hat sie augenblicklich der Schlag getroffen. In der Küche, ich habe es mit meinen eigenen Augen gesehen.«

»Was machst du um sechs Uhr bei uns in der Küche?«

»Ich habe hier übernachtet, weil ich mich mit der Elvira verlobt habe. Darum.«

»Lass mich durch«, sagte ich und versuchte ihn zur Seite zu schieben. Er schnappte sich meinen Arm und hielt ihn fest.

»Und weißt du auch, was ihr letztes Wort war?« Er zog die Augenbrauen hoch. »Undank.«

»Undank!«, schrie Elvira von hinten. Sie schluchzte auf. »Du Mamamörder.«

Mannis Kopf leuchtete tiefrot. Er war 100 Kilo blanke Wut. Ich war 70 Kilo schlappes Nichts.

»Ich sag zum letzten Mal, lass mich jetzt rein.«

»Du kommst hier nie mehr rein, denn der Herr im Haus, der bin jetzt ich.« Manni stieß meinen Arm weg. »Und jetzt kriegst du das, was ich neulich leider vergessen habe. Ich blas dir die Kerze aus.«

Sein Schlag mit der rechten Hand traf mich voll ins Gesicht. Mir riss es den Kopf herum und ich stürzte die Stufen hinab auf den Kies.

»Kannst gerne noch eine fürs Weihwasser haben, du arrogante Sau.«

Manni drosch die Haustür zu. Meine linke Gesichtshälfte fühlte sich taub an. Blut tropfte auf das T-Shirt. Der rechte Ellbogen war aufgerissen. Ich biss die Zähne zusammen, sie waren allem Anschein nach noch fest.

Noch nie hatte mich jemand so geschlagen. Von meinen Eltern kassierte ich zwar ab und zu eine Watschen. Doch in der Schule ging ich allen Raufereien aus dem Weg, weil ich Angst hatte zu verlieren. Simmerl dagegen suchte den Streit. Seine Opfer auf dem Pausenhof durften zwischen einer Stereo-Watschen und einem Pressschlag de luxe wählen, seine Spezialität. Mich aber hatte gerade der Vorschlaghammer von Manni Schachtner getroffen.

Ich rappelte mich auf und setzte mich ans Steuer. Im Rückspiegel begutachtete ich mein Gesicht. Schachtners Hand zeichnete sich als großflächige Rötung ab, mein linkes Auge schwoll bereits zu. Ich steckte mir Taschentücher in die Nasenlöcher, um die Blutung zu stoppen.

Die Tankanzeige des Commodore stand auf Dreiviertel. Ich fuhr einfach los, ohne Ziel. Nach einer halben Stunde wurde mir plötzlich schlecht und schwindelig, ich schaffte es gerade noch auf einen Waldweg, wo ich aus der Tür kotzte. Ich holte den Verbandskasten aus dem Kofferraum, um mir den blutigen Ellbogen zu verbinden. Dann fuhr ich weiter.

Irgendwann am späten Nachmittag kam ich an einem Campingplatz vorbei. Als die Frau an der Rezeption mich sah, stieß sie einen Schrei aus und hielt die Hand vor den Mund. »Mein Gott, was ist denn mit dir passiert?«

Ich sagte: »Boxturnier in Landau. Zweiter Platz. Ich würde gerne ein bisschen ausspannen.«

Sie stützte sich mit beiden Händen auf den Tresen. Die Augenbrauen hatte sie bis auf einen schmalen schwarzen Streifen ausgerupft. Ihre Dauerwelle sah verdächtig nach Salon Adelwarth aus. »Als Erstes möchte ich den Personalausweis, und falls du irgendwas ausgefressen hast, dann bist du dran. Außerdem solltest du zum Arzt.«

»Ich habe gesündigt in Gedanken, Worten und Werken. Das ist allenfalls was für die Beichte«, sagte ich. »Nichts für den Staatsanwalt.«

Sie kassierte den Ausweis und wies mir einen Platz ganz hinten in der Ecke zu, damit mich niemand sehen konnte. Ich baute mein Zelt auf und legte mich hin, um eine Stunde zu schlafen.

Als ich aufwachte, war es heiß und stickig. Mein Genick schmerzte. Der Ellbogen brannte. Ich ging zum Duschhaus, wusch mir das blutverschmierte Gesicht ab und trank aus dem Wasserhahn. Ich hatte zwar noch nie Wasserleichen gesehen, aber ich war mir sicher, dass sie so aussahen wie mein Spiegelbild. Grau und aufgedunsen. Mein linkes Auge war komplett zu. In meinem Kopf flogen die Bilder der letzten Stunden durcheinander wie Konfetti an Fasching. Ich konnte mir zwar alles in Erinnerung rufen, was passiert war, trotzdem ergaben die Schnipsel keinen Zusammenhang. Es wurde einfach keine Handlung daraus.

Du hast eine Gehirnerschütterung, sagte ich mir.

Aber wenn meine Mutter wirklich gestorben war, dann musste sie doch beerdigt werden. Dann gab es einen Aushang an der Kirche. Ich stieg in den Commodore. Mir fiel ein, dass ich gar nicht wusste, wo ich war. Zum Glück kam das Ortsschild schon nach ein paar hundert Metern in Sicht: Bayerbach. Ich hielt am Straßenrand an und suchte es in der Karte. Bayerbach lag 60 Kilometer von Artlhofen entfernt.

Irgendwie schaffte ich es zurück, obwohl mir die Gegend seltsam fremd vorkam. Ich blickte in den Schaukasten. Und da stand es tatsächlich: Donnerstag, 24. Juni 1987, 13 Uhr, Requiem für Frau Roswitha Bachmaier, geb. Pohl, mit anschließender Beerdigung.

Es stimmte also. Sie war tot.

Hinter mir hielt der Ford Granada von Rainers Vater. Rainer stieg aus und starrte mich an. Er trug einen dunkelblauen Anzug mit Krawatte.

»Mensch, Bachmaier. Wie schaust du denn aus?«

»Das wollte ich dich auch gerade fragen.«

»Betonwand?«

»So ähnlich. Was machst du in dem Aufzug?«

»Ja was wohl? Abifeier.«

Abifeier? »Die ist doch erst am Dienstag oder so.«

»Heute ist Dienstag«, sagte Rainer. »Bachmaier, du bist ja total durch den Wind.«

Aber ich hatte doch nur eine Stunde im Zelt gepennt, und jetzt war es auf einmal Dienstagabend. Langsam kapierte ich, dass ich fast einen Tag lang bewusstlos im Zelt gelegen hatte.

Er musterte mich. »Du könntest eine Stärkung vertragen.« Er griff in die Innentasche seines Sakkos und zog einen Plastikbeutel mit gelben und blauen Kapseln heraus, ein paar davon schüttete er mir auf die Hand. »Ganz neu aus den USA. Die Gelben schmeißen dort die Kampfpiloten ein, wenn sie

200 Prozent Leistung brauchen. Quasi nebenwirkungsfrei. Die Blauen sind zum Bremsen. Nicht mehr als jeweils eine und auf keinen Fall mischen, weil sonst der Motor stottert.« Er boxte mich auf die Brust und stieg wieder ins Auto. »Heute ist Dienstag, Bachmaier. Dienstag, 18.15 Uhr.«

Ich ging die 200 Meter zum Friedhof rüber und spähte über die Mauer. Da sah ich, wie der Bagger das Grab aushob. Ich schluckte zwei blaue Kapseln und setzte mich wieder ins Auto, um zurück nach Bayerbach auf den Campingplatz zu fahren, wo mein Zelt stand.

Eine freundliche alte Frau winkte mir vom Mond herab zu. Wasser streichelte meinen Rücken, Glühwürmchen kitzelten meine Zehen. Durch das Zeltdach äugten die Sterne auf mich herab. Im Nachtwind erzählten die Bäume einander Geschichten.

Ich wachte auf, der Wind riss am Zelt. Es war hell. Ich hatte vergessen, den Reißverschluss am Eingang zu schließen. Meine Zehen im Schlafsack fühlten sich feucht und kalt an. Ich tastete das linke Auge ab. Wenn ich die Lider mit den Fingern auseinanderzog, dann konnte ich das Zeltdach über mir erkennen. Heute musste Mittwoch sein, so viel stand fest. Mittwoch, 23. Juni 1987, ganz eindeutig. Aber wie viel Uhr war es? Ich wand mich aus dem Schlafsack und kroch hinaus in den Regen. Der Commodore stand neben dem Zelt. Ich ließ mich auf den Beifahrersitz fallen. Die Uhr zeigte Viertel nach sechs, aber ich war mir nicht sicher, ob es Morgen oder Abend war. Ich konnte an der Rezeption ja schlecht fragen, dann würden sie mich wahrscheinlich rausschmeißen oder den Krankenwagen oder die Polizei holen.

Duschen. Auf der Rückbank lagen die verschwitzten Klamotten vom Auftritt. Ich raffte sie zusammen und lief zum Duschhaus hinüber, laufen ging also auch noch. Das heiße Wasser rann mir den Rücken hinunter. Alles brannte, der Kopf, mein Gesicht, meine ramponierten Ellbogen. Ich musste mich an der Wand abstützen. Blut verschwand im Abflussloch. Der Manni hatte mich so zugerichtet. Der Manni. Ich nahm die dreckige Jeans als Handtuch, dann zog ich mir die Klamotten vom Auftritt an und stellte mich draußen unter den Fön.

Danach fuhr ich in den Ort. Der Supermarkt hatte geschlossen, es war also wahrscheinlich doch Mittwochabend. Aber in einer Bäckerei brannte Licht. »Guten Morgen«, sagte die Verkäuferin, als ich eintrat. Ich kaufte mir drei Semmeln und eine Flasche Zitronenlimo.

Was sollte ich den ganzen Tag machen? Ich hielt an einer Telefonzelle und wollte Simmerl anrufen, aber die Nummer, die ich tausend Mal gewählt hatte, fiel mir einfach nicht ein. Das Telefonbuch lag in Fetzen am Boden. Es regnete und regnete. Ich fuhr zurück zum Campingplatz, hielt vor dem Zelt und drehte den Beifahrersitz nach unten.

Dann nahm ich noch eine von Rainers blauen Pillen und döste wieder ein.

Abends holte ich mir ein Bier aus dem Automaten. Ich streckte mich im Zelt aus. Morgen würde ich nach Artlhofen fahren. Jetzt waren sie alle weg. Vater. Mutter. Schwester. Freunde. Ende.

Donnerstag, 24. Juni 1987. Ich rannte durch den Regen zur Rezeption, wo die Frau schon auf mich wartete. Sie blickte etwas weniger streng als bei meiner Ankunft.

»Na, Champion, hast schön ausgespannt? Ich hab dich schon im Auge behalten.«

»Alles wieder tipptopp. Wie viel Uhr ist es?«

»Kurz vor zwölf.«

»Donnerstag?«

»Donnerstag.«

»Ich täte jetzt gerne sofort fahren, weil ich einen Termin habe.«
»Das macht 18 Mark für drei Nächte, weil du es bist.« Sie
reichte mir den Personalausweis.
Ich warf mir eine gelbe Kapsel ein und fuhr los.

Als ich in Artlhofen ankam, war das Requiem schon vorbei und
die Gemeinde bereits zum Friedhof weitergezogen. Ich parkte
den Commodore auf dem Hof von Landmaschinen Kowal-
czyk. Der Kies knirschte unter meinen Turnschuhen, als ich
durch die Grabreihen lief. Es regnete immer noch in Strömen.
Die meisten der vielleicht achtzig oder hundert Trauergäste
kannte ich. Die Scheiningerin von der Bäckerei, die Hubers,
Onkel Rudi, Tante Rita, Tante Mechthild, Bürgermeister
Vilgertshofer, die Abordnung des katholischen Frauenbunds.
Also quasi alle von der richtigen Seite. Ganz vorne leuchtete
Manni Schachtners Rotschopf aus der schwarzgrauen Menge,
Elvira klammerte sich an seinen Arm, als sei sie zu schwach zum
Stehen. Der Wind trug eine Weihrauchwolke zu mir herüber.
Ich sah Pfarrer Willi mit dem aufgeschlagenen Messbuch,
Johann Hartmann hielt einen Schirm über ihn. Monsignore
Breitwieser schien gerade eine Trauerrede zu halten, doch ich
konnte nur einzelne Wortfetzen verstehen. »Schmerz … in
deiner … des Glaubens … und immer, wenn …«
Ich blieb stehen.
Die Erste, die mich erkannte, war die Scheiningerin. »Dass du
dich da hertraust, das ist allerhand!«, rief sie in Breitwiesers
Ansprache. »Eine Geschmacklosigkeit erster Güte.«
Jetzt drehten sich auch die anderen nach mir um. Monsignore
Breitwieser brach seine Rede ab und starrte mich an wie den
falschen Messias. Mit langsamen Schritten ging ich zum Grab.
Die Menge wich vor mir zurück. Ich nahm einem Friedhofs-
arbeiter die Weihwasserbürste aus der Hand und tauchte sie in
den Kessel, der auf einem Metallgestell stand. Dann spritzte

ich ein paar Tropfen hinunter auf den Sarg, wie ich es erst zwei Jahre zuvor bei meinem Vater gemacht hatte. Im Saustall vom Schmalhofer, dessen Wand zugleich den Friedhof begrenzte, grunzten die Schweine. Ich hielt einen Moment inne, verneigte mich und ging zurück Richtung Auto.

Pfarrer Willi ließ sich das Mikro reichen, der Lautsprecher krächzte. »Hier und heute hat sich die Trauergemeinde versammelt, um der lieben Roswitha Bachmaier das letzte Geleit zu geben. Der letzte Weg ist immer auch ein Weg des Friedens und der Versöhnung. Doch davor stehen wir Menschen an Weggabelungen, an denen wir uns entscheiden müssen, ob wir Jesus nachfolgen oder den Irrweg der Selbstsucht beschreiten wollen. Darüber sollten wir heute nachdenken. Gott sagt, mein Haus ist offen für alle, die sich zur Buße und Umkehr entscheiden.«

Mich fror. Meine Beine schienen nachzugeben.

Plötzlich packte mich eine Hand von hinten am Arm. Es war Kowalczyk in seinem grünen Overall.

Er rief: »Willi, du bist die falscheste Sau im ganzen Dorf! Ich weiß so viel über dich, dass die Leute vor dir ausspucken würden, wenn ich es erzählen würde.«

»Ihn schau an, der Herr Isaak, ganz schneidig heute«, höhnte der Huber.

Kowalczyk ließ sich nicht drausbringen. »Ihr anderen solltet euch schämen, dass ihr bei dem Haberfeldtreiben gegen den Buben mitmacht. Ich kenn das ganze giftige Gerede im Ort. Ich kenn es seit 40 Jahren. Pfui Teufel, mir graust es richtig.«

Er zog eine Reval aus seiner Brusttasche und zündete sie an.

»Da wird nicht geraucht auf meinem Friedhof«, sprach Willi ins Mikrofon. Kowalczyk winkte ab.

»Leck mich.«

Er nahm einen Zug und klopfte mir auf die Schulter. »Und du brauchst jetzt was zum Anziehen.«

Teil 2

Alzmetall

In einem von Kowalczyks Overalls saß ich mit einer Kaffeetasse in der Hand zwischen einem John-Deere-3650-Traktor und einem Deutz-Fahr-KM-22-Mähwerk und wusste nicht mehr weiter. Kowalczyk ließ sich auf einen fleckigen Plastikstuhl fallen.

»Warum hast du das gemacht?«, fragte ich.

»Ich habe meine Gründe.«

»Du kannst den Willi nicht leiden.«

»Ich will darüber nicht sprechen.«

Kowalczyk sagte das in einem Ton, der weitere Nachfragen ausschloss. Er redete ohnehin nur das Nötigste. Im Dorf galt er als Kauz und Sonderling. Er ging nie zur Kirche, er war nie verheiratet. Beim Wirt ließ er sich nur auf den Feuerwehrversammlungen blicken. Sein Akzent wies ihn als Fremden aus, wobei in Artlhofen jeder als fremd galt, der hier nicht mindestens in der vierten Generation lebte oder, wie mein Vater, nach dem Krieg hier ein Haus gebaut hatte. »Der Kowalczyk ist ein Polacke, da muss man ein bisschen aufpassen«, hatte mein

Vater mal gesagt. Seinen Commodore ließ er trotzdem bei ihm reparieren. Aber da war oft dieser abschätzige Unterton, wenn über Kowalczyk geredet wurde. Als Kind hatte ich sogar Angst vor ihm, er war mir unheimlich.

»Und was soll ich jetzt machen? Ich kann nirgends hin. Meine Eltern sind tot, daheim bin ich rausgeflogen.«

Kowalczyk steckte sich die nächste Reval zwischen seine vergilbten Zähne. Dann blickte er mir direkt ins Gesicht. Er wirkte mit einem Mal aufgewühlt. Seine Augen glänzten wässrig. Er stocherte mit dem Zeigefinger in meine Richtung.

»Du darfst nicht aufgeben, Vinzenz Bachmaier. Nie. Auch wenn alles hoffnungslos erscheint.«

»Ich habe noch 20 Mark in der Tasche und keinen Plan.«

»Dann arbeitest du eben ein bisschen bei mir mit, ich könnte sowieso einen Lehrling brauchen.«

»Aber ich habe doch gerade Abitur gemacht. Und immerhin 2,8 Notenschnitt.«

»Dann machst du halt Buchhaltung. Außerdem fängt am 1. Juli dein Dienst bei der Feuerwehr an. Du musst jetzt ein Mann werden.«

»Und was ist das bitte, ein Mann?«

»Einer, der nicht jammert. Einer, der nicht quatscht, sondern sein Ding durchzieht. Einer, der … der …« Er suchte nach Worten. »Einer, der weiß, was er will.«

»Da drüben haben sie gerade meine Mutter beerdigt. Ich bin schuld daran.«

»Unsinn. Lass dir nichts einreden.«

»Du warst ja nicht dabei, als sie der Schlag getroffen hat.«

»Und du auch nicht.«

Ich sagte nichts mehr.

Er trat seine Zigarette auf dem Betonboden aus und schlug mit der Hand auf die Tischplatte. »Jetzt nehmen wir uns den 3650er vor, der braucht einen neuen Turbolader. Danach zeige ich dir deine Pritsche, du übernachtest heute bei mir, und dann sehen wir weiter.«

Der Nachmittag. Schraubenschlüssel. Achsschenkelbuchse. Bolzen. Innenlager. *Hey, Sugar Sugar Baby* im Radio. Zwischendrin klingelte das Telefon durch die Halle. »Nein, Dichtsatz für AD4203«, schrie Kowalczyk in den Hörer. »4203, genau.« *Marleen, eine von uns beiden muß nun gehn.*
Mein Bett stand in einem Verschlag im Erdgeschoss, der vielleicht mal als Kinderzimmer gedient hatte, jedenfalls hing ein Hampelmann aus Sperrholz an der Wand und daneben der BayWa-Kalender von 1969. In der Ecke ragte ein grünliches Etwas fast bis zur Decke. »Säulenbohrmaschine«, sagte Kowalczyk. »Alzmetall. Unzerstörbar.«
»Klar«, sagte ich.
»Na ja«, sagte Kowalczyk. »Ist ja nur für ein paar Nächte, dann sehen wir weiter.« Er klang verlegen, aber bloß ein bisschen. Ein Gutes Zimmer gab es bei ihm nicht. Das Konzept einer Wohnung mit Staubsauger und Couchgarnitur schien ihm fremd zu sein. Was einmal eine menschliche Behausung gewesen sein musste, hatten Ersatzteile, Reifen, Werkzeuge, Trümmer aller Art erobert. Sie waren von der Halle mit den Jahren durchs Büro in die übrigen Räume vorgerückt, wo sie inzwischen selbst die hintersten Winkel besetzt hielten. Eine leere Schmierölkanne hatte als Vorhut bereits das Badezimmer im Erdgeschoss erreicht, und wahrscheinlich war es nur eine Frage der Zeit, bis in der Dusche ein bissiges Lenkgetriebe hausen würde. Kowalczyk selbst wohnte oben im ersten Stock, ich konnte mir vorstellen, wie es dort aussah.
Abends wärmten wir uns auf dem Gasherd in der Halle zwei Dosen Linsen mit Speck auf. Kowalczyks Interesse für mein Befinden schien nachgelassen zu haben. Er schwieg. Mit dem Löffel stocherte er in seinem Teller herum.

»Was?«, frage ich.

»Der Allmayer. Zu blöd, um einen Dichtsatz zu liefern.« Er stand auf und ging zum Kühlschrank. »Bier?«

Die Ausziehcouch knarzte, als ich mich im Schlafsack darauf ausstreckte. Moder stieg von der Matratze auf. Mein Kopf dröhnte. Ich lag wach. Das Fenster ging zur Hauptstraße hinaus. Wenn ein Auto vorbeifuhr, wanderte das Scheinwerferlicht für einen Moment wie ein Leuchtfeuer durchs Zimmer. Hampelmann. BayWa-Kalender. Alzmetallmonster. Dann umstellten wieder Schatten mein Bett. Das war also alles passiert. Durch meine Schuld, durch meine Schuld, durch meine übergroße Schuld. Schließlich schluckte ich eine von Rainers Bremskapseln. Die Mondfrau ließ sich nicht mehr blicken. Aber Gleichgültigkeit überkam mich. Sie drückte mich sanft in die Matratze hinein. Immer tiefer. Hampelmann. BayWa-Kalender. Alzmetallmonster. Nacht.

»Deine Kameraden«, sagte Kowalczyk und deutete mit dem Kopf auf den weißen Ford Transit von Simmerl, der in die Hofeinfahrt bog. Freitag war Probentag, das hatte mein lädiertes Gehirn vergessen. Simmerl, Spy und Dietrich öffneten die Hecktür und trugen ein paar Umzugskisten unters Vordach der Werkstatt. Elvira hatte sie ihnen mitgegeben, nachdem sie oben im Siedlerweg unter der Aufsicht von Manni den Übungsraum ausräumen mussten.

Spy boxte mich in die Schulter und sagte »Scheiße«. Simmerl nahm mich kurz in den Arm und sagte »Beileid«. Dietrich kam als Letzter an die Reihe und drückte mich so fest, dass ich kaum mehr Luft bekam. »Das ist mehr, als ich aushalten kann«, schluchzte er mir ins Ohr. »Du bist jetzt Vollwaise …« Den Rest verstand ich nicht, weil Kowalczyk den Stoßdämpfer eines VW-Käfers mit dem Hammer bearbeitete. Simmerl tippte

Dietrich auf die Schulter und sagte: »Passt schon.« Wir setzten uns an den Tisch zwischen den beiden Hebebühnen. Kowalczyk stellte uns grußlos vier Bier hin und machte sich selbst eins auf. Ich musste nichts erklären, die Geschichte hatte sich längst herumgesprochen.

»Warum gehst du nicht zur Polizei und zeigst das Arschloch an?«, fragte Simmerl. »Der Schachtner hat dir fast das Auge ausgeschlagen. Warst du eigentlich mal beim Arzt?«

»Vielleicht hat er ja recht gehabt«, sagte ich.

»Das war die geilste Ansage ever in Unterkirchen«, sagte Spy. »Deswegen kriegt doch niemand einen Herzkasperl.«

Simmerl warf ihm einen bösen Blick zu.

»Aber einen Schlaganfall«, sagte ich.

Spy ließ nicht locker. »Also, wenn ihr mich fragt, so richtig gesund hat deine Alte nie ausgesehen. Ich glaube, die ganze Beterei hat ihr mehr geschadet als …«

»Dich fragt aber niemand«, fuhr ihn Dietrich an. »Schon mal was von Pietät gehört?«

Simmerl nahm noch einmal einen Anlauf. »Nimm dir einen Anwalt und lass den Schachtner von der Polizei rausschmeißen. Der soll sich wieder in sein Betonwerk verpissen. Da gehört er hin.«

»Nie wieder Siedlerweg«, sagte ich. »Nie im Leben.«

»Das wäre jetzt schon mal geklärt«, meldete sich Kowalczyk, der an der Hebebühne lehnte. »Und was wird aus eurer Beat-Kapelle?«

»Wir werden reich und berühmt«, rief Simmerl und hob die Flasche.

»Geil, wir werden Drogen aller Art konsumieren«, sagte Spy. »Prost.«

Dietrich überlegte einen Moment lang. »Vielleicht wird uns sogar ein Song von Relevanz gelingen, bevor Spy sich den Goldenen Schuss setzt. Oder zum General aufgestiegen ist. Prost.«

Sie sahen mich mit bemühter Fröhlichkeit an und warteten auf meinen Kommentar. Da begriff ich: Außer dem verbeulten Commodore hatte ich nur noch diese drei Typen. Und den seltsamen Kowalczyk. Sie waren jetzt meine Familie.

»Wir brauchen einen Übungsraum«, sagte ich.

»Ihr könnt nebenan in der alten Lkw-Garage musizieren«, schlug Kowalczyk vor. »Ich hör eh nicht mehr so gut.«

»Du bist ja voll der lockere Typ, Alter«, sagte Dietrich. »Und die Bude hier ist unfassbar cool.«

Wir stießen miteinander an. »Auf The Holy Shit!«

»Hey ho, let's go«, grölte Spy. Dann räumten wir unser Zeug in die Garage.

Am Morgen klingelte bei Landmaschinen Kowalczyk das Telefon von fünf Uhr an fast pausenlos. Es war schönes Wetter und die Erntezeit fing an, da ging dauernd was kaputt. Um sechs Uhr klopfte die Bohnenberger Anita ans Tor. Vor Aufregung war sie ganz rot im Gesicht. Der Ludwig stehe draußen auf dem Feld mit dem Columbus, da sei der Motor abgesoffen, der Ludwig habe den Vergaser ausgebaut und gereinigt, aber jetzt springe er nicht mehr an, und für Nachmittag habe der Wetterbericht Gewitter angesagt. Während die Anita noch redete, suchte Kowalczyk das Werkzeug zusammen. Um die Uhrzeit sah er in seinem frischen Overall und den mit Pomade getränkten Haaren noch wie ein Gentleman aus, zumindest fast. Er duftete nach seinem Tabac-Aftershave, das er so großzügig auftrug wie sonst nur Maschinenöl oder Rostlöser. »Ich bin mal kurz weg«, sagte er zu mir, als er zu Anita ins Auto stieg. Für die Brotzeit solle ich schon mal acht Brezen und sechs Weißwürste bei der Metzgerei Faltermeier holen.

Darauf hatte ich wenig Lust, denn seit der Beerdigung war ich nur ein einziges Mal vor die Tür gegangen, um die Hohner aus dem Kofferraum zu holen. Die Metzgerei lag aber 400 Meter

die Hauptstraße rauf und dann rechts in der Pfarrer-Wicht-
ler-Gasse. Ganz Artlhofen kam mir jetzt wie feindliches Terrain
vor. Womöglich würde ich dem Onkel Willi auf dem Weg zur
Sakristei in die Arme laufen. Oder der Elvira, obwohl die um die
Uhrzeit wahrscheinlich noch mit dem Schachtner im Bett lag.
Ich wartete den Beginn der Frühmesse um sieben Uhr ab, dann
machte ich mich auf den Weg. In der Metzgerei standen zwei
Kundinnen an der Theke und unterhielten sich mit Gerlinde,
der Chefin. Die war ungefähr so rund wie die Bierkugeln, die
hinter ihr am Haken hingen, und gerade mal so groß, dass sie
über die Theke blicken konnte. Ihre Haare trug sie wie alle
Frauen in Artlhofen im Salon-Adelwarth-Stil, der sich durch
eine Dauerwelle und dunkelblonde L'Oréal-Tönung auszeich-
nete. Als sie mich bemerkten, hörten sie auf zu reden und
wandten sich mir mit dem Interesse von Aasgeiern zu.

»Der junge Herr Bachmaier«, sagte Gerlinde, während sie
weiter Aufschnitt auf die Waage stapelte. »Mein Beileid. Deine
Eltern waren so fleißige Leute. Jetzt stehst ganz alleine da.«

Der Otto Faltermeier kam mit zwei Ringen Wiener aus dem
Kühlhaus zurück. »Mei Vinz, wer hat dir eigentlich ins Hirn
geschissen?«, fuhr er mich an. »Wieso redest du so an Dreck
daher?«

»Ich hätte gerne sechs Weißwürst und acht Brezn«, sagte ich.

»Wahrscheinlich wäre es besser, wenn du dich aus Artlhofen
schleichen tätest«, setzte der Faltermeier nach. »Geh doch zu
deiner aidskranken Terroristenbagage nach München.«

»7,72 Mark macht das zusammen«, sagte die Gerlinde und
stellte die Tüte auf die Theke, ohne mich anzusehen. Ich legte
einen Zehner in die Schale. »Stimmt so«, sagte ich und ging.

Kowalczyk war schon wieder zurück vom Feld, als ich ankam.
Er sah jetzt nicht mehr wie ein Gentleman aus. An seinem
Overall klebte Stroh, und in seinen Rasierwasserduft mischten
sich eine erste sommerliche Schweißnote und Benzindampf.

Ich kündigte an, dass ich nie mehr beim Faltermeier einkaufen wolle, weil sie mich dort blöd angemacht hätten. Kowalczyk kaute auf seiner Weißwurst rum.

»Ich gehe da nicht mehr rein«, wiederholte ich.

Er spülte die Wurst mit Spezi runter und fingerte sich eine Breze aus der Tüte. Mit der Antwort ließ er sich Zeit.

»Morgen«, sagte er, »holst beim Faltermeier vier Scheiben Leberkäs und dazu eine Tube scharfen Develey. Bloß Trinkgeld gibst keins mehr.«

Testament

Als ich die Messingklingel des Notariats von Dr. Konwitschny drückte, da merkte ich, dass meine Hände schweißnass waren. Ich hatte sonst nie schweißnasse Hände, dass es überhaupt so etwas wie schweißnasse Hände gab, war mir zum ersten Mal aufgefallen, als mir Bürgermeister Vilgertshofer mal seine Flosse auf dem Volksfest hingehalten hatte. Er kam gerade vom Abortwagen, das hatte ich genau gesehen, und drückte sich am Tisch vorbei, an dem ich und Elvira mit meinen Eltern beim Hendlessen saßen, und dann schüttelte er allen die Hände. »Lasst es euch schmecken«, sagte er. Seine Hand fühlte sich an wie der Teig für die Dampfnudeln meiner Mutter, wenn er auf der Fensterbank aufgegangen war. Bevor ich den Hendlhax rausriss, wischte ich mir meine Finger am Feuchttuch ab und schnüffelte daran, vorsichtshalber. Sie rochen nach Zitrone.

Am Empfang des Notariats im ersten Stock zeigte ich der Sekretärin das Einschreiben, das mir der Postbote Angermaier zwei Wochen zuvor ausgehändigt hatte. Ich sollte mich am 14. August zusammen mit Elvira Bachmaier um 9.30 Uhr zur Eröffnung des Testaments der verstorbenen Roswitha Bachmaier, geb. Pohl, im Notariat Dr. Konwitschny in der Landshuter Spiegelgasse einfinden. »Ihre Schwester wartet schon«, sagte die Sekretärin und führte mich zum Büro. Auf einem der beiden Stühle vor dem Schreibtisch saß Elvira. »Servus«, sagte ich und schaute dabei auf den violetten Teppichboden. Sie sagte nichts und fixierte den Stich mit der Landshuter Stadtansicht, der über dem Schreibtisch an der holzgetäfelten Wand hing.

Elvira hatte sich ihre blonden Haare dunkelbraun gefärbt und auftoupiert. Sie erinnerte mich an eine Schlagersängerin, aber der Name fiel mir nicht ein. Es erschien mir auch als unpassender Moment, um darüber nachzudenken, schließlich ging es hier um die letzten Dinge meiner Eltern. Die Familie Bachmaier wurde hier aufgelöst wie eine bankrotte Firma, und ich musste mir deshalb ausnahmsweise bereits am Morgen eine von Rainers Bremspillen einwerfen, weil die Aussicht, auf meine Schwester zu treffen, bei mir schon tagelang vorher Übelkeit ausgelöst hatte.

Aber es war auf alle Fälle irgendwas mit N.

Wir saßen und schwiegen. Mein Bauch gluckerte. Nana? Nena? Endlich hörte man vom Flur her Schritte, die Tür flog auf, und Dr. Konwitschny trat ein. »Zuerst die Dame«, sagte er und schüttelte Elvira die Hand. Bevor ich ihm meine gab, rubbelte ich sie an der Jeans ab. Konwitschnys Händedruck war tadellos, kurz, hart, trocken, so wie auch seine gesamte Erscheinung samt Nadelstreifenanzug tadellos war. Er machte einen auf gut gelaunten Dynamiker und kam gleich zur Sache. Wir mussten unsere Ausweise vorzeigen. Konwitschny sprach in sein Diktiergerät. Nach einigem Vorgeplänkel, in dem er dem Diktiergerät erklärte, wer hier warum saß und dass er die Testamentseröffnung im Auftrag des Nachlassgerichts vornehme, wo das Dokument deponiert gewesen sei, zog er einen weißen Umschlag aus einem braunen Umschlag. Auf dem weißen Umschlag klebte ein Siegel. Er brach es mit einem Brieföffner, der wahrscheinlich 500 Mark gekostet hatte, und holte ein Schriftstück hervor. Als er es auffaltete, waren meine Hände schon wieder nass. Aber statt vorzulesen, diktierte er was in seinen Rekorder.

»Nicki«, rutschte es mir heraus.

Dr. Konwitschny brach ab. Elvira schaute mich jetzt zum ersten Mal an.

»Nicki?«, fragte mich Dr. Konwitschny.

»Bloß so halt«, stammelte ich. Dr. Konwitschny blickte verständnislos zu meiner Schwester. Sie schnaubte und warf den Kopf in den Nacken.

»Das war jetzt mehr so eine private Bemerkung«, schob ich nach.

»Aha«, sagte Dr. Konwitschny, »also, kommen wir jetzt zum eigentlichen Testament.« Er las vor: »Mein letzter Wille. Ich, Roswitha Bachmaier, geb. am 4. Februar 1926 in Tittling als Roswitha Pohl, verfüge, dass an jedem Hochfest der ohne Erbsünde empfangenen Jungfrau und Gottesmutter Maria, also am 8. Dezember, in der Pfarrkirche von Sankt Anton in Artlhofen für mich und meinen Gemahl Ignaz Bachmaier die Heilige Messe gelesen wird. Dieses Stipendium soll auf 25 Jahre gelten und wird mit 2500 Mark ausgestattet.

Dem Katzenheim in Hengersberg vermache ich 150 Mark. Landshut, 29. August 1984.«

Wir schwiegen. Elvira kramte ein Tempo aus ihrer Handtasche. Sie fing an zu schniefen. »Die Mama hätte immer so gerne eine Angorakatze gehabt. Aber es war ihr nicht mehr vergönnt.«

»Jetzt mal eine blöde Frage«, sagte ich. »Was ist mit dem Haus und dem ganzen anderen Glump? Da muss doch noch Geld da sein.«

»Du bist ein so ein pietätloses Schwein«, schnaubte Elvira. »Erst die Mama umbringen und dann auf ihr erspartes Geld geiern.«

Dr. Konwitschny räusperte sich. »Ich verstehe, dass der Tod Ihrer geliebten Mutter Ihnen Schmerz bereitet. Aber Sie sollten einen Erbschaftsstreit vermeiden.« Dann führte er aus, dass wir das gesamte Vermögen zu gleichen Teilen geerbt hätten. Das Haus müsse entweder verkauft oder an den anderen Erbnehmer oder so ausbezahlt werden. Es klang ziemlich kompliziert.

Elvira kramte wieder in ihrer Handtasche und holte ein Sparbuch der Raiffeisenbank Inning am Holz hervor. »Da«, sagte sie und legte es auf den Schreibtisch. Konwitschny blätterte darin herum und las die Zahl vor: »74.232,14.«

»Und wem gehört des jetzt?«, fragte ich, weil ich nicht wusste, was ich sonst sagen sollte.

»Dir geht es nur ums Geld!«, schrie die Elvira. »Der Manfred hat schon recht, dass man sich bei dir nicht wundern muss, wenn du mal wirklich einen abmurkst. Und weißt du, was er noch sagt?« Sie schaute mich aus verweinten Augen an. »Dass du ein Physiopath bist.«

»Ein was?«

»Ein Physiopath«, wiederholte sie. »Soll ich es dir vielleicht noch buchstabieren?«

Dr. Konwitschny rollte seinen Kopf hin und her, als habe er Nackenschmerzen.

»Die Bude kannst von mir aus behalten«, sagte ich. »Ich nehme das Geld.«

»Ganz so einfach ist das nicht«, wandte Dr. Konwitschny ein. »Erst einmal muss eine genaue Bestandsaufnahme des Vermögens und eventueller Verbindlichkeiten gemacht werden. Das ist die Aufgabe eines Testamentsvollstreckers.«

»Und wer soll das sein?«, wollte ich wissen.

»Da hat Ihre Mutter den Herrn Wilhelm Schleginger eingesetzt.«

»Gott sei Dank«, seufzte die Elvira. »Es gibt doch noch so was wie Gerechtigkeit.«

Ich fuhr aus meinem Stuhl hoch. »Einspruch. Den Schleginger akzeptiere ich nicht.«

»Da schauns, Herr Doktor Konwitschny. Was ich gesagt habe«, warf meine Schwester ein. »Ein Physiopath.«

Dr. Konwitschny schien plötzlich keine Lust mehr auf den Termin zu haben. »Leider warten draußen schon die nächsten. Der Herr Schleginger wird sich mit Ihnen in Verbindung setzen, alles Weitere besprechen Sie mit ihm. Sie können das

Testament vor Gericht natürlich auch anfechten.« Er stand auf und verabschiedete sich, diesmal ohne Händedruck.

Ich folgte Elvira in einigem Abstand die Treppen hinunter. Unten auf der Gasse wandte sie sich wortlos ab.

»Elvira.« Sie blickte sich um zu mir. »Richte doch bitte dem Manni aus, dass er ein Legasthoniker ist.«

»Frechheit«, schnaubte sie und stapfte davon.

Ich blieb vor dem Notariat stehen mit der Kopie des Testaments in der Hand. Ein Gefühl großer Gleichgültigkeit überkam mich. Ich wusste einfach nicht, was ich als Nächstes tun sollte. Es erschien mir alles gleichermaßen egal. Ich konnte mit dem Auto nach Salzburg zum Kaffeetrinken fahren oder zurück nach Artlhofen oder auf den Turm der Martinskirche steigen und mich runterschmeißen. Da wäre ich nicht der Erste. Alles egal. Aber im Moment auch alles zu anstrengend. So stand ich da, keine Ahnung wie lange, vielleicht drei Minuten, bis ich mich in Bewegung setzte. Ich schlich erst durch die Stadt und durch den Hofgarten hinauf zur Burg Trausnitz. In der Ferne ließ sich der Kühlturm des neuen Atomkraftwerks erahnen. Ein dunstiger Tag. Alle gingen ihren Geschäften nach, bloß ich nicht. Und dann kam mir dieser Gedanke.

Sie.

Ich rannte runter in die Stadt zur nächsten Telefonzelle. Dort rief ich Kowalczyk an und erzählte ihm, was beim Notar passiert war und dass ich im Prinzip ein reicher Mann sei, ich bräuchte aber kurzfristig eine Art Überbrückungshilfe von ihm in Höhe von 2000 Mark.

Kowalczyk sagte: »Wenn es für einen guten Zweck ist, in Ordnung.«

Ich sagte »Sowieso« und hängte ein.

Eine halbe Stunde später stand ich in Dingolfing bei Orange Musik, wo ich den Rocky Stallauer aus seinem Schlaf hinter der Ladentheke aufschreckte, und trug ihm meinen Wunsch vor. »Ich hätte gerne eine Fender Stratocaster und einen Fender Twin Reverb, und zwar gleich.« Rocky wirkte mit einem Mal hellwach. Das sei eine geradezu erlesene Kombination, leider habe er gerade weder eine Stratocaster noch einen Twin Reverb da, aber es werde sich ganz sicher was finden, das ähnlich gut abgeht.

Eine Stunde später schleppte ich eine gebrauchte Gibson Les Paul und einen alten Fender Super Reverb zum Auto. Davor hatte Rocky bei Kowalczyk angerufen, der für mich bürgte und ihm versicherte, er werde ihm das Geld sofort überweisen. Meinen Ausweis behielt Rocky trotzdem als Pfand ein.

Er lehnte mit seiner Bob-Marley-Strickmütze in der Tür. »Wenn du Bock hast, könnten wir noch einen durchziehen, das gehört bei mir ab 1000 Mark zum Kundenservice«, bot er mir an.

»Mir pressiert's leider«, sagte ich.

»Ich habe euch in Unterkirchen gesehen. Ihr seid fucking raw«, sagte Rocky.

»Was?«

»Unfähig, aber gut.«

Übung

Am Samstag danach rückte ich in die Freiwillige Feuerwehr
Artlhofen von 1884 ein. Bürgermeister Vilgertshofer war extra
wegen mir gekommen, um eine Ansprache zu halten, worauf
ich mir aber nichts einbildete, denn in Artlhofen wurden fast
jeden Tag irgendwo Ansprachen oder Predigten gehalten.
Vilgertshofer ließ sich sonst nur selten bei Übungen blicken.
Obwohl er offiziell Kommandant war, kümmerte sich Kowalczyk um alles, vor allem aber übernahm er die Wartung des
Magirus TLF 16, Baujahr 1962. Der TLF 16 galt wie die ganze
Feuerwehr als Schande von Artlhofen. Erst recht, seitdem sie
drüben in Steinbach ein Feuerwehrhaus mit sage und schreibe
vier Rolltoren an den Ortsrand gepflanzt hatten. In ihrer Halle
stand zwar auch bloß ein einziges Löschfahrzeug, aber das war
ein nagelneuer Mercedes-Benz 1222 AF mit Allrad und 216
PS. Uns dagegen brachte der Magirus mit seinen 120 PS den
Ruf als langsamste Feuerwehr des Landkreises ein.
Um Punkt zehn Uhr mussten wir vor Vilgertshofer und
Kowalczyk in einer Reihe auf dem Hof antreten. Wir waren
bloß drei Mann an dem Tag. Rechts neben mir stand Werner
Brandl, ein Bauer aus Oberkofen, bei dem mein Vater ab und
zu eine Kuh besamt hatte. Den Typen links neben mir hatte
ich noch nie gesehen. Er hieß Udo und war auch ein »Zehner«,
wie die Ersatzdienstler hießen, wobei er schon acht Jahre in
verschiedenen Feuerwehren abgedient hatte und erst ein paar
Monate zuvor aus Baden-Württemberg zugezogen war.
Vilgertshofer angelte einen Zettel aus seiner Uniformjacke
und las den Text ab. »Kameraden, heute nehmen wir Vinzenz

Bachmaier in die verschworene Gemeinschaft der Floriansjünger auf. Zwar ist das schönste Opfer, das ein Jüngling bringen kann, immer noch der Dienst an der Waffe. Dem steht der Dienst bei der Feuerwehr aber um fast nichts nach. Unsere Artillerie ist die Tragkraftspritze, unser Schwert der Rettungsspreizer, ähm …« Vilgertshofer stockte einen Moment, weil er die Zeile verloren hatte, dann fuhr er fort: »… wie ich immer scherzhaft zu sagen pflege.« Er wandte sich an mich. »Bachmaier, du bist nicht die erste verkrachte Existenz, aus der wir wieder ein nützliches Mitglied der Gesellschaft formen. Damit übergebe ich nun das Wort an den Kameraden Kowalczyk, denn leider ruft mich die Pflicht. Ich muss ein Grußwort beim Verschönerungsverein sprechen.« Wir salutierten, Vilgertshofer schwang sich auf sein Fahrrad und machte sich davon.

Als er außer Sichtweite war, fing Brandl zu mosern an, bei dem Wetter sei jeder normale Mensch draußen bei der Arbeit, bloß er als einziger Depp nehme seine Dienstpflicht ernst, obwohl er eigentlich dringend Heu mache müsse. Wir sollten als Ausgleich wenigstens sein Feld mit Feingemüse wässern. Bei der Gelegenheit könne der Bub gleich mal lernen, wie man eine Saugleitung aufbaue.

Wir fuhren mit unserem Magirus zum Hof vom Brandl raus, wo ich einen Saugkorb mit der Storz-Kupplung an den C-Schlauch stöpseln und in den Bach hängen musste, um den Angriff auf das Salatfeld zu üben. »Das Feingemüse ist die Königin des Ackers«, dozierte Brandl. »Merk dir das.«

»Wasser marsch!«, rief der Udo und schaltete die Pumpe ein.

Ich arbeitete mich durch die Salatreihen, während die anderen im Schatten am Magirus lehnten und zusahen.

»Der Augenthaler raucht in jeder Halbzeitpause eine Zigarette«, sagte der Brandl. »Trotzdem hält der in der Bundesliga mit. Wahnsinn, oder?«

Udo und Kowalczyk schwiegen.

»Von unten«, rief Brandl übers Feld. »Von unten.«

Als ich fertig war, verstauten wir unsere Ausrüstung im Magirus und aßen die Wurstsemmeln, die uns Brandls Frau vorbeigebracht hatte. Zurück im Feuerwehrhaus musste ich die Schläuche im Turm aufhängen. Kowalczyk befand, ich hätte meine Sache alles in allem für einen Anfänger gut gemacht. Dann drückte er mir ein verdrecktes Buch mit dem Titel »Feuerwehrdienstvorschrift 1 (FwDV1)« in der Ausgabe von 1983 in die Hand. »Lesen«, befahl er.

München

Aus der einen Nacht auf der Ausziehcouch bei Kowalczyk waren jetzt schon mehr als drei Monate geworden. Wir hatten noch kein einziges Mal darüber geredet, wie lange ich bleiben würde, aber inzwischen hatte sich eine Routine eingespielt, die daraus bestand, dass ich für ihn vor allem die Buchhaltung erledigte, denn in seinem Büro stapelten sich Rechnungen, die er entweder nicht bezahlte oder nicht eintrieb. Dafür erhielt ich 400 Mark und freie Kost und Logis, die im Wesentlichen aus Wurst und Doseneintopf bestand. Abends verbrachte ich die Zeit mit meiner Gibson nebenan in der Lkw-Garage, ihr Hals aus Ebenholz war etwas, an dem ich mich festhalten konnte, und so spielte ich stundenlang Songs im Kassettenrekorder vor und zurück, um Gitarrenriffs rauszuhören.

Wenn wir an den Wochenenden mit der Band probten, setzte sich Kowalczyk in die Ecke und lauschte, und es kam mir so vor, als ob er nicht nur an dem seltsamen Krach, sondern auch an der Gesellschaft von Menschen langsam Gefallen fand. Als Spy ihn mal als einzigen Punk von Artlhofen bezeichnete, mal abgesehen von ihm selbst natürlich, da verzog er seinen Mund zu einem Grinsen.

In solchen Momenten war ich kurz davor, die anderen in meinen Plan vom Ricarda-Song einzuweihen, den ich oben auf der Trausnitz gefasst hatte. Aber ich behielt ihn noch für mich.

Eines Abends kam Wolfi vorbei, um uns mitzuteilen, dass sein Kumpel Al Jackson bei ihm angerufen habe. Jackson suche für seinen Gig am 19. Dezember im Schwabingerbräu in München eine Vorband. Aus unerfindlichen Gründen seien wir dem Al sympathisch gewesen, weshalb er nun fragen lasse, ob wir Bock hätten, eine halbe Stunde zu spielen, auf keinen Fall länger, schließlich wolle man das Publikum nicht schon vor dem Main Act aus dem Saal treiben. Dafür bekämen wir unglaubliche 1000 Mark Gage.

»Jeder?«, fragte Spy.

»Insgesamt, du Trottel«, sagte Wolfi. »Du kannst froh sein, wenn sie euch kein Schmerzensgeld abziehen.« Und damit wir die Dimension kapierten, fügte er hinzu, im Schwabingerbräu habe auch schon AC/DC gespielt. Wir kapierten die Dimension aber sofort. Unser dritter Auftritt führte uns also bereits nach München-Schwabing, wenn das so weiterging, würden wir bald im Londoner Hammersmith Odeon auf der Bühne stehen. Zwei Wochen später brachte uns Dietrich ein Plakat mit, das er in München abgerissen hatte. Darauf stand ganz groß Al Jackson und drunter klein, aber immer noch lesbar: Special guest – The Holy Shit, 19.30 Uhr.

Das Gute an Schwabing war, dass es im Münchner Norden lag und nicht im Süden, wie ich zuvor immer gedacht hatte. »Du verwechselst es mit Grünwald«, belehrte mich Simmerl, der mich mit dem Stadtplan vom Beifahrersitz aus dirigierte. Ich war in meinem ganzen Leben vielleicht fünf Mal in München gewesen, und das auch bloß mit dem Zug von Landshut zum Hauptbahnhof. Schwabing war für mich mehr ein Gefühl als ein realer Ort auf der Karte. Außerdem hatte ich Schiss, dass ich in München mit dem Auto links abbiegen musste, weil auf so einer Riesenkreuzung, da kennt sich doch keiner aus. Mit dem Zeller hatte ich nur in Landshut eine Stadtfahrt geübt, und das war schon unübersichtlich genug. Simmerl beruhigte mich: Laut Karte ging es die ganze Zeit von Niederbayern mehr oder weniger geradeaus. Nur am Mittleren Ring mussten wir links in die Leopoldstraße abbiegen und dann noch einmal vor dem Schwabingerbräu in die Feilitzschstraße, dann waren wir auch schon da.

Als wir ausstiegen, fuhr ein weißer Mercedes-Bonzenschlitten am Eingang vor, S-Klasse, wir dachten schon, es sei Al Jackson, aber es war Dietrich mit seinen Eltern. Wir merkten gleich, wie peinlich ihm das alles war, und normalerweise hätte Spy jetzt irgendeinen blöden Spruch rausgehauen. Aber Spy zog selber ein langes Gesicht, weil sie ihm in der Kaserne als Erstes den Iro abrasiert hatten. Er sah jetzt auf einmal ganz nach Werner aus, während mir inzwischen die Haare bis auf die Schultern herabhingen. So standen wir einen Moment lang rum, bis Dietrichs Mutter, eine ausgehungerte Kostümfrau, uns alle so überfreundlich begrüßte, als ob wir schon ewig beste Freunde wären. Sie sagte, sie sei toooo-taaaal happy, uns endlich kennenzulernen.

Der Mickey habe ihr schon so viel erzählt von uns, und das sei alles so wichtig für ihn, weil er sonst nur schwer Anschluss finde. Aber mit unserer einfachen niederbayerischen Art hätten wir bei ihm Berührungsängste abgebaut und das tue ihm sichtlich gut. Dietrich hing so schlaff da wie ein Schlauchboot, das langsam Luft verlor, und rührte mit dem Schuh in Kieselsteinen herum.

»Da sind wir aber total froh, dass wir dem Mickey helfen konnten«, sagte Simmerl, der sonst eigentlich nicht zum Sarkasmus neigte. »Total«, pflichtete ich ihm bei. »Dass er es so schwer hat, haben wir gar nicht gewusst.«

»Vielleicht kifft er einfach nur zu viel«, sagte Spy.

Die Mama von Dietrich kapierte es allem Anschein nach immer noch nicht.

»Mein Mickey neigt ja auch zu psychosomatischen Beschwerden, ihr müsst ein bisschen aufpassen, dass …«

»Marianne, jetzt ist aber mal gut«, unterbrach sie Dietrichs Vater scharf. Obwohl es saukalt war, trug er nur ein geringeltes

Poloshirt und dazu eine graue Bürohose. Er sah so schlecht gelaunt und genervt aus, wie nur Leute aussehen, die den ganzen Tag mit Geldverdienen im Büro beschäftigt sind. Danach stiegen sie wieder ins Auto, weil sie in der Stadt noch Einkäufe erledigen wollten.

»Mickey«, sagte Spy, als wir dem Bonzenschlitten nachblickten, dazu zog er seine Augenbrauen leicht in die Höhe. »Mickey.«

Das reichte, dass Dietrich explodierte.

»Halt endlich mal dein verdammtes Maul!«, brüllte er und schubste Spy, der fast vom Gehsteig gekippt wäre. Simmerl und ich gingen dazwischen. Danach redeten wir bis zum Auftritt nicht mehr miteinander.

Ich hatte mir vorgestellt, dass es im Schwabingerbräu genauso voll werden würde wie bei Rory im Circus Krone, wo sich die Leute dicht an dicht drängten. Aber als wir pünktlich um halb acht Uhr anfingen, verloren sich höchstens hundert Zuschauer im Saal, die Bier tranken und sich miteinander unterhielten. Wegen uns war hier offensichtlich niemand gekommen. Selbst als wir *Highway to Hell* anspielten, schien das niemanden zu begeistern. Dietrich wollte diesmal auch nicht sein Hemd aufreißen, was wahrscheinlich daran lag, dass sich in einer dunklen Ecke am Eingang seine Eltern erahnen ließen. Beim Solo stolperte ich dann auch noch über ein Kabel, das auf dem Boden festgeklebt war, um ein Haar wäre ich von der Bühne gefallen. Das fanden etliche immerhin ganz lustig. Aber wir hielten durch bis zum Schluss, ein paar Zuschauer applaudierten sogar.

»Das lief so was von beschissen«, sagte ich zu Wolfi, der hinter der Bühne auf uns wartete. Er zuckte bloß mit den Schultern.

»Mei, Vorband halt. Aber danach fahren wir ins Dukes, da ist heute Riesenparty.«

Al Jackson musste nur einen einzigen Ton anspielen, um uns klarzumachen, was der Unterschied zwischen ihm und uns war. Zwischen Alabama und Artlhofen. Es war das allererste A, das er in den Saal jagte, während gleichzeitig die Scheinwerfer über ihm aufflammten. Ein A, das er so lange stehen ließ, bis es sich in der Rückkopplung in ein Kreischen verwandelte und sich mit dem Johlen der Zuschauer im Schwabingerbräu mischte. Al zog die Schultern hoch und machte ein Schmerzensgesicht, als schneide das A wie ein Messer durch seinen Körper, als verschmelze er mit seiner Gibson zu einer einzigen Wehklage. Wir standen unten im Saal und schauten uns an.

Freddie

Danach dirigierte mich Simmerl durch die Stadt, ich musste et-liche Male links abbiegen, was aber nicht so schlimm war, denn es ging auf Mitternacht zu und München erschien um diese Uhrzeit fast so tot wie Landshut. Wir hatten sogar noch das Glück, dass wir schräg gegenüber vom Dukes einen Parkplatz fanden. Vor dem Eingang hatte sich eine Schlange gebildet, doch als wir an die Reihe kamen, hielt mich der Türsteher an der Schulter fest. Er war ein schmächtiger Typ und nicht mal so groß wie ich, aber sein Griff fühlte sich so bestimmt an, dass ich keinerlei Lust hatte, mit ihm zu diskutieren. »Heute ist leider keine Kindervorstellung«, sagte er.

»Wir sind The Holy Shit und kommen gerade von einem Gig mit Al Jackson im Schwabingerbräu«, versuchte Simmerl hinter mir Eindruck zu schinden.

»Und ich bin Tina Turner«, sagte der Türsteher. »Jetzt macht's bitte den Eingang frei, ihr Rotzlöffel.«

Geschlagen verzogen wir uns auf die andere Straßenseite. »Wir hätten nach Landau in den Rockstadl fahren sollen«, moserte Simmerl.

»Um eine Runde Diskofox zu tanzen?«, fragte Spy. Dietrich stand mit seinem offenen Ledermantel herum. »Es war mir schon klar, dass ich mit euch da nie reinkomme«, sagte er. »Leute, das ist München, Metropole, Weltstadt.« Er machte jetzt einen auf extralässig, weil ihm der Auftritt seiner Mutter vor dem Konzert noch nachhing. Ich wollte ihm gerade sagen, dass er sich nicht so aufblasen solle, da hielt vor uns schon ein Taxi mit Al und Wolfi. Al hatte sich ein frisches lila Batikhemd angezogen und trug eine Sonnenbrille. In der Nacht eine Sonnenbrille zu tragen, das war der Gipfel der Coolness, mehr ging einfach nicht. Jeder von uns wäre damit gegen das nächste Auto gestolpert, aber Al bewegte sich mit einer Lässigkeit, als stünde er noch auf der Bühne im Schwabingerbräu. Er klatschte uns mit High fives ab, was drüben am Eingang ruhig alle sehen sollten.

»Auf geht's, Buben«, sagte Wolfi und marschierte voran. Diesmal wurden wir an der Schlange vorbeigewunken und der Türsteher schaute uns nicht einmal an. Eine lange Treppe führte ins Untergeschoss hinunter. Die Musik sprang uns an wie ein Raubtier, der Boden erzitterte unter den Bassbeats, als würde über uns das Haus bombardiert. Und dann waren wir drin in München, der Weltstadt. Ich sah nur Rot, eine Orgie aus Rot. *Relax, don't do it, when you want to go to it.* Wolfi brüllte mir was ins Ohr, ich verstand kein Wort. Im Rauchgewaber machte ich die Tanzfläche aus, die mal von oben, mal von unten angestrahlt wurde. Die Menschen drängten sich darauf so dicht, dass sie mir wie eine einzige wogende Masse vorkamen. Ein Mann im weißen Albatroskostüm mit Schnabelmaske schob sich an mir vorbei. Dann war es plötzlich dunkel bis auf drei Podeste, auf denen im Spotlicht Polizisten tanzten, die aber statt Uniformhosen Strapse trugen. Mit einem Mal färbte sich das Dukes ganz in Blau. *Ma Ma Ma Ma Ma Baker.* Al und Wolfi waren verschwunden, wir waren auf uns gestellt.

Simmerl deutete auf die Bar, wir schoben uns nach vorne. Hinter dem Tresen stand ein Typ mit Glatze und nacktem Oberkörper. »Vier Bier«, schrie ich und hob meine Hand mit vier Fingern. Er nickte. Er gab uns aber kein Bier, sondern schüttete irgendein Zeugs zusammen und schob uns die Gläser rüber. Ich streckte ihm einen meiner Fünfziger von der Gage hin, den er nahm, aber statt Wechselgeld rauszugeben, wandte er sich schon wieder dem nächsten Kunden zu.

Einen Augenblick lang dachte ich daran, wie ich in Artlhofen früher immer auf dem Fensterbrett saß und den Feldlerchen zuhörte und dass es auf der Welt wohl keinen größeren Gegensatz zum Siedlerweg geben konnte, da boxte mich Dietrich in die Seite und wies mit dem Kopf in Richtung einer Säule, wo ich den Wolfi am Erdinger-Weißbier-T-Shirt erkannte. Er stand da Arm in Arm mit einem grauhaarigen Mann und sang bei *I will survive* mit.

Wir vier aber hielten uns an unseren Drinks fest und glotzten bloß, als sich eine Blondine an mich ranwanzte. Ich konnte nicht sagen, ob es ein Mann oder eine Frau war, weil im Dukes, so viel hatte ich nach ein paar Minuten schon gelernt, das mit den Männern und Frauen nicht so eindeutig geregelt schien wie zum Beispiel in der Pfarrkirche, wo links die Weiberleut in der Bank saßen und rechts die Männer. »Ihr ... locker ... Zehner«, schrie sie mir ins Ohr. Ich deutete auf mein Glas. »Hab schon«, brüllte ich zurück. Sie rollte mit den Augen und zeigte mir eine winzige Plastiktüte mit einem rosafarbenen Schweinchen aus Papier drin. Ich kaufte drei Stück, weil sich Simmerl ausschließlich mit Alkohol zudröhnte. Er hatte da so seine Prinzipien. Die Blondine schob meinen zweiten Fünfziger ein und küsste mich auf die Wange. Spy, Dietrich und ich spülten die Schweinchen mit unseren Drinks runter.

»Geil, Speed!«, schrie ich.

»LSD, du Bauerndepp!«, schrie Dietrich.

Aber da war es schon zu spät. Als sie nach ein paar Minuten *YMCA* anspielten, spürte ich plötzlich so eine gewaltige Lust zum Tanzen wie noch nie zuvor in meinem Leben. Ehrlich gesagt hatte ich zuvor überhaupt noch nie getanzt, auf Partys stand ich fast die ganze Zeit bloß blöd an der Seite rum. Jetzt stürmte ich auf die Lichterfläche und sang mit den anderen *Young man, there's no need to feel down ... Young man, pick yourself off the ground.*

Die Lichter über mir, und das war nun wirklich großartig, verwandelten sich in eine Galaxie. Ich flog im Weltall, und jede Note aus den Lautsprechern verwandelte sich in eine Supernova aus explodierenden Farben. »Das ist der Victor«, schrie der mit dem Erdinger-Weißbier-T-Shirt, dessen Name mir gerade nicht einfiel, weil sich der Raum nach unten bog, erst ganz hinten bei den Plüschsofas und dann auch auf der Tanzfläche, da musste man aufpassen, dass man nicht ins Rutschen kam und im Dunkeln verschwand, und überhaupt, der Albatros mit seinem gelben Schnabel breitete die Flügel über mir aus, und meine Lunge, also die Lunge, dieser meiner Lunge hatte ich bisher zu wenig Aufmerksamkeit geschenkt, das war so ein Körperteil wie mein Arm, den zog es nach oben hinauf, der wurde einfach immer länger, und was machte der Dings da unter den Delfinen, ja genau, also unter den Delfinen ...
Der Typ mit dem Schnurrbart.
I will survive. Das E dehnte sich in ein Eisblau hinein, Eisblau metallic, um genau zu sein, denn es ging mir hier bei allem Spaß auch um die Präzision der Beobachtung. Präzision war wichtig, aber der Typ da, mit den Hosenträgern und dem Schnurrbart, der tanzte auf dem echten Planeten, der bewohnte die Erde und hatte einen Namen, der mir aber auch nicht einfiel, weil mir plötzlich eine Brünette an die Eier griff, oder war es ein Brünetter, es fühlte sich jedenfalls gut an, so gut wie das A aus der Stratocaster von Al, das auf einmal in den Nachthimmel aufstieg wie eine Leuchtkugel und langsam auf uns herabsank. Der Schnurrbart, der gehörte dem Freddie Mercury, ja leck mich doch, das musste mitgeteilt werden, mein Mund näherte sich dem Ohr von Dietrich, diesem riesigen Tunnel, der Freddie Mercury, der Freddie, wo, ja da, du Depp, vor dir, aber der Freddie hatte sich schon wieder in einen silbernen Oktopus verwandelt, der seine Tentakel um den Dietrich schlang, und die Zeit, die Zeit war ein Gummiband, das sich dehnte und

zusammenzog und blau pulsierte und nach Zimt schmeckte.
Um genau zu sein. Zimt.

Das Auto war weg. Zur Sicherheit fragte ich aber Simmerl.
»Steht in der Parklücke da ein Auto?«
»Das ist keine Parklücke, das ist eine Feuerwehrzufahrt«,
antwortete er. »Und wenn da ein Auto stand, dann ist es abge-
schleppt worden.« Spy und Dietrich kicherten, sie lagen sich in
den Armen. Mir war kalt.
»Und wie kriege ich das wieder?«
»Abholen halt.«
»Ja und wo bitte?«
»Irgendwo.«
Die drei waren noch zu nichts zu gebrauchen, deshalb ging ich
zur nächsten Telefonzelle und blätterte nach der Nummer der
Polizeiinspektion Altstadt. Der Telefonhörer starrte mich an,
er glotzte so unverschämt neugierig mit seinen Muschelaugen,
dass ich ihm schon eine Abreibung verpassen wollte, aber
da hob die Altstadtwache ab und ich erklärte dem Beamten,
dass mein Auto mit dem Kennzeichen LA-FH 204 eventuell
abgeschleppt oder gestohlen worden sei. Es dauerte einen Moment, dann teilte er mir mit, der Opel Commodore habe eine
Feuerwehrzufahrt in der Rumfordstraße blockiert und würde
jetzt in der Truderinger Straße amtlich verwahrt.
»Und wie komme ich in die Truderinger Straße?«, wollte ich
wissen. »Es fährt doch noch kein Bus.«
»Keine Ahnung, auf alle Fälle nicht mit dem Auto«, antwortete
der Bulle. Er fand das wohl lustig. Ich legte auf.
Wir nahmen ein Taxi, das uns durch die leeren Straßen Mün-
chens fuhr.
Also der Typ mit dem Schnauzbart und den Hosenträgern, ob
das wirklich der Freddie Mercury gewesen sei, wollte Dietrich
wissen. In München?

Die Antwort gab der Taxifahrer. »Klar war das Freddie Mercury«, sagte er. »Ich habe ihn selber schon mindestens dreimal ins Dukes gefahren.«

»Er hat mich ganz fest gedrückt«, schniefte Dietrich gerührt. »Freddie Mercury von Queen hat mich in seine Arme genommen.«

»Da bist aber nicht der Erste«, sagte der Taxifahrer. Er verlangte 40 Mark, aber als ich ihm meinen dritten Fünfziger gab, steckte er ihn ein, ohne Wechselgeld rauszugeben. Anscheinend war das so üblich in München.

In der Truderinger Straße musste ich mit den letzten beiden Fünfzigern den Commodore auslösen. Meine Gage war damit aufgebraucht. Wir lieferten den Dietrich noch in seiner Architektenvilla in Bogenhausen ab. Er blieb in der offenen Autotür stehen.

»Was?«, sagte ich.

»Ich glaub, ich bin bi«, gestand er.

»Tür zu«, sagte ich. »Es zieht.«

Ich fuhr immer geradeaus heim nach Niederbayern. Spy lag auf der Rückbank und schnarchte. Simmerl pennte auf dem Beifahrersitz. Die Sonne war aufgegangen. Sie glänzte in Rot, aber der Himmel drum herum hatte einen merkwürdigen Stich ins Blaue, ins Eisblaue, um genau zu sein.

Fikt euch

Ein paar Wochen später bekam ich einen Anruf von Spy. Er sagte, dass er sein WG-Zimmer auf dem Brennerhof aufgeben werde, weil er unter der Woche sowieso in der Kaserne bleiben müsse, und nur fürs Wochenende Miete zu zahlen lohne sich nicht, deshalb ziehe er wieder bei seinen Eltern ein. Er habe mich schon bei der Tamara als Nachmieter vorgeschlagen, die sei zwar ein bisschen speziell mit ihrem Meditationsquatsch, aber trotzdem locker. Sie habe auch nichts dagegen gehabt, dass er seine Zimmerwände mit Graffiti besprüht habe. Voll geil. Man müsse zwar im Sitzen pissen und ab und zu staubsaugen. Im Grunde genommen gehe es der Tamara aber nur darum, dass jemand auf den Hund aufpasse und den Gemüsegarten wässere, wenn sie mit ihrer Freundin Maja unterwegs sei. Um die Silke brauche ich mich nicht zu kümmern, die sei meistens stoned und daher ein Komplettausfall. Das Geilste seien aber die Partys, wenn Besuch komme. Voll legendär.
Ich bat mir einen Tag Bedenkzeit aus.

Der Brennerhof lag drei Kilometer außerhalb der Ortschaft, am Ende eines ungeteerten Feldwegs. Eine armselige Hofstelle, das Wohnhaus verkleidet mit grauen Eternitplatten, dahinter ein Stall, in dem selbst zu den besten Zeiten nie mehr als acht Stück Vieh standen. Hohe Fichten hielten das Haus umzingelt. Ende der Siebzigerjahre hatte sich der Brenner hier aufgehängt, danach stand das Anwesen ein paar Jahre leer, weil niemand in eine feuchte Bude einziehen wollte, die außer von Mäusen allenfalls noch vom Geist eines Selbstmörders bewohnt wurde.

Der Brenner hatte keine Erben, deshalb fiel der Hof der Gemeinde zu, die ihn erst abreißen wollte, dann aber für drei Jahre an eine Landkommune vermietete, deren Sprecherin Tamara Wieling war, eine Frau um die vierzig, die lange in Kalifornien gelebt hatte und sich, wie Bürgermeister Vilgertshofer ausführte, nach der Ruhe und Natur in ihrer alten Heimat sehnte. Auf den Einwand hin, dass kein normaler Mensch auf dem Brennerhof wohnen wolle, sagte Vilgertshofer in der öffentlichen Sitzung des Gemeinderats, das sei ihm egal, solange sie Miete zahlten, wobei er in der nichtöffentlichen Sitzung noch hinzufügte, dass er den Leiter der Polizeiinspektion Landshut gebeten habe, die Sektenspinner im Auge zu behalten. Das stand bald darauf in der Zeitung, weil Vilgertshofer die Indiskretion selbst platziert hatte, damit er als starker Mann rüberkam.

Ich wohnte nun schon seit mehr als einem halben Jahr bei Kowalczyk, sofern man das wohnen nennen konnte. Der Schock der ersten Tage war einem dumpfen Druck gewichen, der sich verstärkte, wenn ich hinüber zur Kirche blickte und mir vorstellte, dass auf dem Friedhof daneben meine Eltern lagen. Ich schlich mich wie ein Dieb entlang der Hausmauern und Gartenzäune durchs Dorf. Manchmal sah ich den Manni mit dem Betonmischer herumfahren, dann redete ich mir ein, ich müsse endlich nach München abhauen und irgendwas studieren, von mir aus Lehramt oder Sozialpädagogik. Aber ich fühlte mich zu schwach für einen Aufbruch, in welche Richtung auch immer. Deshalb schien es mir verlockend, wenigstens nachts ein paar Kilometer zwischen mich und den Friedhof zu bringen, ohne gleich die wenigen Freunde zu verlieren, die ich hatte. Und auf mein Erbe wartete ich auch noch, weil sich der Willi immer noch nicht gemeldet hatte. Er ließ sich wirklich viel Zeit als Testamentsvollstrecker, aber ich war froh, dass ich ihn nicht sehen musste.

»Das ist eine sehr schlechte Idee«, befand Kowalczyk, als ich ihm meinen Entschluss nach dem Abendessen mitteilte. »Du weißt, was man sich über den Brennerhof erzählt?«

»Dass es dort spukt?«

»Nein, dass die jungen Menschen dort einer Sekte angehören und Hasch rauchen. Schau dir mal deinen Freund Spy an.«

»Der ist doch jetzt bei der Bundeswehr.«

»Aber davor lief er wie ein Papagei herum.«

»Ich muss aber auf eigenen Beinen stehen«, entgegnete ich.

»Du könntest bei mir endlich eine Lehre zum Landmaschinen-techniker anfangen, das Bürozeugs machst du dann nebenbei. Wir streichen dein Zimmer neu. Bleib halt da.«

Seine Stimme wirkte mit einem Mal weich.

»Ich arbeite ja auch weiter bei dir«, versprach ich. »Aber ich brauche einfach mehr Abstand zum Kirchturm.«

»Na gut«, sagte Kowalczyk. Er stellte seinen Teller in die Spüle, dann ging er rüber ins Feuerwehrhaus, weil er was am Magirus reparieren müsse. Ich hatte ihm gegenüber ein schlechtes Gewissen und spürte, dass ich eine Dummheit machte. Aber lieber eine Dummheit machen als gar nichts.

Am Sonntag hielten sie auf dem Brennerhof immer ein Plenum ab, das wusste ich schon von Spy. So ein Plenum sei nach Ansicht von Tamara eine wichtige Sache, weil Probleme dabei immer offen diskutiert würden, um die Gruppendynamik in eine gute Richtung zu lenken. Ihm gehe das Gelaber zwar sonst wo vorbei, außerdem seien sie ohnehin nur zu viert auf dem Brennerhof. Aber bitte, die Maja backe dafür manchmal Graskuchen mit Karotten, was das Ganze erträglicher gestalte. Diesmal hatten sie mich eingeladen, weil die Gruppe mich kennenlernen wolle.

»Mein Lieber, das ist ein feministisches, gewaltfreies, linkes Projekt«, begrüßte mich die Tamara. Sie schaute mich mit einer gewissen Strenge an. Nicht ganz so streng wie Onkel Willi am Sonntagstisch, aber doch mit einer Autorität, die klarmachte, dass sie hier der Boss war. Wahrscheinlich wäre es besser gewesen, ich wäre in dem Moment meinem Bauchgefühl gefolgt und hätte mit Kowalczyk eine Dose Bratheringe aufgemacht, aber es wäre mir peinlich gewesen, hier einfach davonzulaufen. Darum blieb ich sitzen und antwortete wie der Ministrant Bachmaier: »Toll. Das ist genau das, was ich suche.« Tamara trug kurzes Haar und eine Jeans, ihr orangefarbenes T-Shirt und der Anhänger mit dem Bild eines bärtigen Mannes wiesen sie als Sannyasin aus. Ich wusste nicht viel darüber, außer dass die Sannyasins angeblich viel meditierten und freie Liebe machten und einen Dachschaden hatten. So hatte ich das mal in der Kirchenzeitung gelesen.

Spy wiederum hatte mir erzählt, dass die Tamara Anfang der Siebziger mal mit dem Jan befreundet gewesen sei, also dem Jan-Carl Raspe von der RAF, von dem mein Vater immer gesagt hatte, dass sie ihn am nächsten Baum aufhängen sollten. Danach sei sie aber in die USA in ein Ashram gegangen, wo sie die Maja kennenlernte. Die Maja saß neben Tamara mit angezogenen Beinen auf dem Sofa, auch sie war ganz in Orange gewandet, aber sie lächelte mich oberfreundlich an und sagte: »Spirituell sind wir hier auch. Und ich bin eine große Gärtnerin. Fast das ganze Gemüse ziehen wir hier selber.«

»Super«, sagte ich.

Meine alte Klassenkameradin Silke saß auf dem Boden, ihr schien alles ziemlich egal zu sein. Ihr Gesicht sah noch fahler aus als damals bei ihrem Auftritt im Trash. Zwei Typen Ende zwanzig, die Tamara als Stevie und Norbert vorstellte, fläzten in Sesseln und rauchten. Das seien Freunde, die ein paar Tage blieben, sagte Tamara, denn der Brennerhof sei ein gastfreundliches Haus, jeder könne kommen und gehen, wie er wolle. Spy lehnte am Türrahmen, er trug einen neuen Bundeswehrparka.

114

»So, und nun zu den Regeln«, verkündete die Tamara. »Erstens. Patriarchales Gegockel und Scheißmanieren kann ich nicht leiden, deshalb pissen alle Männer hier im Sitzen. Pornohefte sind tabu, weil sie Frauen zum bloßen Objekt herabwürdigen.« Ich nickte und dachte an die Fledermausanzüge. Stevie und Norbert grinsten. »Zweitens. Im Kühlschrank hat jeder sein eigenes Fach. Drittens. Der Putzplan hängt in der Küche und ist einzuhalten. Viertens. Drüben im Schuppen befindet sich der persönliche Meditationsraum von mir und Maja. Schon mal was von Kundalini gehört?«

»Ehrlich gesagt eher weniger«, gestand ich.

»Das ist auch egal, ich erkläre es dir ein anderes Mal. Auf alle Fälle gehört der Meditationsraum zu unserer Privatsphäre, da drin hast du nichts verloren. Noch Fragen?«

Bevor ich Nein sagen konnte, sprang mich von hinten Ché an, der Dobermann von Tamara, der gerade zur Haustür reingelaufen kam. Er leckte mir das linke Ohr ab. Es war widerlich, ich konnte Hunde nicht ausstehen.

»Er mag dich«, sagte Maja, »das ist das Wichtigste. Ché spürt es, wenn Menschen ein gutes Herz haben und ihn lieben.«

»Toll«, sagte ich.

»Willkommen in unserer Mitte«, sprach Tamara die erlösenden Worte. Alle lachten, sogar die Silke.

Von mir wollten sie nichts wissen, zum Glück.

Danach zeigte mir Spy das Zimmer. Es lag im ersten Stock am Ende des Flurs und wirkte fast so einladend wie meine Alzmetallbude. Das Mobiliar bestand aus einem aufgerissenen Ledersessel, einem Ölofen und einer fleckigen Matratze auf dem Boden. »Bloß Schnaps und Rotwein«, sagte er. An einer Wand hatte er einen Stinkefinger aufgesprüht und daneben *Fikt euch.*

»Ist das Norwegisch oder so?«

»Mein Gott, ich war dicht«, sagte Spy. »Aber trotzdem geil, oder?« Über der Matratze breitete sich ein in grau gehaltenes Porträt aus, das eine vertrocknete Kartoffel oder vielleicht auch Sid Vicious darstellen sollte. »Die Klamotten habe ich einfach immer ins Eck geschmissen, da sparst du dir einen Schrank«, sagte Spy.

Ich musterte ihn in seinem olivgrünen Aufzug.

»Du hast dich ganz schön verändert«, sagte ich.

Er grinste. »Du dich aber auch. Passt jetzt voll hier rein.«

»Und wo hat sich der Brenner aufgehängt?«, wollte ich wissen.

»Irgendwo an einer Fichte. Aber die Maja hat das Haus ausgeräuchert. Sie sagt, es sei jetzt clean.«

Ich holte mein Zeug aus dem Auto. Die Klamotten warf ich auf einen Haufen. Danach streckte ich mich auf meiner Matratze aus. Was trieb man in einer WG am Sonntagnachmittag? Keine Ahnung. Es muffelte nach Heizöl. Vom Stall her hörte ich eine Kreissäge kreischen. Ich ging runter und half Maja beim Brennholzschneiden, bis es dunkel wurde. Am Abend machte ich mir in der Küche eine Dose Chili auf, die ich mitgebracht hatte. Alle saßen drüben im Wohnzimmer vor dem Fernseher und gafften Tatort. Wie früher bei den Bachmaiers und bei Kowalczyk.

Ich ging rauf aufs Zimmer und setzte mich in den Sessel. Draußen rauschten die Fichten. Ich schaltete den Verstärker ein und schnappte mir die Gibson. Dann übte ich wieder dieses eine Solo. Ich hatte mir jedes Zittern, Jammern, Seufzen vom Tape rausgehört. Vor und zurück auf dem Kassettenrekorder. Immer wieder.

Als ich das Gefühl hatte, dass ich endlich so weit war, ging ich zu Wolfi und schlug ihm vor, nach der Juso-Versammlung jetzt mal einen richtigen Gig im Trash zu spielen. Er sagte zu.

Zyperns Duft

»Also«, hob ich an und klopfte mit dem Feuerzeug auf die Bierflasche, »ich muss jetzt was loswerden.«

Die anderen starrten mich an.

»Ich würde gerne bei unserem Gig für jemanden einen Song spielen.« Jetzt war es heraus.

»Oh Gott«, stöhnte Simmerl. »Wie lange geht das jetzt noch?«

»Ein Solo«, fuhr ich fort. »*Cause we've ended as Lovers* von Jeff Beck.«

»Du bist größenwahnsinnig«, sagte Simmerl. »Sie ist fest mit Rainer zusammen. Und Jeff Beck ist Gott, du bist nicht mal mehr Ministrant.«

Dietrich wirkte mit einem Mal hellwach. Seine Augen quollen ihm vor Neugier fast aus dem Gesicht. »Sie?«, fragte er und beugte sich zu mir über den Tisch. »Wie heißt sie?«

»Ricarda«, antwortete Simmerl für mich. »Er hat mit ihr noch keine fünf Worte gewechselt.«

»Ricarda«, wiederholte Dietrich und legte allen Schmelz in seine Stimme. »Und wie ist deine Angebetete so?«

»Sie hat ihm den Verstand geraubt«, sagte Simmerl.

»Sie riecht so unvergleichlich«, rutschte es mir heraus.

»Sag mal, bist du pervers? Stehst du auch auf getragene Socken oder so?«, fragte Spy. Er war immer noch das gleiche Schandmaul, obwohl er jetzt bürgerlich aussah mit seinem Kurzhaarschnitt und ohne Piercings.

Dietrich glotzte mich fasziniert an. »Und du lädst sie also zum Konzert ein?«, bohrte er weiter.

»Ich schreibe ihr einen Brief, ja.«

»Einen Liebesbrief!«, rief Dietrich begeistert. »Und was steht da drin?«

»Das ist kein Liebesbrief. Da steht bloß darin, dass sie kommen soll, sonst nichts.«

Dietrich rollte mit den Augen. »Du Idiot, du musst was Geiles schreiben. Ich kann dir ein Gedicht verfassen im Stil von … Wolf Biermann, Rilke, Brecht, Pablo Neruda …«

»Ich will dich bumsen, dein Vinz«, sagte Spy. Er fand das lustig.

Dietrich gab nicht auf. »*Und wenn du erscheinst/rauschen alle Flüsse in meinem Körper auf/rütteln die Glocken am Himmel/und ein Hymnus erfüllt die Welt.*«

»Ich hätte es euch nicht sagen dürfen. Vergesst es.«

»Wir sind deine Familie«, sagte Simmerl, »du darfst uns alles anvertrauen. Aber nimm doch endlich die Gerti, wenn du schon von der Gisela nichts wolltest. Ihr Vater sucht einen Nachfolger für die Schlosserei.«

Dietrich schüttelte den Kopf. »Es geht hier nicht um ein Treppengeländer, sondern um Liebe. Um zärtlichste Gefühle.«

»Dietrich, du bist in Freddie verknallt«, sagte Spy. »Gib's zu.«

Dietrich grinste und wandte sich wieder mir zu. »Aber Jeff Beck spielt doch bloß Instrumental-Fusion-Schrott. Dazu kann ich ja nichts singen. *Through the barricades* von Spandau Ballet wäre doch in so einem Fall angemessen.«

»Wenn ich das richtig verstanden habe, will Vinz sie erobern«, sagte Simmerl und blickte zu Kowalczyk hinüber, der die ganze Zeit schweigend an der Hebebühne lehnte und rauchte. »Sprich ein Machtwort, bitte.«

Kowalczyk sah aus, als ob er nachdachte. Dann sprach er: »*Schejn bisstu majn Frajndin, gor un gants, on dem klensstn Feler in dajn Glants. Dajne Lipn, kale Schejne, trifn imer Sisskajt rejne, Milch un Honik ojf der Tsung dir lign. Dajne Klejder schprejtn Duft, siss wi di Lewonen-Luft.*«

Wir saßen verblüfft da.

»Jiddisch«, sagte Kowalczyk.

Spy traut sich als Erster, was zu sagen. »Und das heißt?«

»Alles an dir ist schön, kein Makel haftet dir an. Von deinen Lippen tropft es süß, meine Liebe. Milch und Honig liegen auf deiner Zunge und deine Kleider duften wie der Libanon.«

Kowalcyzk verbeugte sich wie im Theater und ging.

Es war bereits nach Mitternacht, als ich auf meiner Matratze den Brief der Briefe verfasste.

»Liebe Ricarda, ich lade dich sehr herzlich zu unserem Konzert am 4. März im Trash ein. Bitte komme, weil ich dir einen Song widmen will. Dein Vinz.«

Ich dachte angestrengt über jedes Wort nach, bevor ich ihn ins Kuvert steckte. Er erschien mir angemessen lang und nicht übermäßig schwülstig. Das Wichtigste aber: Der Brief war deutlich. Sie würde sofort wissen, dass ich in sie verknallt war. Andererseits. Was hätte Pablo Neruda geschrieben? Oder Salomo? Welchen Liedtext würde zu *Cause we've ended as Lovers* passen? Ich fing noch mal von vorne an.

»Liebe Ricarda,«

Dann fiel mir nichts mehr ein. Ich stellte mich ans Fenster und rauchte eine. Draußen schwankten die Fichten im Wind. Ich musste wieder an den Brenner denken. Schneeflocken trieben durch die Luft. Es war finster und einsam auf diesem Hof. Die anderen pennten längst. Nur der Ölofen brummelte vor sich hin. Ich musste endlich was zu Papier bringen.

»Liebe Ricarda,

was jetzt kommt, ist mir ungeheuer peinlich. Ich bin nicht so der forsche Typ. Aber ich muss es dir einfach sagen. Ich bin total verliebt in dich. Wenn ich dich sehe, dreht sich alles in meinem Kopf und mir wird schlecht.«

Das war Mist. Ich nahm ein neues Blatt.

»Liebe Ricarda,

alles an dir ist schön/
kein Makel haftet dir an/
von deinen Lippen tropft süßer Honig/
der Duft deines Gewands ist wie Zyperns Duft.
Bitte komm am 4. März ins Trash zu unserem Konzert. Ich will
dir einen Song widmen. Vinz«.
Ich steckte den Brief schnell ins Kuvert, schleckte den Klebe-
streifen ab und verschloss ihn. Am nächsten Morgen warf ich ihn
in den Briefkasten vor der Bäckerei Scheininger. Als der Schlitz
quietschend zufiel, wusste ich, dass es jetzt kein Zurück mehr
gab. Der Briefkasten würde um 17.15 Uhr geleert. Morgen
würde sie ihn nach der Schule lesen. Ihre Mutter würde sagen
»Schatz, ein Brief für dich« und sie dabei ganz seltsam ansehen.
Ricarda würde den Brief auf ihrem Bett aufmachen und sofort
denken, dass ich wahrscheinlich ein gemeingefährlicher Irrer
war. Dann würde sie damit zu Rainer laufen.
Ich könnte all das nur noch verhindern, indem ich dem
Postbeamten auflauerte und ihn um die Herausgabe bäte, ein
Fehlwurf nach Bundespostgesetz Artikel 34 oder so, aber ich
hatte den Brief ja nicht einmal mit meinem Absender versehen.
Eine andere Möglichkeit wäre es, Spiritus hineinzukippen und
den ganzen Kasten anzuzünden. Das ginge auch. Ich spähte
durch den Schlitz ins Dunkel des Briefkastens. Mit einem
Fugenstaubsauger könnte man die Kuverts eventuell ansaugen.
»Was ist jetzt da drin so interessant, Bachmaier?«, fragte die
Scheiningerin, die sich im Ladeneingang aufgebaut hatte und
mich beobachtete.
»Ich seh schwarz«, sagte ich.
»Das täte ich an deiner Stelle auch.«

Als ich zwei Tage später von der Arbeit nach Hause kam, stand
der Audi 100 von Rainer vor dem Brennerhof. Ich überlegte,
ob ich überhaupt aussteigen sollte, weil er mir garantiert gleich

auf Schachtner-Art die Fresse polieren würde. Aber als ich mich dann doch in die Küche wagte, saßen alle beim Feiern und ließen einen Joint kreisen. »Der Jimi Hendrix von Niederbayern«, begrüßte mich Rainer, der neben Tamara in seiner schwarzen Lederjacke auf dem Stuhl lümmelte.

Ich schrumpfte augenblicklich von 1,81 Meter auf 1,59 Meter.

»Was machst denn du da?«, fragte ich ihn eine Spur zu kühl.

»Ich bin der Hausfreund«, tönte er und breitete die Armen aus wie ein Großgrundbesitzer.

Tamara kicherte mädchenhaft, was überhaupt nicht zu ihr passte.

Während ich noch überlegte, ob das nun spöttisch oder drohend gemeint war oder einfach nur so dahergelabert, reichte er mir schon den Joint über den Tisch, und ein paar Züge später breitete sich in meinen Armen ein warmes Kribbeln aus. Überhaupt kam mir die ganze Küche auf einmal so heimelig vor und der Rainer wie ein alter Bekannter. Anscheinend hatte er von dem Brief noch nichts mitbekommen. Maja stellte mir einen Teller Gulasch hin. Bei Kowalczyk würde ich jetzt in der Halle sitzen, und er würde sich mit mir, wenn überhaupt, über den Allmayer und den Niedergang des Ersatzteilhandels unterhalten. Hier sangen wir zusammen *So lonely* von Police. »*Now no one's knocked upon my door for a thousand years or more.*« Es war doch eine gute Entscheidung gewesen, in die WG zu ziehen mit all den Spinnern.

»Hey, Hendrix, hau mal was auf deiner Klampfe raus!«, rief der Rainer.

»Da musst noch zwei Wochen warten«, sagte ich. »Kommst zu unserem Konzert im Trash?«

»Selbstredend.«

»Kannst auch die Ricarda mitbringen.«

»Ja, logisch. Die ist sogar ganz scharf drauf.«

Razzia

Wir fühlten uns jetzt als Stars. Also nicht wie richtige Stars mit Stretchlimo oder Groupies, es sei denn, man rechnete die Ulrike dazu, die sich nun doch für Simmerl und landwirtschaftliche Mischbetriebe begeisterte und mit ihm das graue Kunstledersofa blockierte. Aber The Holy Shit hatte im Schwabingerbräu gespielt, das machte im Landkreis Landshut mordsmäßig Eindruck, zumal niemand aus der Gegend in München dabei gewesen war und somit auch keiner wusste, wie erbärmlich wir uns dort angestellt hatten. Es war eine Ehre, dass wir hier auftraten. Nicht für uns, sondern fürs Trash. Das bildeten wir uns zumindest ein.

Eine Stunde vor dem Auftritt steckte Wolfi den Kopf zur Tür des Abstellraums herein und verkündete, das Trash sei seit dem Embryo-Gig 1976 nicht mehr so rammelvoll gewesen. Danach gingen mir alle noch mehr auf die Nerven, vor allem Simmerl, der mit seinen Sticks dauernd auf der Sofalehne herumtrommelte.
»Jetzt hör sofort mit der Nerverei auf«, herrschte ich ihn an.
»Nur wenn du dir ein anderes Hemd anziehst«, sagte Simmerl. Er trommelte weiter. Ulrike kicherte. Was hatte die hier zu kichern? Sie ging mir jetzt auch auf die Nerven. »Du solltest lieber mit nacktem Oberkörper auftreten«, sagte Spy. Der ging mir sowieso auf den Zeiger mit seinen zynischen Sprüchen. Bei der Bundeswehr strammstehen, aber hier dauernd den Sponti markieren. Dietrich trug eine Sonnenbrille. Er schwieg und starrte, soweit man das sehen konnte, auf die Mineralwasserkisten, was

ich als bedenkliches Zeichen deutete. Aber wenigstens ging er mir nicht auf die Nerven. Von draußen drangen gedämpfte Stimmen und Bassbeats in unsere Künstlergarderobe. Dieses verdammte Lampenfieber.

Ich hatte mir das blau-rot karierte Flanellhemd ganz bewusst im Raiffeisenmarkt in Essenbach gekauft, weil Rory Gallagher im Circus Krone auch eines getragen hatte. Es war ein Statement, das kapierten die anderen bloß nicht.

Dietrich wachte für einen Moment auf. Er sagte: »Wir machen es so: Du sagst nur ›Für Ricarda‹, und dann singe ich *I am Sailing* solo. Da sind wir alle auf der sicheren Seite.«

»Ich spiele wie abgemacht *Cause we've ended as Lovers* und du hältst währenddessen für fünf Minuten die Klappe«, gab ich zurück.

Spy tat so als, mache er sich Sorgen um mich. »Aber du bist nicht Jeff Beck, sondern Vinz Bachmaier, und du willst auf offener Bühne vor 300 Leuten dem Rainer Vollmann die Alte ausspannen.«

»Seit wann bist du so spießig?«, fragte ich.

»Es geht uns nur um deine Sicherheit«, sagte Simmerl. »Er wird dich umbringen. Mindestens.«

Ich riss die Tür auf und wollte mich unter die Menge mischen, die in den Saal drängte. Im selben Moment baute sich schon Rainer vor mir auf. Er packte mich mit seinen Kugelstoßerpfoten an den Schultern und drückte mich gegen die Wand. Auf seinem Gesicht lag ein Ausdruck von unermesslicher Güte und Milde. Sein Antlitz war geradezu durchdrungen von Liebe und heiterer Gelassenheit. Er beugte sich so weit vor zu mir, dass sein Goldkettchen fast meine Nasenspitze berührte.

»Bachmaier, du brauchst Nachschub. Du bist unausgeglichen, das habe ich neulich schon gemerkt. Ich habe ein neues

Wahnsinnszeug für dich. Einen Pilz aus Arizona. Sooo geil.«
Er hob den Zeigerfinger und zog die Augenbrauen hoch.
»Aber vor allem: nur natürliche Ausgangsstoffe. Quasi ohne
Nebenwirkungen.« Irgendwas stimmte mit ihm nicht. Rainer
roch muffig, als ob er drei Tage im gleichen T-Shirt gepennt
hätte, und ja, er stank aus dem Mund. Er war außer Form, so
kannte ich ihn gar nicht. Vielleicht hatte er einfach noch nicht
die richtige Dosierung raus.
Da erst bemerkte ich sie.
Sie. Sie war tatsächlich gekommen.
Sie stand zwei Meter hinter ihm. Unsere Blicke trafen sich für
einen Moment, bevor sich wer dazwischenschob. In dieser
Sekunde sah sie mich einfach nur ganz ruhig aus ihren braunen
Augen an, ohne dieses Ricarda-Lachen, ohne Regenbogen oder
Blitze im Himmel. Sie blickte durch mich hindurch oder in
mich hinein oder was weiß ich. Mit einer Art Röntgenstrahl-
blick. Jedenfalls fühlte es sich so an.
Rainer schüttelte meine Schultern. »Du brauchst es, du kriegst
es!«, rief er, bevor er losließ und sich davonmachte. Kurz drehte
er sich noch mal um. »Hendrix, mit dem Hemd bist du die
totale Witzfigur.«
Ich hatte schon länger nicht mehr an die Huber-Skala gedacht.
Aber das, was ich an diesem Abend vorhatte, lag jenseits der
10, auf einem weit entfernten Gipfel der Peinlichkeit, wo alle
Skalen in Eis und Schnee endeten. Trotzdem musste ich es
einfach tun, auch wenn *Cause we've ended as Lovers* selbst ohne
Publikum und Ricarda als Zuhörerin ruhige Hände und Kon-
zentration erforderte, jedenfalls für mich, der ich vor eineinhalb
Jahren noch *Herr, deine Liebe* auf der Hohner schrammelte. Zur
Sicherheit hatte ich mir die beiden letzten Bremskapseln von
Rainer als Notreserve eingesteckt. Zur Feinsteuerung sozusagen.
Ich brauchte sie aber nicht, denn der Abend ließ sich gut an.
Das Publikum ging voll mit, und die verschwitzte Luft im

Trash verdichtete sich zu einer Atmosphäre, die mich komischerweise an die Osternacht erinnerte, wenn in der Kirche der Weihrauchnebel aufstieg und Pfarrer Willi im Kerzenschein Christus, das Licht rief.

Als sich Dietrich zu *Sex Machine* das Hemd aufriss und seine fahle Wampe dem Publikum präsentierte, da war ich kurz davor, mein Ricarda-Projekt zu verwerfen und mich vollends der Tollerei im Trash hinzugeben. Doch nach dem Song entstand eine kurze Pause, in der sich alle Bier nachschütteten, und Dietrich nickte mir mit seiner neuen Al-Jackson-Brille zu. Ich trat also ans Mikro, endlich, ich atmete einmal tief ein und …

… die Saalbeleuchtung ging an.

Alle Blicke wandten sich nach oben zu den Neonröhren. Ich schlug mit dem Finger aufs Mikro, der Ton war weg. Am Eingang entstand ein Geschubse, ich erkannte den Wolfi, der gestikulierte, bevor ihn ein paar Typen zur Seite schoben und sich durch die Menge in Richtung Bühne drängten. Drei von ihnen trugen eine Polizeiuniform, nur der Mann an der Spitze war in Zivil gekleidet mit einem grünen Trachtenjanker. Er stieg schwerfällig auf die Bühne und sagte: »Ton.« Irgendwer schaltete das Mikro ein, und dann stellte er sich als Herr Kandler von der Kripo in Landshut vor. »Es tut mir leid, dass wir heute hier Schluss machen müssen«, sagte er in einem gleichgültigen Ton. »Aber das ist eine polizeiliche Kontrolle. Wir haben Hinweise darauf, dass hier eine größere Menge Drogen gehandelt wird und sich Minderjährige Zugang verschafft haben. Deshalb möchte ich Sie bitten, dass Sie Ihre Ausweise bereithalten und einzeln zum Ausgang kommen.«

Buhrufe und Pfiffe ertönten. »Scheißbulle, hau ab!«, schrie jemand aus der Menge.

»Also, wir können das schnell hinter uns bringen, aber wir können uns auch Zeit lassen, wenn Ihnen das lieber ist«, sagte Kandler.

Sie ließen sich Zeit. Als ich endlich zur Durchsuchung an die Reihe kam, war es schon weit nach Mitternacht. Ein Beamter fragte mich draußen vor dem Eingang, ob ich illegale Drogen konsumiert hätte, ich sagte Nein, was ausnahmsweise sogar stimmte. Dann tastete er mich mit Einmalhandschuhen ab, aber meine zwei Notkapseln hatte ich längst schon fallen gelassen. Der Boden war übersät mit Dope aller Art. Nur Spy wurde bei der Kontrolle von einem Schäferhund verbellt. Er hatte das halbe Gramm Schwarzen Afghanen übersehen, das ihm mal durch ein Loch in der Tasche ins Jackenfutter gerutscht war. Jetzt durfte er sich auf ein Strafverfahren und außerdem auf ein Disziplinarverfahren bei der Bundeswehr gefasst machen.

Als ich meine Gitarre in den Kofferraum des Commodore legte, entdeckte ich darin drei durchsichtige Tüten mit Hunderten Tabletten und Kapseln. Die musste Rainer bei mir abgeladen haben, als er sich mit Ricarda aus dem Staub gemacht hatte. Das Arschloch. Ich blickte mich erschrocken um. Die Bullen waren alle am Eingang beschäftigt, der Parkplatz schien frei zu sein. So ließ ich die Tabletten im Kofferraum und fuhr raus auf den Brennerhof. Ich schlich mich auf mein Zimmer und schlief angezogen ein.

Seitenschneider

Ich wachte auf, weil mich jemand heftig in die Rippen stieß. Tamara stand im Dunkeln an meiner Matratze. »Verdammt, bist du taub? Das ganze Haus ist schon wach.« Ich knipste das Licht an. Der Digitalwecker zeigte 2.37 Uhr, ich hatte gerade mal seit einer Stunde geschlafen. Im selben Moment hörte auch ich es: Irgendwo unter meinem Klamottenhaufen piepste der Funkmelder. In der Ferne heulten Sirenen. »Feuerwehralarm«, sagte Tamara. »Also zieh dich an und hau ab. Tschau.«
Eine Minute später sprang ich in den Commodore und schlingerte über den eisigen Feldweg zurück in Richtung Artlhofen. Als ich im Feuerwehrhaus eintraf, saß Kowalczyk schon in voller Montur am Steuer des Magirus. Wir brachten immerhin zehn Mann zusammen, sogar der Udo war aufgetaucht und drückte sich neben mich auf die Rückbank. Vier Mann nahmen den VW-Bus, an den sie den Anhänger mit dem Seitenschneider angekuppelt hatten.
»Schwerer Verkehrsunfall auf der 2023 bei Oberkofen mit zwei eingeklemmten Personen«, schrie der Brandl zu uns nach hinten, nachdem er den Hörer des Funktelefons aufgeknallt hatte. »Wir haben die Stützpunktfeuerwehr aus Landshut angefordert, Erstretter und Polizeistreife vor Ort.«
Brandls Stimme bebte vor Aufregung.
»Jetzt mal eine blöde Frage«, warf ich ein, als Kowalczyk die Hauptstraße runterfuhr. »Ist das eine Übung?«
»Das ist todernst«, antwortete Kowalczyk. Dann sagte niemand mehr was, bis wir nach zehn Minuten den Schein des Blaulichts über dem Waldstück entdeckten, durch das sich die 2023 wand.

»Kruzifix«, fluchte der Lohner, »jetzt sind wir schon wieder die Letzten.« Aber wir waren nicht die Letzten, sondern ausnahmsweise die Ersten. Nur eine Polizeistreife sicherte die Unfallstelle. Kowalczyk schaltete die Suchstrahler ein, dann erspähten wir Trümmer auf der Fahrbahn. Der Motorblock lag herausgerissen da, Blechteile, ein Außenspiegel. Wir bahnten uns im Slalom den Weg durch die paar Autos, die inzwischen mit eingeschalteten Warnblinkern angehalten hatten. Hundert Meter voraus umringten sechs oder sieben Leute das Wrack, das halb im Graben lag. Daneben stand eine Fichte mit aufgerissenem Stamm, das helle Holz leuchtete wie eine frische Wunde in der Nacht. Zwei Männer zogen an der rechten Vordertür, die allem Anschein nach klemmte.

»Herr Jesus«, murmelte Udo, der wie wir alle durch die Fenster starrte.

Kowalczyk hielt zehn Meter davor an. Er gab die Kommandos: »Brandsicherung. Lichtmast. Angriffstrupp mit Spreizer.« Wir sprangen raus.

Und dann erkannte ich das Nummernschild: LA-KV 236. Es war der schwarze Audi 100 von Rainer. Ich konnte mich auf einmal nicht mehr bewegen, ich fiel in eine Starre, mein Brustkorb verwandelte sich zu Stein. Um mich herum rannten die Kameraden hin und her. Benzingeruch hing in der Luft. Aber ich stand da, gelähmt vor Entsetzen, weil ich wusste, was ich gleich sehen würde.

»Erst das Dach runter«, befahl Kowalczyk. »Vorne links A-Säule. Vinz, du auch, verdammt. Vinz.« Lohner und Brandl setzten den hydraulischen Seitenschneider an. Erst rutschte er immer wieder ab, doch dann schnitt die Schere durch den Stahl. Anschließend nahmen sie sich die rechte Seite vor. Zusammen bogen wir das Dach nach hinten. Das Blech knisterte wie Papier, das zerknüllt wird. Im Licht der Scheinwerfer glänzte das Blut auf Rainers Gesicht oder auf dem, was davon übrig geblieben war. Er war mit dem Kopf gegen das Lenkrad geknallt und hing leblos im Sicherheitsgurt. Auf dem Beifahrersitz saß Ricarda, die Haare klebten im Gesicht, sie stöhnte und wimmerte. Ihr rechter Oberschenkel schien seltsam abgeknickt, ein dunkler Fleck breitete sich an der Stelle auf ihrer Jeans aus.

Wir versuchten Rainer herauszuziehen, doch seine Füße steckten in den verbogenen Pedalen fest. Für den Seitenschneider war zu wenig Platz, deswegen nahm ich die Flex und versuchte damit das Kupplungspedal durchzuschneiden, ohne Rainer noch weiter zu verletzen. Inzwischen war auch ein Notarzt eingetroffen, er schob ihm eine Kanüle in den Arm und sagte zu mir: »Schick dich.« Funken flogen gegen meine Schutzbrille, dann gab das Pedal endlich nach. Auf einmal griffen von überall Hände und Handschuhe nach Rainer, sie schoben und zogen ihn behutsam, bis das Wrack seinen Körper freigab.

»Kopf fixieren, Kopf fixieren.«

Sie legten ihn auf eine Trage, Sanitäter und Feuerwehrleute beugten sich über ihn. Auf der Beifahrerseite bargen sie Ricarda, nachdem Kowalczyk das Armaturenbrett, das sich gegen ihre Knie schob, in Stücke geschnitten hatte. »Weh«, murmelte sie mit geschlossenen Augen. »Wehwehweh.«

Es fing wieder an zu schneien. Auf der Straße staute sich eine Kolonne aus Einsatzfahrzeugen mit laufenden Motoren und Blaulichtern. Ich hatte noch nie zuvor einen Unfall gesehen, außer das eine Mal, als Elvira mit den Rollschuhen im Kies stecken geblieben war und sich an der Gehsteigkante zwei Milchzähne ausgeschlagen hatte. Blut war ihr aus dem Mund gelaufen, und ich schrie vor Entsetzen, weil ich sicher war, dass sie sterben würde. Aber das hier lag außerhalb der mir bekannten Welt, obwohl es kaum zehn Kilometer bis nach Artlhofen waren.

Kowalczyk nahm mir die Flex aus der Hand und klopfte mir auf die Schulter. Hinter einem Polizeiauto brach ein Tumult aus.

Rainers Eltern waren zur Unfallstelle gekommen, sie heulten und riefen nach Rainer, doch die Beamten hinderten sie am Weitergehen.

Ein Sanitäter musterte mich. »Schaust käsig aus, Bachmaier.«

»Kennen wir uns?«

»Nein, steht auf deinem Helm. Hast du einen Schock?«

»Kein … Makel … haftet an dir«, stotterte ich.

»Aha«, sagte der Sanitäter. Er führte mich zu einem Rettungswagen, in dem sie mir eine Blutdruckmanschette anlegten. Sie wollten mir eine Infusion legen, aber ich winkte ab und ging wieder. Der Zugführer der Landshuter Feuerwehr trat zu Kowalczyk. »Ihr könnt abhauen, das Aufräumen erledigen wir«, sagte er.

Auf der Rückfahrt schwiegen alle. Nur das Funkgerät krächzte vor sich hin. Wir hatten die Helme abgenommen wie bei einer Soldatenbeerdigung.

»Sie überlebt's vielleicht«, sagte Brandl. »Aber der Typ ist meiner Meinung nach so gut wie hin. Die haben mindestens hundertzwanzig draufgehabt, als sie sich um den Baum wickelten. Der war ja total …«

»Halts Maul, Brandl«, sagte Kowalczyk.

Es war schon hell, als ich auf dem Brennerhof ankam. Silke stand in Slip und Unterhemd an der Spüle und fingerte eine Tasse aus dem Geschirrberg. Ich schnappte mir einen Becher und goss mir lauwarmen Kaffee ein. Auf einmal zitterte ich so, dass ich ihn mit beiden Händen halten musste. Silke lehnte sich an die Anrichte und zündete sich eine Zigarette an.

»Habt ihr's wieder recht wichtig gehabt bei eurer Feuerwehr«, sagte sie.

»Der Rainer und die Ricarda sind mit dem Auto an den Baum gefahren. Vielleicht überleben sie es sogar.«

Silke nahm einen Schluck Kaffee und zog an der Zigarette. »Brauchst was?«, fragte sie. »An deiner Stelle würde ich jetzt voll was brauchen.« Ich ging raus zum Auto, holte mir Rainers Tütchen aus dem Kofferraum und warf zwei von den blauen Bremspillen ein. Dann legte ich mich ins Bett.

Rumflacken

Als ich aufwachte, war es schon wieder dunkel. Ich schleppte mich runter in den Flur, um Kowalczyk anzurufen.

»Und?«

»Die Frau von Straten haben sie mit dem Hubschrauber nach München verlegt. Ihr Bein und ihre Hüfte sind zertrümmert. Der Herr Vollmann liegt in Regensburg, er hat innere Verletzungen. Sieht bei ihm wohl nicht so gut aus.«

»Was wird jetzt?«

»Du kommst morgen zur Arbeit«, sagte Kowalczyk. »Dann reden wir.«

»Ich muss mich erst ausschlafen.«

»Gut, ich gebe dir einen Tag frei. Aber nicht mehr.«

Tamara stand in der Küchentür und lauschte. Sie winkte mich herein. Ich schnappte mir eine Flasche Mineralwasser und ließ mich auf einen Stuhl fallen. Dann wollte sie alles über die Razzia und den Unfall wissen, bis ins letzte Detail.

»Warst du sauber?«

»Wie sauber?«

»Na ja, haben sie dich mit was erwischt?«

»Schau ich so aus?«, sagte ich.

Ich warf noch eine Bremspille ein und legte mich wieder hin. Durch die Decke zogen sich Risse im Verputz wie feine Adern. Eine dicke Arterie führte vom Lichtschalter die Wand hinauf, machte einen Knick von 90 Grad und lief dann zur Glühbirne in der Mitte des Zimmers. Wer hier schon alles geschlafen hatte? Der Brenner? Und was wohl in seinem Kopf vor sich gegangen war, bevor er sich aufhängte? Ist es so, dass man sich an dem

Tag, an dem man sich aufhängt, in der Früh noch zwei Scheiben Bierschinken aus dem Kühlschrank holt und die Salami liegen lässt, weil einem der Bierschinken besser schmeckt? Hatte sich der Brenner davor noch die Schuhe gebunden? Lohnte sich doch eigentlich nicht mehr.

Die Silke kam rein und setzte sich auf den Boden an die Wand. Sie trug ein ärmelloses Top. Ihre Unterarme sahen aus, als hätten sich Mückenstiche entzündet. Sie blickte zum Fenster raus. Unter ihrer Haut zeichneten sich die Knochen ab, nur eine dünne Schicht Leben überzog das Skelett. Das kam mir interessant vor. Ich dachte an das Scheinwerferlicht, als sie da nebeneinander im Autowrack lagen. Das Licht war so grell. So eisblau.

»Jetzt geht es dir auch dreckig«, sagte sie.

Ein paar Tage später, Donnerstag oder Freitag oder so, klopfte es an der Tür, aber bevor ich was sagen konnte, standen schon der Simmerl und Kowalczyk im Zimmer.

»Da stinkt's wie die Sau herinnen«, sagte Simmerl. Er riss das Fenster auf und ließ sich in den Sessel plumpsen. Ein Schwall kalter Luft fiel über mich her. Kowalczyk sagte nichts, aber sein Gesichtsausdruck, als er erst mich und dann die Graffiti von Spy musterte, ließ erahnen, dass es auf dem Brennerhof schlimmer als bei ihm in seiner Werkstatt zuging.

»Es wird Zeit, dass du mal wieder den Arsch hochbringst«, sagte Simmerl. »Und was ist denn das für ein Rattenloch?«

»Keinen Bock. Hauts ab«, gab ich zurück. Obwohl, irgendwie war ich dann doch überrascht, dass die beiden extra wegen mir zum Brennerhof rausgefahren waren.

»Du siehst aus wie ich nach Kriegsende«, sagte Kowalczyk. »Ich besorg dir ein paar Dosen Chili.«

»Keinen Hunger.«

»Du kannst hier aber nicht ewig rumflacken«, sagte Simmerl.

»Warum nicht?«

»Weil dann alles bloß noch schlimmer wird, darum.«

»Was soll da noch schlimmer werden?«

Jetzt probierte es Kowalczyk.

»Jetzt hör mal zu, Jungchen. Du brauchst saubere Kleidung, was Warmes zu essen, eine Dusche und angenehme Gesellschaft.«

»Was ist das bitte?«

»Eine Freundin.«

»Das sagt der Richtige. Du bist doch mit deinen Mähdreschern verheiratet.«

»Der Unfall hat uns alle geschockt«, sagte Simmerl. »Aber das mit der Ricarda ist zu einer Obsession geworden. Du bist nur deshalb in sie verknallt, weil du sie nicht kriegen kannst. Das ist die Wahrheit.«

»Jetzt hauts ab«, sagte ich und zog mir das Kissen über den Kopf. Ich war nicht in der Verfassung, um mir irgendwelche Wahrheiten anzuhören.

Am Nachmittag klopfte es wieder an der Tür, aber diesmal war es Dr. Roggenmaier. Simmerl und Kowalczyk hatten ihn hergeschickt.

»Mir fehlt nichts«, versuchte ich noch zu protestieren.

»Das werden wir gleich sehen«, sagte er. Dann musste ich mein T-Shirt hochziehen und er drückte mir sein kaltes Stethoskop auf die Brust. Ich war in meinem ganzen Leben noch nie bei einem anderen Arzt als ihm gewesen. Dr. Roggenmaier roch immer nach Arzneimittelschrank, wirkte seriös und frisch gewaschen. Er passte hier nicht her. Eine Weile klopfte er an mir rum, schaute mir in den Rachen, leuchtete mir in die Augen, dann ließ auch er sich in den Sessel plumpsen. Er seufzte. Das jagte mir auf einmal einen Mordsschrecken ein.

»Ja, wie jetzt?«, fragte ich.

Dr. Roggenmaier fing damit an, dass er schon seit mehr als 30 Jahren der Hausarzt der Bachmaiers sei, und es sei tragisch, dass meine Eltern so früh aus dem Leben gerissen worden waren. Aber wenn er mich da so liegen sehe, dann frage er sich ernsthaft, ob der ganze Aufwand mit dem Impfen, der Mandeloperation und der Blinddarmresektion bei mir am Ende nicht doch für die Katz gewesen sei.

»Und was fehlt mir jetzt?«

Roggenmaier wollte mir aber immer noch keine Diagnose verraten. Stattdessen fuhr er fort, dass er schon öfters zum Brennerhof gerufen worden sei, er habe damals sogar dem Brenner den Totenschein ausgestellt, obwohl, das habe sogar ein Blinder erkennen können, dass der schon mindestens drei Wochen hinüber war, wie er da so angefressen am Baum hing. Aber wie sich hier neuerdings junge Leute zugrunde richteten, das sei für ihn nur schwer ertragbar.

»Und ich?«

Und ich, sagte der Roggenmaier, ich sei im Grunde ein kerngesunder junger Mann, der im Begriff sei, seinen Körper und folglich auch sein Leben zu ruinieren. Gewichtsmäßig sei ich an der Grenze zur Unterernährung. Ich bräuchte ihm auch nicht weiszumachen, dass ich keine Drogen nähme, denn er wisse ganz genau, dass hier in der Gegend Benzodiazepin und Amphetamin und alles Mögliche im Umlauf seien. Das müsse ich mit mir selber ausmachen, aber das Abhängigkeitspotenzial der Substanzen sei so groß, man könne die Uhr danach stellen, wann ich wie meine heroinsüchtige WG-Genossin Silke ausschauen würde.

»So«, sagte ich.

Er werde mir jetzt eine Spritze geben und ein paar Rezepte ausstellen. Die Haupttherapie bestehe bei mir aber darin, dass ich regelmäßig essen und Sport treiben solle. Und keine Drogen mehr außer hier und da ein Joint.

»Sport?«, fragte ich. Ich hatte noch nie Sport gemacht, außer im Unterricht.

Als Roggenmaier endlich gegangen war, holte ich aus dem Kleiderhaufen die gelben Gaspedalpillen von Rainer und warf mir eine ein. Nach einer halben Stunde fühlte ich mich stark genug, um in die Apotheke zu fahren.

Isaak

Am Tag darauf duschte ich. Ich blieb so lange unter dem warmen Wasserstahl stehen, bis der 20-Liter-Boiler leer war und mich eine Gänsehaut überlief. Der Brennerhof lag ungewöhnlich verlassen da, ausnahmsweise war nirgendwo Musik zu hören. Ich öffnete die Tür zu Silkes Zimmer einen Spaltbreit, aber sie war weg. Manchmal verschwand sie einfach für ein paar Tage, das war nicht ungewöhnlich. Wenigstens lag sie nicht tot auf dem Boden. Unten in der Küche fand ich einen Zettel von Maja und Tamara auf dem Tisch, sie seien zu Besuch bei Freunden in Westberlin. Vom Gang her hörte ich das Trapsen von Ché. Er legte mir seinen Kopf auf das Bein. Ich kraulte ihn. Später schaute ich bei Kowalczyk vorbei. Er stand mit Mantel und Hut vor dem Rolltor. Als er mich sah, wirkte er ganz erstaunt. Es sei doch heute Sonntag und er auf dem Weg zum Fußballplatz, weil er sich das Spiel Artlhofen gegen Dingolfing II anschauen wolle. Ich solle mitkommen. Dazu hatte ich aber keine Lust, ich verzog mich lieber ins Büro und sichtete die Post der vergangenen Woche. Es war seltsam, aber hier inmitten des Durcheinanders fühlte ich mich inzwischen mehr daheim als anderswo.

Später kam er mit zwei Zwiebelrostbraten zurück, die er beim Hofwirt besorgt hatte. Wir aßen zusammen in der Halle. Er schilderte mir das Spiel noch einmal in voller Länge und kam zu dem Schluss, dass die Mannschaft von Artlhofen kein Vergleich mehr sei zu jener, als er noch selbst gespielt habe.
»Du hast Fußball gespielt?«

»Linksaußen«, sagte er.

»Wie bist du eigentlich nach Artlhofen gekommen?«

Statt zu antworten, stand er einfach auf und ging in den ersten Stock hinauf. Ich überlegte schon, womit ich ihn beleidigt hatte, da kehrte er zurück und legte einen vergilbten Ausweis auf den Tisch. »United nations displaced person identity card« stand darauf und darunter klebte neben zwei Fingerabdrücken ein Foto von einem jungen Mann mit schwarzen Haaren. Isaak Kowalczyk, geboren am 3. April 1928 in Lemberg.

»Ich«, sagte er. »Als ich so alt war wie du, musste ich im KZ die Betonsäcke für Bunker schleppen. Nach dem Krieg streunte ich hier in der Gegend herum wie ein Hund. Der Vater vom Vilgertshofer hat mich aufgenommen und mir später die Lehrstelle als Mechaniker gegeben. Er war der größte Nazi im ganzen Ort und ich sein Schutzschild.«

Das war es also, was er mit sich rumgetragen hatte.

»Aber warum bist du nicht zurück?«

»Weil ich niemanden mehr hatte. Meine Eltern, meine Schwester, Onkel, Tanten, alle tot.«

»Israel? USA?«

»Am Anfang fühlte ich mich zu elend. Dann bin ich hier hängen geblieben, später habe ich die Werkstatt übernommen. Ich mag Maschinen, die sind überall gleich auf der Welt.«

Plötzlich war mir klar, warum mein Vater über ihn immer so abfällig geredet hatte. Warum er nie zur Kirche ging, warum er ein Außenseiter blieb. Kowalczyk, der Polacke. Der Jude.

Er schien meine Gedanken zu lesen.

»Ich weiß, wie es ist, wenn man alles verliert. Wenn man nicht mehr dazugehört.«

»Deshalb«, sagte ich.

»Deshalb«, wiederholte er. »Aber jetzt reden wir von was Schönerem. Außerdem ist Sonntag.« Er schaltete das ölverschmierte Radio ein. Blasmusik erfüllte die Werkstatt.

Pfarramt

Mit The Holy Shit war es erst einmal vorbei. Spy hatten sie beim Bund wegen des Schwarzen Afghanen eine Disziplinarstrafe aufgebrummt. Er musste drei Monate lang auch am Wochenende in der Kaserne bleiben. Mein Gitarrenkoffer lehnte seit jener Nacht unberührt an der Wand in meiner Bude. Simmerl hatte wieder einmal recht. Ich hatte mich in die Sache mit Ricarda hineingesteigert, weil ich sie ohnehin nicht kriegen konnte. Das sagte mein Kopf, aber der fühlte sich sehr klein an im Vergleich zum ganzen Rest. Wie es ihr wohl ging? Keine Ahnung. Einmal suchte ich die Nummer ihrer Eltern aus dem Telefonbuch, doch niemand nahm ab. Ich träumte, dass ich sie aus dem Autowrack hob, so federleicht und tot. Tagsüber steigerte ich mich in Fantasien hinein, ich sah mich an ihrem Krankenbett sitzen. Vielleicht bräuchte sie mich dringender denn je, nachdem Rainer irgendwo im Koma lag. Als Tröster. Aber den Gedanken verwarf ich schnell wieder.

Die Welt dehnte sich leer vor mir aus, gefährlich leer wie Grönland im Whiteout. Da erfriert man zehn Meter von der Haustür entfernt, weil man in so einem Schneesturm komplett die Orientierung verliert.

Draußen stand der Weizen schon fast reif auf den Feldern, da meldete sich die Angelika bei mir im Büro. Hochwürden Schleginger wolle mich wegen der Testamentsvollstreckung sprechen. Ich solle doch bitte ins Pfarrheim kommen. Außerdem könnten wir da einen Tee trinken, sie habe ja schon so lange nichts mehr von mir gehört.

»Da geht es dir wie mir«, sagte ich. »Ich habe von mir auch schon ewig nichts mehr gehört.« Sie lachte so laut ins Telefon, dass ich den Hörer weghalten musste. Also, mein Humor, sagte sie, der sei ja super. Fast wie Karl Valentin.

Zumindest äußerlich war Onkel Willi in tadelloser Verfassung. Er bat mich und Elvira in die Sitzecke aus schwarzem Leder. Elvira musterte mich von der Seite. Ich trug meine Haare inzwischen zu einem Pferdeschwanz gebunden, außerdem versuchte ich mir einen Bart wachsen zu lassen, was aber nur lückenhaft gelang. Willi dagegen trug ein gestärktes Hemd zur schwarzen Hose, seine Föhnfrisur saß perfekt auf dem gebräunten Gesicht.
»Ich hätte gerne, dass wir zusammen vor dem Gespräch ein Vaterunser beten«, sagte er.
»Kommt nicht infrage«, sagte ich. »Das ist kein Gottesdienst.«
Er fuhr zusammen. »Es hat sich also nichts geändert.«
»Man braucht dich ja bloß anschauen, dann weiß man, wie es um dich steht«, giftete die Elvira. »Du bist ein Haschbruder geworden, darüber redet das ganze Dorf.«
Also gut, hob Willi an, er habe von der lieben Roswitha den testamentarischen Auftrag bekommen, für sie die letzten Dinge zu regeln. Er habe daher das Haus von Immobilien Ramser in Moosbach schätzen lassen und sich mit der freundlichen Unterstützung von Elvira einen Überblick über die sonstigen Vermögenswerte verschafft. Das habe eine gewisse Zeit in Anspruch genommen. Aber in Erbschaftsfragen gehe Sorgfalt vor Eile.
Willi händigte uns eine tabellarische Aufstellung aus, die sechs Seiten umfasste. Wir gingen sie Punkt für Punkt durch, bis zum Bernsteinschmuck von Uroma Frederike, den Willi mit 124 Mark angesetzt hatte. Alles in allem kam er auf 124.000 Mark fürs Haus und auf 87.312,24 Mark Bankguthaben und sonstiges Inventar. Zusammen ergab das ein Erbe von

211.312,24 Mark, wovon 2650 Mark fürs Katzenheim und die Gottesdienste abzuziehen waren. Es blieben also 208.662,24 Mark übrig, die durch zwei geteilt 104.331,12 Mark für jeden von uns ergaben, wobei noch die Erbschaftssteuer abgezogen werden müsse. Und sein Honorar von 10.566 Mark, das sei halt mal so vorgeschrieben, da könne er auch nichts dran ändern. Um mich auszuzahlen, fuhr er fort, müsse die Elvira das Haus verkaufen oder eine Hypothek aufnehmen.

Elvira fing wieder zu schluchzen an, fast wie im Jahr davor bei Dr. Konwitschny, nur mit dem Unterschied, dass ihr Willi diesmal das Taschentuch reichte.

»Ich möchte mir mit dem Manfred eine Zukunft im Siedler-weg aufbauen. Der Manfred würde so gerne ein Vollgeschoss draufsetzen, damit wir mehr Platz für die Kinder haben. Zum Herumtollen.«

»Eine Zukunft? Mit dem Manni?« Ich dachte an den Schatten seiner Hand, die auf mein Gesicht zuraste, die Millisekunde vor dem Einschlag.

»Ich bin im vierten Monat schwanger. Zwillinge.«

»Mist, ihr seid doch gar nicht verheiratet«, entfuhr es mir.

Onkel Willi hatte sich schon wieder im Griff. Er lächelte mil-de. »Aber sie haben sich einander versprochen, das zählt. Die Kirche ist da viel offener geworden.«

»Ich nehme das Geld, du bekommst den Rest. Ich pfeif aufs Haus und den Bernsteinschmuck«, sagte ich zur Elvira. »Du tust mir leid, wenn du dein Leben mit diesem Deppen ruinierst.«

Ihr Gesicht sah rot und verheult aus. »Du tust mir auch leid, weil du das ganze Geld für Hasch rausschmeißen wirst, statt dass du dir auch eine Zukunft aufbaust. Der Manfred hat gesagt, dass du dir endlich eine Lehrstelle suchen solltest.«

»Redet ihr eigentlich dauernd über mich?«

Willi pflichtete ihr bei, da sei schon einiges dran an dem, was die Elvira sage, ich solle ruhig mal auf sie hören.

»Wo fressen und saufen Sie sich eigentlich gerade durch?«, blaffte ich den Willi an, was ein bisschen auch daran lag, dass ich zuvor noch eine von den Gaspedalpillen eingeworfen hatte. Die musste man vorsichtig dosieren, sie verlangten Fingerspitzengefühl, weil man vor lauter Energie und Witz schnell mal übers Ziel hinausschoss, danach aber wie eine Dampfnudel in sich zusammenfiel.

Willi explodierte. So einem Dreckhammel wie mir müsse man eigentlich noch eine schmieren, da hätte der Manfred schon richtig gehandelt. Die einzige Lehre, die ich noch absolvieren werde, das sei eine Lehre zum Drogenhändler. Statt ihm für seine selbstlose Arbeit als Testamentsvollstrecker zu danken, müsse er sich eine solche Bodenlosigkeit anhören, wobei er das Wort Bo-den-lo-sig-keit in seine einzelnen Silben dehnte. Und jetzt solle ich mich aus dem Pfarrhof schleichen, bevor er sich vergesse. Den Rest würden wir ausschließlich schriftlich erledigen, weil man mit mir ja kein vernünftiges Wort reden könne.

Er brüllte »raus!«, aber da war ich schon aufgestanden und ging im Nebenzimmer an der Angelika vorbei, die mich auch mit einem ganz rotfleckigen Gesicht ansah, weil sie alles mitgelauscht hatte.

Als ich am Brennerhof ankam, klingelte das Telefon. Die Angelika war dran, sie rief von daheim aus an. »Ich muss mir dir reden«, sagte sie. »Dringend.«

»Willst du mich jetzt auch belehren?«, herrschte ich sie an.

»Ich habe das Gespräch mitgehört. Mir reicht's. Er ist ein falscher Hund, das kann ich beweisen. Pass auf, dass er nicht auch dich über den Tisch zieht.«

»Komm morgen Abend um acht Uhr. Servus.«

Du Böser

Auf dem Brennerhof gab es keine Klingel, deshalb klopfte Angelika an die Wohnzimmertür. Ich musste Ché am Halsband festhalten, als sie den Kopf reinsteckte. Wir schauten gerade *Verstehen Sie Spaß* an, die Lieblingssendung von Tamara. Dafür, dass sie bei meinem Einzug große Sprüche von wegen Feminismus und so gemacht hatte, führte sie ein ziemlich spießiges Leben. In der Früh und am Nachmittag meditierte sie in ihrem Kundalini-Schuppen, sonst hing sie meistens vor dem Fernseher rum und rauchte. Der Einzige, der auf dem Brennerhof einer halbwegs geregelten Arbeit nachging, war ich.

Angelika hatte schwer Rouge aufgelegt und roch nach Parfüm, wahrscheinlich nach Chanel oder sonst was. Mit dem Patschuli von Ricarda konnte der Duft auf keinen Fall mithalten. Als ich die Wohnzimmertür hinter mir zugezogen hatte, da umarmte sie mich und drückte mir schon wieder einen Kuss auf den Mund.

»Du arme Sau«, sagte sie.

Ich deutete auf die Küche, sie aber zeigte mir ihre Umhängetasche und bestand darauf, dass wir die Sache nur vertraulich besprechen könnten. Also nahm ich sie mit nach oben. In meinem Zimmer ließ sie sich auf die Matratze fallen, während ich mich in sicherer Entfernung auf den Sessel verzog. Sie sah sich um.

»Schon mal *Wir Kinder vom Bahnhof Zoo* gesehen?«, fragte sie.

»Nein.«

»Sieht aus, als ob sie den Film in deiner Bude gedreht hätten.« Sie schlug mit der flachen Hand auf die Matratze.

143

»Gehst her.«

»Bin ich dein Hund?«

»Sitz, aber sofort.«

Ich setzte mich neben sie.

Dann zog sie einen Stapel Papiere aus der Tasche, Kopien von Rechnungen und Quittungen, die sie auf allen vieren rings um die Matratze ausbreitete.

»Das reicht für drei Jahre ohne Bewährung, mindestens.«

»Kannst mich mal ins Geheimnis einweihen?«, fragte ich sie.

»Der Schleginger hat seit 1984 jedes Jahr um die 15.000 Mark von der Pfarrei eingeschoben. Illegal. Traut man dem Herrn Hochwürden gar nicht zu, oder?«

»Ich trau dem alles zu.«

»Nehmen wir zum Beispiel mal die Sammlungen aus dem Jahr 1984«, sagte sie und beugte sich so über mich, dass ich, und zwar eindeutig und ohne jeden Zweifel, ihren linken Busen an meiner rechten Schulter spüren konnte. Er fühlte sich riesig und weich an. Meiner Meinung nach machte sie das mit voller Absicht. Und das wirklich Interessante dabei war, dass ich die Berührung immer noch spürte, als sie schon vorbei war. Die Nervenzellen, das wusste ich aus Bio, schickten eine Art Abdruck ans Gehirn, der dort oben gespeichert wurde wie auf einer Diskette.

»Ja, Kruzifix, hörst du überhaupt zu?«, sagte die Angelika und blickte mich mit ihren großen Brillenaugen an. Ohne ihren blöden Haargummi sah sie gar nicht mal so schlecht aus, fand ich. Kein Vergleich mit Ricarda, aber immerhin ganz passabel.

»Sammlungen 1984«, wiederholte ich.

»Genau«, sagte sie. Jedenfalls habe der Schleginger, anders als sein Vorgänger Dotterweis, die Kollekten immer selbst gezählt und zur Bank gebracht. Im Jahr 1984 seien die Einnahmen daraus im Vergleich zu 1983, dem letzten Jahr von Dotterweis, um fast 16.000 Mark zurückgegangen.

»Da schaust«, sagte sie.

»Warum?«, fragte ich.

»Weil der Schleginger das Geld für sich eingesteckt hat. Du Dödel.«

Ich wollte eigentlich fragen, warum sie glaubte, dass ich so schau, aber da kam sie schon damit rüber, dass sie sich neulich, als er wieder zu Besuch bei seiner armen, armen Mama im Bayerischen Wald gewesen sei, mal ein bisschen in seinem Arbeitszimmer umgesehen habe. Von seinem Playboyhefterl mit der Raquel Welch wolle sie ja gar nicht reden, irgendwo müsse ja auch der Willi mit seinem Trieb hin, und die Fotos von der Raquel, die seien schon echt hammermäßig.

»Wo hast denn du deine Hefterl versteckt?«, fragte sie und grinste.

»Ich brauch so was nicht«, sagte ich.

Und dann habe sie dieses Sparbuch der Kirchenstiftung gefunden. Sie beugte sich wieder über mich, weil die Kopie auf der anderen Matratzenseite lag, und dieses Mal wischte sie voll und vorsätzlich mit ihrem Busen über meinen Rücken. Bei mir im Gehirn herrschte jetzt das totale Durcheinander in der Datenerfassung, weil nicht nur der Rücken, sondern wirklich jedes Körperteil seinen Senf dazugeben musste.

»Geil«, sagte ich.

»Das ist nicht geil, das ist kriminell«, sagte sie. »Der Willi hat dauernd bar auf das Konto einbezahlt und große Summen abgehoben. Und niemand in der Pfarrei weiß davon.«

Aber das sei noch nicht alles. Der Schleginger habe außerdem auch noch zig erfundene Quittungen ausgestellt, zum Beispiel 300 Würstl fürs Pfarrfest zu 300 Mark, das müsse man sich mal vorstellen. Das Geld habe er dann von der Kollekte genommen und selber eingeschoben.

»Aber das Beste kommt noch«, sagte sie. Dann legte sie sich quasi der Länge nach auf mich, sodass ihre Haare über mein

Gesicht hingen, und fummelte ein Foto aus einer Klarsichtfolie.
Das dauerte ewig, obwohl es ganz einfach war.
Das Foto hielt sie mir vor die Augen, eine Art Schlösschen an
einem Hang, gelb gestrichen mit Säulen vor dem Eingang.
»Da wohnt die arme, arme Mama in Kollnburg«, sagte sie.
Dann rollte sie zum Glück von mir runter und drückte sich
neben mich, weil anders ging es ja nicht auf einer 80-Zentime-
ter-Matratze, da war ja sonst praktisch nur übereinander Platz.
Wir sahen uns aus den Augenwinkeln an.
»Hast du schon mal Sex gehabt?«, fragte sie.
»Ähm, wie meinst das jetzt?«
»Ich hab's mir schon gedacht.«
Ganz objektiv betrachtet herrschte jetzt höchste Alarmstufe
bei mir, und zwar überall, von den Zehen bis zur Nasenspitze.
Mir fiel zum ersten Mal seit Monaten wieder die Huber-Skala
ein, aber die war für solche Vorkommnisse nicht konstruiert.
Das hier war der Ernstfall, und ich war darauf miserabel
vorbereitet. Gut, wir hatten den Koitus im Biologieunterricht
durchgenommen. Im Kern ging es dabei darum, dass der Mann
das erigierte Glied in die Vagina der Frau einführt. Logisch.
Aber die Begleitumstände der Aktion kamen mir rätselhaft
vor. Also mal ganz konkret: Wann genau führt der Mann sein
erigiertes Glied in die Vagina der Frau ein? Womöglich würde
der unerfahrene Mann den richtigen Moment verpassen, dann
würde sie ihn auslachen und sagen, jeder andere hätte schon
längst sein erigiertes Glied in die Vagina der Frau eingeführt,
er sei aber erkennbar zu blöd dazu.
Auf der Suche nach Antworten hatte ich mich mal in der
Landshuter Stadtbibliothek in die Abteilung mit den medizi-
nischen und psychologischen Ratgebern geschlichen. Ich ließ
mich unauffällig in die Richtung treiben, halt mehr so zufällig,
denn wer, um nur ein Beispiel zu nennen, allzu lange vor
der Buchreihe zum Thema Darmbeschwerden verharrte, der

konnte es gleich allen laut sagen, dass er ein Problem mit dem Furzen hatte. Ich entdeckte sehr beiläufig ein Buch mit dem Titel *Junge, Mädchen, Mann und Frau*, das ich herauszog und ebenfalls beiläufig in das *Was ist Was* über die großen Entdecker legte. In der Leseecke war die Luft rein, und so konnte ich ungestört in dem Buch blättern. Es waren etliche Abbildungen von primären und sekundären Geschlechtsteilen drin, aber wie die Sache genau vor sich ging, stand nirgends. Das lag vielleicht auch daran, dass das Buch vom Bistum Augsburg ausdrücklich empfohlen wurde, jedenfalls gab es ein großes Kapitel über Geschlechtskrankheiten, wobei insbesondere mit dem Harten Schanker, den man sich quasi überall einfangen konnte, nicht zu spaßen war. Außerdem hieß es, Masturbation sei allenfalls eine Notlösung, man solle es damit nicht übertreiben, was mir wieder einmal vor Augen führte, dass ich hier längst schon im dunkelroten Bereich war.

»Dann wird's aber Zeit«, sagte die Angelika und zog mit einem Mal ihren grauen Oxford-University-Pulli aus. Sie trug einen weißen BH, aber das nur noch ganz kurz, dann hatte sie auch den in die Ecke geworfen. Danach gab es ein großes Drunter und Drüber auf der Matratze, das damit endete, dass ich nur noch meine linke Socke anhatte, die Angelika aber auf mir saß und binnen Sekunden alle Fragen beantwortete, die mich seit Jahren umgetrieben hatten.
Sex, das lernte ich nun auch, war eine schweißtreibende Angelegenheit, nicht nur, weil sich in meiner Bude die Sommerhitze staute. Dabei lag ich bloß auf dem Rücken und Angelika übernahm die ganze Arbeit. Ihr Busen wippte über mir hin und her, und ich dachte mir, ich müsste ihn mit den Händen festhalten, was ihr sehr zu gefallen schien. Sie stöhnte erst »Ahhhhhhhh-hhhhhh«, dann aber sah sie mich streng an und keuchte: »Du versauter Ministrant du, was machst du mit mir?«

»Ich mach doch nichts«, sagte ich, aber da ging die Angelika gar nicht drauf ein, sondern wiederholte nur den einen Satz, diesmal schreiend: »Du versauter Ministrant du, was machst du mit mir?«

Mir wurde es unheimlich, weil sie einen Mordsradau machte, da fing sie auch noch an, mit der Faust auf die Wand mit dem Jonny-Rotten-Porträt einzudreschen. Und die Angelika hatte wirklich Kraft, die strotzte nur so vor Energie, als hätte sie zwei von den Gaspedalpillen eingeworfen. Von all dem stand nichts in den Biologiebüchern, auch nicht in *Junge, Mädchen, Mann und Frau*, keine einzige Zeile.

»Du Böser!«, brüllte sie und stieß gleich darauf ein schrilles »Ahhhhhhhhhhhhhh« aus, das gar nicht enden wollte.

Ich flehte: »Plärr doch nicht so laut, du schreckst doch das ganze Haus auf.« Aber da fing Ché auf dem Gang zu bellen an und kratzte an der Zimmertür, die nur einen Augenblick später aufflog, als Tamara und Maja hereinstürzten und die Tamara vor Aufregung japste: »Hat er dir was getan?«

Die Angelika riss uns beiden die Bettdecke über den Kopf, aber durch eine Lücke an der Seite konnte man jetzt zehn Beine sehen, vier von Ché und sechs von Tamara, Maja und Silke.

»Bist du okay?«, fragte Tamara in eindringlichem Ton.

Angelika saß schwer schnaufend auf mir in unserem Bettdeckenzelt.

»Passt alles so weit«, sagte sie.

»Der Typ war also nicht übergriffig?«, fragte Tamara.

»Da ist sogar noch einiges ausbaufähig«, antwortete die Angelika und richtete sich an mich: »Jetzt sag halt du auch mal was dazu.«

»Ich krieg keine Luft.« Mehr brachte ich im Moment nicht raus.

»Na dann, gute Nacht«, sagte die Tamara, und die zehn Beine zogen wieder ab.

Das war also mein erster Geschlechtsverkehr. Es heißt ja, dass man sich daran bis ans Ende der Tage erinnert, aber ich hoffte, dass ich im Kopf das ein oder andere Detail aus dem Film herausschneiden könnte. Danach lagen wir nebeneinander zwischen den Quittungen von Willi Schleginger. Mich durchfuhr ein jäher Schrecken.

»Wie ist das eigentlich mit der Verhütung?«

Angelika lachte. Sie nahm meinen Schwanz in die Hand und drückte voll zu.

»Bubi, Lektion eins: Immer vor dem Vögeln fragen, nie danach.«

»Verstanden.«

»Und was machen wir jetzt mit dem Schleginger?«, wollte sie wissen. »Würdest du an meiner Stelle zur Polizei gehen? Er ist immerhin mein Chef.« Das kam mir ziemlich unromantisch vor, ich dachte, dass wir uns nach dem Geschlechtsverkehr die Geschichten unseres Lebens und unseres Sehnens erzählen sollten, und warum wir füreinander geschaffen waren. Aber sie kam mit dem Willi daher.

Ich betrachtete die Deckenadern. Da stieg in mir aus einem dunklen Abgrund eine Idee auf.

»Rache«, sagte ich zu ihr. »Rache. Rache. Rache.«

»Das macht mich brutal scharf«, hauchte sie mir ins Ohr. »Das klingt so wahnsinnig männlich.«

Prinzipien

Am nächsten Tag fuhr ich zum Wolfi ins Trash, weil ich seinen Rat als Anwalt brauchte. Ich hatte das Gefühl, dass ich jetzt ganz anders als früher im Commodore saß. Nicht mehr wie ein ehemaliger Oberministrant, der krumm durch die Gegend schleicht, sondern wie ein echter Kerl, für den Sex die normalste Sache der Welt war. Ich konnte von nun an mitreden, okay, nicht allzu viel, aber immerhin so zwei oder drei Sätze. Ein Mann ist jemand, der weiß, was er will und sein Ding durchzieht. Das hatte doch der Kowalczyk zu mir gesagt.

Meine Mission hieß Rache. Die zog ich jetzt durch.

Vor Wolfi breitete ich in der Wirtsstube die Unterlagen aus. Sie hatten etwas gelitten unter der vergangenen Nacht. »Hast die in der Tonne gefunden?«, fragte er. Als ich ihm erklärte, woher ich sie hatte und worum es ging, sagte er zunächst, im Prinzip sei ihm der Pfaffenschmarrn so was von egal, aber als er mit mir dann doch alles durchgegangen war, lehnte er sich auf der Bank zurück und grinste.

»Betrug, Untreue, Urkundenfälschung. Der Schleginger kommt da kaum mit Bewährung davon. Zwei Jahre Knast würde ich mal schätzen.«

»Wir hängen ihn hin«, schlug ich vor.

»Schick es an die Staatsanwaltschaft«, sagte der Wolfi. »Die sollen sich drum kümmern.«

Ich schüttelte den Kopf. »Bin ich eigentlich noch der Kreisvorsitzende der Jusos?«

»Soweit ich weiß, gibt es keinen Paragrafen, wonach man wegen Untätigkeit sein Amt verliert.«

»Dann veranstalten wir eine Pressekonferenz, so eine wie im Fernsehen, zu der wir alle Wichtigen einladen, auch den Generalvikar Wagner.«

Wolfi wirkte mit einem Mal begeistert. Eine Pressekonferenz im Trash habe es ja noch nie gegeben, es sei höchste Eisenbahn, dass man auch lokal wieder mehr in die politische Arbeit einsteige, ihm sei eh schon saulangweilig die ganze Zeit. Ich schlug aber vor, die Pressekonferenz gleich nächste Woche beim Hofwirt in Artlhofen abzuhalten, weil der Generalvikar und die Pfarrgemeinderatsvorsitzende Weizenbauer niemals einen Fuß ins Trash setzen würden. Das sah auch Wolfi ein, er mahnte mich aber, nichts zu überstürzen, weil so ein Schlag gegen das Establishment gründlich vorbereitet werden müsse. So reservierten wir schließlich beim Alois für Dienstag, den 3. Oktober, um 11 Uhr das Jägerstüberl.

Als ich fahren wollte, druckste Wolfi so komisch herum. Es gehe ihn ja nichts an. Aber er müsse mir bei der Gelegenheit noch etwas sagen. Ich stutzte.

»Was?«

»Die Tamara.« Er räusperte sich. »Ich weiß ja nicht, was dir der Werner alles verraten hat …«

»… na ja, dass sie halt speziell ist.«

»Die ist mehr als speziell.« Dann erzählte der Wolfi, dass er sie seit den Sechzigerjahren kenne, als sie noch in Ergolfing gewohnt habe, dass er sogar mal kurze Zeit mit ihr in einer Kommune in München gelebt habe. Die Tamara sei im Grunde genommen eine völlig unpolitische Person, obwohl sie dauernd vom bewaffneten Kampf gefaselt habe und die Bullen sie als RAF-Sympathisantin ins Visier genommen hätten.

»Aber die Tamara ist eine Egomanin«, fuhr er fort. Er nahm einen Schluck Kaffee. »Und ihr fehlt der moralische Kompass. Das ist ihr eigentliches Problem.«

»Jetzt redest du fast wie der Schleginger daher.«

»Mag sein. Aber so ganz ohne Prinzipien geht es im Leben halt nicht.«

»Ich bin aus Prinzip gegen alles.«

Wolfi lachte. »Das ist eine gute Basis. Ob das auf Dauer aber reicht?«

»Was willst mir eigentlich die ganze Zeit sagen?«

»Dass du aufpassen sollst. Weil Kundalini-Yoga macht die Tamara bestimmt nicht.«

»Was dann?«

»Ich bin gewiss kein Denunziant. Aber sperr deine Augen auf«, sagte der Wolfi. »Lass dich nirgendwo reinziehen und such dir ein anderes Zimmer.«

Sex Machine

Am Abend stand schon wieder die Angelika vor der Tür. Sie wirkte kein bisschen verlegen, sondern gab mir einen Kuss und drückte mich bei der Gelegenheit an ihren Busen. »Du Schlingel«, flüsterte sie. Mir schoss die Hitze in den Kopf. Ich überlegte schon die ganze Zeit, ob wir jetzt ein Liebespaar waren. Soweit ich das verstanden hatte, gehörte man nach dem ersten Geschlechtsverkehr quasi automatisch zusammen, da musste man gar nicht extra fragen. Die Angelika aber war eine Stunde nach unserem ersten Mal einfach heimgeradelt. Kein Wort von Liebe oder so. Sie war ein schwieriger Sonderfall.

»Gehen wir jetzt eigentlich miteinander?«, fragte ich sie geradeheraus.

Sie zuckte mit den Schultern. »Mal schauen, wie es sich so entwickelt.« Was sollte das jetzt heißen? Während ich noch grübelte, wechselte Angelika schon wieder das Thema und fragte, ob ich die Unterlagen dem Wolfi gezeigt hätte. Ich erzählte ihr von unserem Plan. »Dann bin ich meinen Job los«, meinte sie. Wir sollten die Kopien besser der Weizenbauer geben, die könne den Schleginger auch nicht ausstehen. Ich sagte, dass wir hier einen großen Aufschlag machen wollten, damit die Sache maximale Wirkung in der Öffentlichkeit habe, sie müsse ja nicht mitkommen. Und der Einzige, der seinen Job verlieren werde, das sei der Willi.

»Na ja, scheiß drauf«, sagte die Angelika. »Mach es.«

»Kommt ihr noch mal rein oder geht ihr gleich wieder zum Vögeln rauf?«, rief Tamara aus der Küche, in der gerade eine

Party stieg. Neue Freunde von Tamara und Maja waren zu Besuch gekommen, die Renate aus Berlin und der Robert aus der Oberpfalz. Robert trug einen braunen Strickpulli, obwohl es draußen noch warm war, und roch stechend nach Schweiß. Er erzählte recht angeberisch von seinem Kampf gegen die WAA in Wackersdorf, er habe unter schwersten Bedingungen im Hüttendorf durchgehalten und sei zweimal von den Bullen mit CS-Gas traktiert worden. »Da machst du dir keine Vorstellungen von«, sagte der Robert. Für den Widerstand gegen den faschistischen Atomstaat werde er zur Not auch sein Leben geben. Tamara und Maja hingen ehrfürchtig an seinen Lippen, aber Silke verdrehte bloß die Augen und sagte: »Du bist schon ein bisserl der Mister Wichtig, oder?«

»Der Robert tut halt was, im Gegensatz zu dir«, blaffte Tamara die Silke an. »Als ich so alt war wie du, da habe ich in Westberlin Flugblätter an den Werkstoren von Siemens und AEG verteilt, damit die Arbeiter endlich erkennen, was ihre Interessen sind. Mit euch dagegen ist nichts mehr los.« Sie kam jetzt richtig in Fahrt, weil sie vom Merlot einen Rausch hatte. »Jetzt glauben die Grünen, sie könnten die Welt verändern, bloß weil sie mit dem Fahrrad fahren. Die Klassenfrage ist entscheidend. Die Klassenfrage, nicht Vollkornmehl.«

Mir gingen die seltsamen Andeutungen von Wolfi nicht mehr aus dem Kopf. Ich wurde aus Tamara nicht schlau. Sie konnte binnen einer Sekunde von liebenswürdig zu eiskalt wechseln. Und wovon lebte die eigentlich? Ich zahlte gerade mal 50 Mark Miete für mein Zimmer, Silke sehr wahrscheinlich überhaupt nichts. Spy hatte erzählt, Tamara stamme aus einer reichen Familie. Sie und Maja fuhren die ganze Zeit in Deutschland herum, dauernd gingen irgendwelche Typen bei uns ein und aus. Auch Rainer, der Hausfreund – jedenfalls bis zu seinem Unfall. Rainer passte da überhaupt nicht rein. Er versuchte nicht einmal so zu tun, als ob ihn Politik und das alternative Gequatsche interessierten. Er war ein Dealer, sonst nichts. Was aus ihm wohl geworden war? Und aus Ricarda? Seit Monaten hatte ich von beiden nichts mehr gehört. *Cause we've ended as Lovers.*

Die Augen aufsperren. Tamara saß da am Küchentisch, rauchte und trank, ließ sich von Maja bedienen. Ein merkwürdiges Paar. Was hatte der Wolfi angedeutet? Kundalini-Yoga macht die Tamara bestimmt nicht. Das Betretungsverbot für den Schuppen, die merkwürdig angespannte Atmosphäre, die ganzen Gäste, die dauernd wechselten – irgendwas lief da, und plötzlich war ich mir fast sicher, dass es mit Drogen zu tun haben musste.

»Ja, aber warum haben wir dann den Helmut Kohl, wenn du so viele Flugblätter verteilt hast, Mutti?«, warf jetzt die Angelika ein. Sie hatte tatsächlich Mutti zu Tamara gesagt.

Tamara starrte die Angelika einen Augenblick lang perplex mit dem Glas in der Hand an und wollte gerade zum Gegenangriff starten, da sahen wir durchs Küchenfenster, wie ein weißer Mercedes der S-Klasse mit Münchner Kennzeichen in den Hof einbog.

»Zivilbullen!«, rief Renate.

»Oder Verfassungsschutz«, dozierte der Robert oberschlau. »Das würde den Schweinen ähnlich sehen.«

Ich wusste, dass es bloß der Dietrich war, behielt es aber für mich, denn auf einmal blickten alle so schön erschrocken drein, vor allem die Tamara, aus deren Gesicht die ganze Farbe schwand, was ich jetzt mit meinen Wolfi-Augen registrierte. Ein paar Sekunden später hörten wir, wie die Autotür zuschlug. Es klopfte an der Haustür. Tamara schickte Maja raus, die mit Dietrich in die Küche zurückkam.

»Musst du uns allen so einen Schrecken einjagen?«, herrschte Tamara ihn an. Dietrich sah eingeschüchtert aus. Er wolle bloß Hallo sagen, weil er endlich den Führerschein habe und seine

Alten auf Jersey Urlaub machten, da habe er sich gedacht, er fahre mal raus in die Provinz und schaue nach, was der Vinz so treibe. Er habe auch zwei Gramm Roten Libanesen als Gastgeschenk dabei.

Ich stand auf, umarmte den Dietrich und sagte: »Akzeptiert.« Maja legte eine Kassette mit den Ramones ein, die Spy vergessen hatte, dann drehten wir uns einen riesigen Joint, von dem wir alle so Hunger bekamen, dass wir einen Berg Nudeln kochten und dazu mehrere Flaschen Wein leerten. Robert quasselte weiter von seinen Abenteuern im Widerstand, aber außer Tamara und Maja hörte keiner mehr hin. Irgendwann wollte Angelika von Dietrich und mir wissen, warum wir nicht mehr in unserer Kackband spielten. Ich hatte keine Lust, darüber zu reden. Doch dann fing die Renate an zu quengeln, dass sie erst ins Bett gehen werde, wenn wir einen Song gespielt hätten. Auf einmal klatschten alle in die Hände und riefen »Singen, singen, singen!«. Silke und Angelika liefen hinauf in mein Zimmer und schleppten Gitarre und Verstärker an, die seit einem halben Jahr unberührt in der Ecke standen.

Mein Traum vom Rockstar hatte in der Unfallnacht Totalschaden erlitten. Aber Dietrich war so breit, dass er sich unter Gejohle eine leere Bierflasche als Mikro schnappte und mit seiner Säuferstimme *Get on up, stay on the scene, like a sex machine* sang. Ich schlug mit steifen Fingern die Akkorde dazu, und alle bis auf Robert tanzten um den Küchentisch wie ich damals in der Ministrantenstunde bei der Reise nach Jerusalem. Als wir *Sex Machine* zum dritten Mal hintereinander gespielt hatten, sprang Dietrich auf einen Stuhl und riss sich das Hemd auf, kein weißes, sondern ein teures mit Paisleymuster. Aber ich fand, das war es wert.

Irgendwann ging ich zum Schiffen raus auf den Hof. Robert kam nach und stellte sich neben mich an die Fichte.

»So geil bei euch«, sagte er. »Totale Freiheit.«

Ich sagte nichts, weil ich ihn nicht leiden konnte.

»Wir müssen unbedingt mal alle zusammen zum Bauzaun.«

»Auf Wallfahrt«, sagte ich.

Robert lachte. »Sag mal, hast du Speed für mich? Ich brauche nach dem Joint was, das mich wieder aufbaut.«

»Warum fragst da ausgerechnet mich?«, wollte ich wissen.

»Irgendjemand muss ich ja fragen.«

»Du weißt doch, von wem du es kriegst.«

Ich ließ ihn stehen und ging zurück ins Haus. Der Typ war ein Spitzel, darauf würde ich meine Gibson verwetten.

Um vier Uhr morgens schleppte ich eine zweite Matratze für Dietrich in mein Zimmer, aber statt in meinem Bett zu pennen, legte sich Angelika ungefragt neben ihn, was mir ziemlich unverfroren vorkam, weil sie doch eigentlich bei mir hätte schlafen müssen. Das ging mir voll gegen den Strich. Ich hätte jetzt wirklich eine Bremspille vertragen können, die Tüten lagen jedoch tief im Kleiderhaufen versteckt. Das kam mir auf einmal leichtsinnig vor. Wäre schlecht, wenn Tamara sie fände. Dann würde sie wissen wollen, warum ich Rainers Dope hortete, das er wahrscheinlich in ihrem Auftrag im Trash oder sonst wo verdealen sollte. Ich hatte keine Ahnung von Schwarzmarktpreisen, aber das Tablettensortiment aus meinem Kofferraum war mit Sicherheit ein paar Tausender wert. Noch schlechter wäre es allerdings, wenn die Bullen das Zeug fänden. Dietrich schnarchte. Aus einem anderen Zimmer war Gestöhne zu hören, irgendwer vögelte da. Unwahrscheinlich, dass Robert dran beteiligt war, so wie der muffelte. »Komm halt rüber zu mir«, raunte ich Angelika zu. Aber sie antwortete nicht.

Aufstehen

An dem Dienstag im Oktober hingen beim Hofwirt um kurz vor elf Uhr nur ein paar Rentner am Stammtisch herum. Nach dem Frühschoppen hatte sich unter ihnen Schläfrigkeit breitgemacht, die Unterhaltung bestand vor allem aus Pausen, die sich immer länger hinzogen.

»Dauernd der Gully vorm Bahnhof«, sagte Kammerloher, der früher bei der Gemeinde gearbeitet hatte und seit seiner Pensionierung unentwegt darüber schimpfte, wie unverantwortlich mit öffentlichem Eigentum umgegangen werde.

Aus der Küche zog der Geruch von Frittierfett in die Stube, die Therese hämmerte auf die Schnitzel ein. Im Radio dudelte Bayern 1.

»Aber wennst bei der Gemeinde anrufst und sagst, dass der Fangeimer geleert werden muss, dann kriegst bloß eine saudumme Antwort«, fuhr er fort. »Wenn überhaupt.«

»Ja mei«, seufzte der Haubensteiner, der mit seinem Elektrorollstuhl seitlich am Tisch parkte, weil seine Stümpfe nicht drunterpassten. Er sagte nie mehr als »Ja mei«.

Alois stützte sich mit den Armen am Tresen auf und beobachtete mich und Wolfi, wie wir an der Wand des Nebenzimmers das Transparent mit Faust und Rose anpinnten.

»Verfassungsfeindliche Symbole möchte ich da in meiner Wirtschaft nicht haben, damit das klar ist!«, rief er durch die offene Schiebetür.

»Dann wäre deine Wand aber leer«, gab der Wolfi zurück und deutete auf die vergilbten Fotos vom Krieger- und Soldatenverein Artlhofen.

Jetzt wachte am Stammtisch der Schorsch Bachleitner aus seinem Halbschlaf auf. Er lugte von der Sitzbank zu uns rein. »Wenn es nach euch Kommunisten gehen würde, dann hätten wir weder ein Atomkraftwerk noch eine Autobahn. Und die Russen wären schon längst einmarschiert.«

»Nicht provozieren lassen«, raunte mir der Wolfi zu und rief laut: »Unterm Führer war es halt doch schöner, Bachleitner, was? Frag den Haubensteiner, der ist sicher der gleichen Meinung.«

»Ja mei«, seufzte der Haubensteiner.

In dem Moment betrat ein Typ mit Anzug und Krawatte, kaum älter als 35, die Gaststube. Unterm Arm trug er eine braune Ledermappe. Es war Siegfried Lallinger, der neue Schriftleiter des Landshuter Tagblatts, der die Zeitung vor einem halben Jahr von seinem Vater übernommen hatte. Das schien in den Augen von Alois und den Stammtischbrüdern der Versammlung nun doch Wichtigkeit zu verleihen. Sonst nahm nur der Garhammer Termine in Artlhofen wahr. Ihre Neugier wuchs mit jedem weiteren Gast, der danach im Hofwirt erschien: Ilse Mager vom Wochenblatt, Erika Gmeiner von der Kirchenzeitung, Bürgermeister Vilgertshofer, die Pfarrgemeinderatsvorsitzende Weizenbauer und sogar Josef Pointner vom Bayerischen Rundfunk, der vor mir am Tisch ein Mikro aufbaute. Der Wolfi hatte sich extra ein braunes Tweedsakko angezogen, und als er bemerkte, dass ich ihn musterte, sagte er nur, er müsse als Anwalt halt leider ab und zu auf Konventionen Rücksicht nehmen, so überholt sie auch seien.

Die Versammelten beäugten uns misstrauisch. Nur der Vilgertshofer maulte offen, es sei eine Anmaßung, dass er als Bürgermeister zu einer Sozi-Veranstaltung vorgeladen werde, ohne dass ihm Details genannt würden.

Die werde er gleich zu hören bekommen, sagte Wolfi. Er fing gerade mit seiner Begrüßung an und dass er als Sozialdemokrat und Anwalt hier gewissermaßen den Schirmherrn spiele, da kam tatsächlich noch der Generalvikar Wagner als Letzter dazu. Wagner war ganz in Schwarz gekleidet, nur der weiße Kollarkragen leuchtete in der Finsternis seines Gewands. Er ließ sich grußlos in der Ecke am Fenster nieder, und wie ich ihn da so sitzen sah, dachte ich mir, dass in einer Neuverfilmung von *Dracula* unbedingt Wagner statt Christopher Lee die Hauptrolle spielen müsste.

Einen Augenblick lang tat mir der Willi fast leid. Aber das war der Tag des Zorns, vom dem war ja sogar im Neuen Testament die Rede, da konnte es kein Pardon geben. In einer Stunde würde ich den Hofwirt vielleicht nicht als komplett neuer Mensch verlassen, aber durchaus um ein paar Kilo Schuld und Scham erleichtert. Die müsste dann der Willi mit sich herumschleppen.

Ich las eine Erklärung vor, die ich zusammen mit Wolfi ausgearbeitet hatte.

»Als Staatsbürger, guter Katholik und Kreisvorsitzender der Jungsozialisten im Landkreis Landshut sehe ich es als meine Pflicht an, die Öffentlichkeit über die Machenschaften des Pfarrers Wilhelm Schleginger zu unterrichten. Pfarrer Schleginger hat die Pfarrgemeinde Artlhofen seit 1984 um mindestens 54.342,47 Mark betrogen. Dazu haben wir umfangreiches Beweismaterial gesammelt, das wir im Anschluss gerne zur Verfügung stellen.«

Beim »zur Verfügung stellen« merkte ich, dass auf einmal meine Stimme flatterte, denn mir kam es ungeheuerlich vor, dass ich hier als Vinz vor all den Leuten saß und den Willi auslieferte. Das war doch ein bisschen viel auf einmal, vor allem, weil meine Stimme hier im Nebenzimmer so schneidend klang und alle mich anstarrten, einschließlich Alois, der drüben am Tresen immer noch unter seiner Underberg-Thekenlampe hervorlugte. Alle glotzten mich an, aber gut, ich war jetzt der

Hauptdarsteller in einem Provinzkrimi. Im Prinzip war es mir völlig egal, wie viel er veruntreut hatte, aber der Williwichser hatte mich fertiggemacht, und deshalb zählte nur eins: Rache.

»Danke für Ihre Aufmerksamkeit«, schloss ich. Wolfi teilte die Klarsichtmappen mit den Kopien aller Quittungen samt einer dreißigseitigen rechtlichen Würdigung aus. Dann ging er alles noch mal Seite für Seite durch. Ich ließ mir vom Alois einen Spezi bringen.

»Und woher sollen wir jetzt wissen, ob des stimmt?«, wollte die Gmeiner von der Kirchenzeitung wissen.

»Weil wir die Quelle kennen«, sagte ich.

Die Weizenbauer lachte sarkastisch. »Die kenne ich auch«, sagte sie.

Auf einmal hörte man einen langgezogenen Schrei, als ob die Therese mit der Hand in den Fleischwolf geraten sei. Alle Köpfe fuhren rum. Der Alois wollte schon in die Küche stürmen, aber da stürzte sie in die Gaststube, augenscheinlich unversehrt, kein Messer, kein Blut, nichts, dafür mit Entsetzen im Gesicht.

»Er ist tot. Er ist tot. Mein Gott, er ist tot.«

»Ja, wer?«

»Der Franz Josef.«

Das Wort Josef brachte sie schon fast nicht mehr raus, sie ließ sich mit ihren mehligen Händen auf den nächstbesten Stuhl fallen und schluchzte.

»Stell den Volksempfänger lauter«, befahl der Bachleitner dem Alois. Er drehte die Lautstärke auf. Da lief das *Air* von Bach, und das auf Bayern 1 zur Mittagszeit, das war nicht normal. Als Erster stand Bürgermeister Vilgertshofer auf und fing ins *Air* hinein zu singen an. *»Gott mit dir, du Land der Bayern, deutsche Erde, Vaterland …«* Nach und nach erhoben sich auch die anderen. Die Einzigen, die noch saßen, waren der Wolfi, ich und der Haubensteiner, wobei der nicht zählte, weil er schon seit Sommer 1943 nur noch saß oder lag.

»... *Er behüte deine Fluren, schirme deiner Städte Bau* ...«
Wolfi und ich schauten uns an. Mal vom rein theoretischen
Standpunkt aus betrachtet, war es für einen Kreisvorsitzenden
der Jusos und einen linken Anwalt völlig unmöglich, jetzt
aufzustehen, bloß weil der Strauß tot war. Der Typ hatte in
Wackersdorf die Bullen aufmarschieren lassen, die den Wolfi
mit Knüppeln traktierten. Das wäre Verrat an allen Idealen
dieser Erde gewesen, verachtenswertes Mitläufertum, da hätte
man ja gleich zur CSU gehen können. Aufstehen kam also
nicht infrage. Nie.
»... *und erhalte dir die Farben Seines Himmels, weiß und blau* ...«
Dann stand der Wolfi auf, einfach so, und ich hatte das Gefühl,
als ob er mich mit nach oben zog, nicht mit der Hand, mehr
so magnetisch.
Jetzt sangen alle die zweite Strophe, die konnten sie hier auch
auswendig, lauter Experten, sogar der Wolfi. Bloß ich nicht.
»... *Gott mit dir, dem Bayernvolke, dass wir, uns'rer Väter wert*
...«
Ich summte die Melodie mit und sah den Haubensteiner, der
zwar im Rollstuhl saß, aber auch seinen Beitrag leisten wollte,
weshalb er seinen rechten Arm ausstreckte wie früher, als er
noch marschieren konnte. Aber er hatte ja auch schon fünf
Striche auf dem Bierdeckel, dabei war es erst Mittag, am 3. Oktober 1988.

Das Landshuter Tagblatt machte am nächsten Morgen mit
einem ganzseitigen Foto von Strauß auf und darüber die Zeile
Bayern weint. Der Artikel über den Willi Schleginger stand
weit hinten und klein im Lokalteil. Aber irgendjemand bei
der Staatsanwaltschaft musste ihn entdeckt haben, weil mich
die Angelika während der Arbeit anrief, um mir mitzuteilen,
dass sie das Pfarrbüro gerade durchsucht und praktisch alle
Akten samt dem neuen Computer mitgenommen hätten. Der

Schleginger werde in Landshut verhört. Die Weizenbauer sei aufgetaucht, um ihr einen Anschiss zu verpassen, weil sie mir die Quittungen gegeben habe, dafür müsse man sie als Pfarrsekretärin eigentlich sofort rausschmeißen. Andererseits sei es eine Ungeheuerlichkeit, was sich Schleginger zuschulden habe kommen lassen, sie habe sich ja immer schon gedacht, dass der nicht ganz hasenrein sei. Unterm Strich gehe die Sache deshalb in Ordnung.

»Du bist ein Böser«, säuselte Angelika, »aber das weiß ich ja schon.«

Widerstand

In Artlhofen drehten sich die Gespräche nur noch um drei Namen: Strauß, Schleginger und Bachmaier. Schleginger wurde vom Kardinal eine Woche nach der Pressekonferenz seines Amtes enthoben. Immerhin durfte er noch im Pfarrhaus wohnen bleiben, aber die Messen las Kaplan Euler.
Als ich bei der Metzgerei Faltermeier ein Pfund Aufschnitt für die Brotzeit holte, fuhr mich der Otto an, ich hätte den Pfarrer mit Dreck beschmissen, mir gehe es im Kern nur darum, die Kirche und generell jegliche Form von Ordnung zu zerstören. So ganz unrecht hatte er damit nicht, vielleicht lagen fünf Prozent Wahrheit in seinem Redeschwall, okay, 40 Prozent, aber ich sagte nur: »So ein Krampf.«
Da sprang mir die Frau Eisenreich bei, die ein Kilo Halsgrat, vier Paar Wiener und zwei Scheiben Milzwurst einkaufte. Der Schleginger und der Strauß, das seien doch alles die gleichen Halunken, Großkopferte halt. Da sei sie froh, dass es Burschen wie mich gebe, die noch Anstand und Mumm hätten. Beim Widerstand gegen die WAA machten ganz viele Junge mit, an denen solle sich der Otto mal ein Beispiel nehmen. Stattdessen grantle er rum, bis er auch noch die letzten Stammkunden vertrieben habe. Wenn das so weitergehe, dann kaufe sie die Wurst beim Tengelmann in Essenbach.
Der Faltermeier regte sich jetzt erst recht auf. »Der Strauß war der Letzte, der noch für Ordnung gesorgt hat. Ohne den bricht bald alles zusammen. Schau dir doch die langhaarigen Subjekte an.« Er deutete mit dem Tranchiermesser auf mich. »Soll der mal das Land regieren? So eine Visage?«

»Otto, jetzt holst den Halsgrat aus dem Kühlhaus«, befahl ihm die Gerlinde scharf.

Auch in der Werkstatt wollten die Bauern dauernd mit mir oder Kowalczyk diskutieren. »Was der Junge macht, hat schon seine Richtigkeit«, verteidigte er mich. Beim Mittagessen wiegte er aber den Kopf. In der Sache habe ich schon recht, befand er. Und Schleginger sei ein schlimmer Heuchler und auch ein Krimineller. Deshalb müsse er bestraft werden.

»Aber bei dir merkt man, dass es dir vor allem um Rache geht«, sagte er. »Das ist selten ein gutes Motiv.«

»Ich laufe wegen ihm und seiner Kirche schon mein halbes Leben lang mit schlechtem Gewissen herum.«

»Und jetzt ist es also weg?«, fragte Kowalczyk.

»Keine Ahnung«, sagte ich. »Wolltest du nie Rache nehmen?«

Er lachte sarkastisch. »An wem? An Deutschland? An Artlhofen? Am alten Vilgertshofer?«

»An den Nazis vielleicht?«

»Ich habe einmal vor Gericht gegen einen Wachmann ausgesagt. Erst haben sie ihn zum Tode verurteilt, aber nach zehn Jahren spazierte er als freier Mann schon wieder durch Landshut.«

»Ich hätte ihn umgebracht«, gab ich zurück.

»Und dann?«

»Ein Arsch weniger.«

Mit einem Mal wurde sein Ton scharf. »Du redest leicht daher. Was weißt du schon vom Töten und Sterben?«

»Ich will mir bloß nichts mehr gefallen lassen«, sagte ich beschwichtigend. »Ich zieh mein Ding durch. Das hast du selbst gesagt.«

Kowalczyk fuhr sich mit der Hand übers Gesicht. Er seufzte.

»Ich bin bloß ein alter Trottel, der Maschinen repariert. Lassen wir's gut sein.«

Bauzaun

Robert hatte bei Tamara mit seinen Sprüchen vom Widerstand so großen Eindruck hinterlassen, dass sie unbedingt zum Bauzaun fahren wollte. Wenigstens einmal.

»Wenn wir da als Gruppe noch dabei sein möchten, dann jetzt. Die WAA wird sowieso nicht gebaut, nachdem der Alte abgekratzt ist«, sagte sie im Plenum.

»Warum sollen wir dann überhaupt fahren?«, moserte Silke. »Bringt doch eh nichts, bloß Stress.«

Tamara ging sofort an die Decke. »Du fährst sowieso nicht mit, weil wir einen Junkie wie dich auf der Demo nicht brauchen können.«

»Leck mich doch«, fauchte Silke und drosch die Wohnzimmertür so fest zu, dass die Milchglasscheiben klirrten.

Maja versuchte es mit einem vorsichtigen Einwand. »Es ist doch gut, wenn sie sich auch mal ein bisschen engagiert.«

Tamara zündete sich eine Zigarette an. Sie hatte sich jetzt wieder in die Eiskönigin verwandelt. »Diese kranke Kuh schleppt uns irgendwann noch die Bullen auf den Hof.«

»Warum wohnt sie dann hier?«, wollte ich wissen. »Sie gehört doch in eine Entzugsklinik.«

»Warum wohnst du hier?«, fragte sie zurück und gab gleich selbst die Antwort. »Weil die liebe, liebe Maja ein Herz für kranke Typen hat. Deshalb. Silke ist unser Obdachlosenprojekt. Du bist unser Vorzeigewaise.«

Maja schaute mich entschuldigend an.

In mir kochte die Wut hoch wie damals am Esstisch, als der Schleginger über Schwule referierte. Mit einem Mal fühlten sich meine Nase und meine Stirn wieder ganz kalt an. Ich beugte mich vor und flüsterte: »Der Wolfi sagt, du bist ein Mensch ohne Moral und Gewissen.«

Tamara warf den Kopf nach hinten und kreischte.

»Der Wolfi! Ich lach mich krank. Weißt du, was der Wolfi ist? Ein verfetteter Spießbürger und ein Verräter obendrein. Sein ganzes linkes Getue ist so was von verlogen. Frag ihn mal nach dem Mai 1972. Schöne Grüße von mir.«

»Mir reicht's«, schleuderte ich zurück. »Du bist echt total kaputt. Ich hau hier so bald wie möglich ab.«

»Verpiss dich«, herrschte sie mich an.

Ganz kurz, aber wirklich nur ganz kurz, spürte ich den Drang, mit dem Arm den Tisch abzuräumen. Gläser, Flaschen, Teller, Aschenbecher. Da hätte sich gut angefühlt. Aber dann hätte ich sofort abhauen müssen. Wohin? Zurück zu Kowalczyk und der Standbohrmaschine? Auf den Zeltplatz?

Ich ging rauf in meine Bude und nahm die Gibson aus dem Koffer. Sie kam mir vor wie ein Relikt aus einer anderen Zeit. Ich war erst zwanzig, aber wenn ich zurückblickte, gab es schon so etwas wie Vergangenheit. Den Siedlerweg. Die Pfarrjugend. Die Band. Ricarda. Ich schaltete den Verstärker ein und versuchte *Cause we've ended as Lovers* zu spielen.

Es klopfte an der Tür.

Tamara trat ein. »Sorry«, hauchte sie. Sie hockte sich an dieselbe Stelle der Heulwand wie neulich Silke und fing an zu weinen. »Es wird mir alles zu viel.« Ich schwieg und dudelte auf der Gitarre vor mich hin, bis sie endlich wieder verschwand.

Die große Demo in Wackersdorf war für Samstag, 15. Oktober, angekündigt. Mit Robert vereinbarte Tamara, dass wir uns um elf Uhr vorm Jugendzentrum in Burglengenfeld träfen. Wir waren zu sechst: Tamara, Maja, Dietrich, Angelika, ich und Silke, die nun doch mitkommen sollte.

Dietrich stand mit dem Mercedes seines Alten schon morgens um halb acht Uhr vor der Tür, die Angelika hatte er auf dem Weg auch gleich abgeholt. Tamara wollte unbedingt noch ein Transparent pinseln. Auf dem Gang breitete sie eine drei Meter lange Rolle Packpapier aus. Wir versammelten uns drum herum.

»Und was soll da draufstehen?«, wollte Dietrich wissen.

»NEIN zur WAA.«

»Sehr einfallsreich.«

»Es muss kurz sein, weil in der Dose nur noch ein kleiner Rest Lack ist.«

»Schreib FUCK WAA, da sparst du ein Wort«, schlug ich vor. Tamara sprühte FUCK, aber weiter kam sie nicht, weil die rote Farbe leer war.

»Als Aussage ist das zu kurz«, befand Dietrich superschlau. Maja stieg hinauf auf den Dachboden, weil sie irgendwo noch die Sprühdosen von Spy vermutete. Ich suchte draußen beim Brennholz nach zwei Bohnenstangen. Maja kam tatsächlich mit einer Dose Schwarz zurück, und so konnte Tamara ihr Werk vollenden und ich die Stangen mit Reißnägeln befestigen. Wir stellten das Transparent zum Trocknen vors Haus in die Sonne und tranken Kaffee.

»Und wie passen wir alle in ein Auto?«, fragte die Silke.

»Wir nehmen den Benz«, schlug Tamara vor. Dietrich winkte erschrocken ab. Das gehe überhaupt nicht, wenn danach nur ein einziger Kratzer im Lack sei, dann bringe ihn sein Alter um, und bei so einer Demo könne man nicht wissen, ob nicht irgendein Idiot am Ende das Auto auch noch anzünde, weil es halt eine Kapitalistenkutsche sei.

Maja und Tamara fuhren einen Mini Cooper, in den sie gerade mal zu zweit reinpassten. Es blieb also nur der Commodore übrig.

Ich bestimmte, die Angelika solle vorne bei mir sitzen, die anderen auf dem Rücksitz. Zum einen wollte ich damit verhindern, dass sie neben Dietrich saß, zum anderen ging die Angelika doch ganz schön in die Breite. Doch dann machte Tamara es sich auf dem Beifahrersitz bequem, weil ihr sonst schlecht werde, wie sie behauptete. Hinten versuchte sich Dietrich neben die Angelika zu quetschen, was sonst, doch ich konnte die Tür erst zuschlagen, nachdem er seinen schwarzen Ledermantel ausgezogen und im Kofferraum verstaut hatte. Die beiden Stangen des Transparents ragten einen Meter heraus, deshalb musste ich mit einer Schnur den Deckel zubinden.

»Halt!«, rief Tamara, als ich endlich losfahren wollte. Sie machte die Tür auf und Ché steckte den Kopf rein. »Der kann nicht alleine dableiben.« Der Hund sprang auf den Schoß von Tamara und füllte quasi den ganzen Raum aus. Ich musste wieder aussteigen und ums Auto rumgehen, um auch die rechte Vordertür zuzumachen.

In meinem Commodore werkelte immerhin eine 2,8-Liter-Maschine, aber mit sechs Insassen und einem Dobermann tat er sich schwer. Hinten hing er so weit herunter, dass wir auf dem Feldweg nach Artlhofen zweimal den Boden streiften. Deshalb schlich ich mit Tempo 80 in Richtung Regensburg. Ché leckte mir mein Ohr ab. Er stank aus dem Maul nach Faltermeiers Fleischabfällen. Tamara legte eine Kassette mit Adriano-Celentano-Hits ein. Das erinnere sie ein wenig an ihre Fahrten an die Amalfiküste in den Siebzigerjahren, behauptete sie.

Nach 20 Minuten musste Silke aufs Klo, und zwar ganz dringend, quasi sofort. Ich bog in ein Waldstück ein. Alle stiegen aus, auch Ché pinkelte an den Baum, danach ging das ganze Prozedere mit dem Reinquetschen von vorne los. Als wir wieder auf die Bundesstraße einbogen, setzte der Commodore noch mal brutal mit dem Auspuff auf, danach brummte er beim Gasgeben. Im Rückspiegel sah ich, dass Wolfi und Angelika anscheinend müde waren, jedenfalls hatten sie die Augen geschlossen und die Köpfe aneinandergelegt.

»Hey, ihr da hinten, jetzt wird nicht gepennt! Wir sind gleich da«, rief ich.

»Gute Nacht«, sagte die Angelika und drückte sich erst recht an den Dietrich, der bloß so tat, als würde er schlafen. Da war ich mir sicher.

»Beim Autofahren schaut man nach vorne und nicht nach hinten!«, wies mich Tamara zurecht, als ich einmal kurz den Mittelstreifen überquerte. Es fing an zu regnen, die Wischer quietschten und zogen Schlieren über die Windschutzscheibe. Wir schlichen hinter einem Lastzug der Spedition Schmalhofer her. Adriano Celentano sang *Ciao Amore*. Ich musste das Fenster auf der Fahrerseite einen Spaltbreit öffnen, weil Chés Gestank unerträglich wurde. Oktoberluft wehte mir ins Gesicht. Mir fiel ein, dass ich den Regenschirm vergessen hatte. Am liebsten wäre ich umgekehrt und hätte mich vor den Fernseher gelegt, aber das hier war eine politische Aktion und keine Vergnügungs-fahrt, und sicher hatte Tamara damals im Berliner Winter auch noch unter widrigsten Bedingungen ihre Flugblätter verteilt.

»Hat hier jemand Dope dabei?«, fragte Tamara und blickte streng in den Rückspiegel. Als niemand antwortete, stellte sie das Autoradio leise und wiederholte mit Nachdruck: »Hat hier wer Dope dabei?« Dietrich grunzte mit geschlossen Augen. Er schlief also doch nicht, ich hatte es gewusst.

»Reicht aber nicht für alle«, sagte er. »Ist bloß noch ein Krümel.«

»Schmeiß es sofort aus dem Fenster«, befahl Tamara.

Dietrich war jetzt auf einmal hellwach.

»Spinnst du?«

»Du spinnst. Was glaubst du, was los ist, wenn uns die Bullen filzen?«

Dietrich aber wollte sein Dope auf keinen Fall aus dem Fenster schmeißen, er bestand darauf, dass ich noch einmal anhielt, damit er sich einen Joint drehen könne. Ich bog also wieder in einen Feldweg ein. Dietrich stieg aus und rauchte im Regen seinen Joint. Tamara ließ Ché raus. Erst pisste er gegen den Vorderreifen, dann entdeckte er auf dem Acker einen Hasen. Ich wusste gar nicht, dass der faule Köter so schnell laufen konnte. Alle brüllten »Ché, bei Fuß!«, aber er hörte nicht, sondern raste übers Feld, bis er auf einmal in einem Graben verschwand. Ein paar Augenblicke später kam Ché tropfnass raus. Er schüttelte sich und trottete mit eingezogenem Schwanz auf das Auto zu. Wir stiegen wieder ein. Ché stank noch schlimmer als vorher, Schlamm bedeckte sein Fell. Als ich losfuhr, schüttelte er sich wieder und diesmal stöhnten alle, auch das Liebespaar auf dem Rücksitz, denn dass zwischen den beiden was lief, das konnte wirklich nur noch ein Blinder übersehen.

Ich wäre jetzt lieber in einer Wirtschaft gesessen, zum Beispiel im Zwölf Apostel in Altötting, in dem wir Ministranten von Onkel Willi damals bei der Pfingstwallfahrt ein Schnitzel samt Spezi spendiert bekommen hatten. Aber umdrehen, das kam nicht infrage, also fuhr ich weiter Richtung Wackersdorf mit Ché neben mir und dem Liebespaar im Rücken. Angelika und Dietrich taten wieder so, als ob sie pennten. Kurz vor Schwandorf platzte mir der Kragen.

»Jetzt hört's endlich auf da hinten!«, rief ich in den Rückspiegel. Alle schauten mich überrascht an, als ob sie nicht wüssten, was gespielt wurde, da tauchte im Regen 200 Meter vor uns eine Polizeikontrolle auf.

»Ich hab's gewusst«, sagte Tamara. »Fucking Cops.«

Tatsächlich hielt ein Bulle im langen Regenmantel ein Stoppschild raus. Er lotste uns auf den Parkplatz eines Supermarkts. Ich kurbelte das Fenster runter.

»Fahrzeugkontrolle«, sagte der Bulle in einem Neutralton. »Führerschein, Fahrzeugschein, Personalausweis.« Während ich nach meinem Geldbeutel kramte, musterte er uns. Wasser tropfte von seiner Mütze. Er nahm die Papiere und marschierte damit zu einem VW-Bus. Nach einer Weile kam er zurück und reichte sie mir.

»Wo wollen wir denn hin?«, fragte er.

Am besten wäre es gewesen, Dietrich hätte kein Dope mitgebracht. Am zweitbesten wäre es gewesen, Dietrich hätte es wie von Tamara befohlen aus dem Fenster geworfen. So aber beugte sich Dietrich kichernd nach vorne und sagte: »Was glaubst denn du, Alter? Nach Jesolo?«

In den Neutralton des Polizisten mischte sich eine Spur von Schärfe: »Alle aussteigen«, befahl er.

Auf dem Parkplatz wimmelte es nur so von Bullen, die Autos filzten. Wir mussten zu einem Zelt mitkommen, in dem sie Tische und Stühle aufgebaut hatten.

Der Typ mit dem Regenmantel übergab uns an einen jungen Kerl, der einen auf schneidig machte. »So, jetzt würden wir gerne mal die Personalausweise von ihnen allen sehen, auch von dem lustigen Herrn.« Dietrich versuchte irgendwie ernst und gesetzeskonform zu schauen, aber jeder konnte sehen, dass mit seinen Synapsen etwas nicht in Ordnung war.

»Haben Sie Drogen konsumiert?«, fragte ihn der Schneidige.

»Nie im Leben«, sagte Dietrich eine Spur zu schnell und fing wieder an zu kichern.

»Dann haben Sie ja sicher nichts dagegen, wenn wir uns Ihr Auto ansehen und eine Durchsuchung vornehmen.«

Ich musste den Commodore zu einem Unterstand fahren und den Schlüssel stecken lassen. Sie schickten mich zurück zu den anderen. Wir warteten vor einer Art Umkleidekabine, die mit einem Vorhang abgetrennt war. Als ich an die Reihe kam, musste ich meine Taschen ausleeren und mich bis auf die Unterwäsche ausziehen. Ein Polizist mit Gummihandschuhen durchsuchte wirklich alles. Allein für den Geldbeutel brauchte er gefühlt zehn Minuten, sogar die Einkaufsliste studierte er wie eine geheime Mitteilung.

»Da können Sie lange suchen, bei mir ist nichts zu holen«, sagte ich. Der Typ zeigte keinerlei Reaktion.

Schließlich durfte ich mich wieder anziehen. Die anderen standen am Eingang des Zelts. Tamara deutete auf den Commodore. »Das kann dauern.« Zwei Polizisten schraubten gerade die Rückbank raus.

Der Schneidige beorderte uns wieder zu seinem Tisch. Er klärte uns darüber auf, dass das Fahrzeug nur für fünf Personen zugelassen sei, wir aber seien zu sechst und mit dem Hund sogar zu siebt. Das sei eine Ordnungswidrigkeit. Mal abgesehen davon, dass sich die Untersuchung des Fahrzeugs noch hinziehe, müsse eine Person aussteigen, sonst dürften wir nicht weiterfahren, weder nach Jesolo noch nach Wackersdorf.

»Dietrich, du kannst mit dem Zug heimfahren«, schlug ich vor.

»Du hast uns den Mist eingebrockt.«

»Dann gehe ich auch«, sagte die Angelika. »Ich habe eh keinen Bock mehr.«

»Du bleibst«, befahl ich.

»Bist du hier der Boss, oder was?«, sagte sie.

»Ich komme mit, wenn wir sofort aufbrechen«, sagte Silke, die noch blasser als sonst aussah und in der Kälte schwitzte. Allmählich kündigte sich der Entzug bei ihr an, aber sie hatte nicht mal einen Schluck Kodein dabei, mit dem sich der nächste Schuss zur Not um ein paar Stunden hinausschieben ließ. Tamara hatte das längst gecheckt. »Du bist so dämlich«, zischte sie Silke an. »Bin ich deine Krankenschwester, oder was?« Der Plan mit der Demo war damit erledigt. Sie mussten schauen, dass sie nach Hause kamen, bevor Silke irgendwo zusammenklappte.

»Wo geht's da zum Bahnhof?«, fragte Tamara den Schneidigen. Der zuckte bloß mit den Schultern und sagte: »Kein Bahnhof. Bushaltestelle im Ort.« Die vier zogen ab, nur Maja und Ché blieben mit mir zurück.

Bis ich den Commodore endlich wieder zusammengeschraubt hatte, war es Nachmittag geworden. Ich musste einen Mängelbericht unterschreiben, in dem stand, dass ich mich wegen des Auspuffs und eines kaputten Rücklichts nach der Instandsetzung bei einer Polizeidienststelle zu melden hatte. Dann durften wir fahren.

Ché stank auf der Rückbank vor sich hin, Maja döste auf dem Beifahrersitz. Sie hatte den ganzen Tag über so gut wie kein Wort geredet. Im Radio lief Sankt Pauli gegen Gladbach. Es regnete immer noch.

»Ich weiß, womit ihr eure Kohle verdient«, sagte ich. Maja blickte aus dem Fenster. Sie verzog keine Miene.

»Ist mir schon klar«, sagte sie gelangweilt. »Bist ja nicht blöd.«

»Es ist eine Frage der Zeit, bis die Bullen mit einem Durchsuchungsbeschluss vor der Tür stehen. Im Dorf zerreißen sie sich das Maul über euch. Und der Robert, der ist doch nicht sauber.«

»Wem sagst du das«, antwortete Maja. »Wir haben dem Robert gesagt, dass im Mai eine Riesenlieferung kommt. Eine Lüge. Aber die Bullen hoffen jetzt auf den großen Fang und warten ab. So lange sind wir sicher.«

»Was wollt ihr dann noch hier?«

»Wir brauchen das Geld. Im April hauen wir ab nach Colorado.«

»Und ich habe gedacht, ihr wärt linke Idealisten oder spirituell oder so.«

»Von Idealismus und Spiritualität alleine kann man nicht leben, Schätzchen«, sagte Maja.

»Wow«, antwortete ich. »Das ist mal eine Ansage.«

Criens hatte das 1:0 für Gladbach geschossen.

»Ich könnte euch jederzeit verpfeifen.«

Maja blickte mich kurz von der Seite an. »Das wirst du nicht tun. Du hängst doch längst schon selber mit drin, weil du mit uns auf dem Hof wohnst. Wir würden den Bullen einfach sagen, dass du für uns dealst.«

174

Als wir auf dem Brennerhof ankamen, war Dietrichs Auto schon verschwunden. Aus dem Wohnzimmer leuchtete Licht. Tamara sah fern. Silke schlief. Ich verzog mich in mein Zimmer. Am nächsten Tag füllte ich die Pillen von Rainer in eine Tupperdose um und fuhr damit raus in den Wald bei Steinbach. Ich wartete eine Ewigkeit, bis ich mir sicher war, dass weder ein Jäger noch Spaziergänger in der Nähe waren. Schließlich holte ich einen Spaten aus dem Kofferraum und vergrub den Behälter so in einer Fichtenschonung, dass ich ihn wieder herausholen konnte. Nur 30 blaue Bremspillen behielt ich als eiserne Reserve.

Auf der Rückfahrt hielt ich an der Telefonzelle vorm Rathaus in Steinbach und rief Angelika an. Ihr Bruder Alex hob ab, es dauerte eine Minute, bis sie endlich den Hörer nahm. Ich machte keine Umschweife, sondern kam sofort zur Sache.
»Was läuft da mit dir und dem Dietrich?«
Sie gähnte.
»Sag mal, es ist neun. Bin ich dir Rechenschaft schuldig?«
»Wir sind doch zusammen. Irgendwie.«
Im Hintergrund hörte ich eine Stimme. Das musste Dietrich sein. Unfassbar.
»Er hat bei dir übernachtet.«
»Ist halt spät geworden«, sagte sie.
»Ich mache jetzt Schluss mit dir«, verkündete ich. »Aus. Ende. Amen. Damit du es genau weißt.«
Sie seufzte. »Vinz, du musst noch viel lernen.«
Ich legte auf.

Christus Rex

Am Abend, als die Katastrophe über den Brennerhof hereinbrach, lungerten wir zusammen im Wohnzimmer und schauten *Wetten, dass …?* Ich lag mit Ché auf dem Teppich, Tamara kuschelte mit Maja auf dem großen Sofa, während Silke auf dem alten Kanapee vor sich hin döste. Die Bee Gees sangen gerade *You win again*, als eine Schwefelwolke durchs Zimmer waberte. »Ich kotze gleich«, stöhnte Tamara und drückte sich ein Kissen ins Gesicht. »Wer war das?« Es war Ché, wie immer. »Luft«, befahl Tamara. Ich sprang auf, um das Doppelfenster aufzureißen. Dabei stieß ich gegen die Antenne, die wir vor Beginn der Show ausgerichtet hatten, und statt der Bee Gees war nur noch ein Rauschen zu sehen. Kalte Luft flutete das Wohnzimmer. Mit einem Mal war es ungemütlich, was Silke ein wehleidiges »Manno« entlockte.

Ché hob seinen Kopf und stellte die Ohren auf. Er knurrte.

Im selben Augenblick erschien ein Gespenst vor dem Fenster. Tamara und Maja kreischten. Auch Ché erschrak so sehr, dass er sich winselnd unter den Glastisch verzog. Ich dachte einen Moment lang, es sei der tote Brenner, aber das Gespenst trug ein beigefarbenes Hemd mit goldenen Stickereien. Seine Augen waren weit aufgerissen, sein Haar stand wirr zu allen Seiten ab. Als es die Arme ausbreitete, erkannte ich, dass es in der linken Hand einen 83er-Christus Rex hielt und in der anderen einen Zisterzienser Grauburgunder unbekannten Jahrgangs. Das wusste ich vom heimlichen Probieren in der Sakristei. Das Gespenst grölte: »Und ich sah, ein Tier stieg aus dem Meer, mit zehn Hörnern und sieben Köpfen.«

Silke zielte mit einem Kissen auf das Gespenst und traf es im Gesicht. Das Gespenst schwankte ein wenig und lallte weiter: »Und ich sah die Frau, betrunken von dem Blut der Heiligen, und ich wunderte mich sehr, als ich sie sah.«

»Zu, zu, zu!«, schrien Tamara und Maja. Ich griff von unten nach den beiden Fensterflügeln, aber bevor ich sie schließen konnte, flog noch der 83er-Christus Rex durchs Wohnzimmer, wo er über der Couch von Tamara und Maja an der Wand zerbarst.

»Bachmaier, ich exkommuniziere dich, du Atheist, du Saftsack«, lallte es noch, dann war Ruhe.

Ché hatte endlich Mut gefasst und sprang bellend am Fenster hoch. Maja wimmerte und zitterte, doch Tamara hatte sich schon wieder halbwegs im Griff. »Das ist dein beknackter Pfarrer«, herrschte sie mich an. »Mach, dass er verschwindet, und zwar dalli.«

»Ich geh da nicht raus, der ist gemeingefährlich«, sagte ich. »Holen wir die Polizei.« Da packte mich Tamara am Pullover und zischte: »Hier auf den Hof kommen keine Bullen. Never ever. Du wirst den Typ entfernen und in seine Gruft oder sonst wohin bringen. Verstanden?« Erst als ich »Verstanden« wiederholte, ließ sie mich los.

Ich horchte an der Haustür. Nichts. Vorsichtig drückte ich die Klinke und spähte durch den Spalt. Nichts. Ich schob mich nach draußen, immer in der Angst, Onkel Willi könnte plötzlich wieder auftauchen und mir den Zisterzienser Grauburgunder über den Kopf ziehen. Meter für Meter schlich ich mich bis zum Hauseck vor, wo ich mit einem Satz aus der Deckung sprang, aber auch vor dem Wohnzimmerfenster war niemand. Ich versuchte es mit Psychologie und rief: »Onkel Willi, wir können über alles reden. Du hast nichts zu befürchten.«

Keine Reaktion. Also bewaffnete ich mich mit einer Schaufel und lief damit ums Haus herum. Ich suchte die gesamte

Hofstelle ab, aber von Willi fehlte jede Spur. Zehn Minuten lang horchte ich noch vor der Haustür ins Rauschen der Fichten, doch da war nichts. Entweder versteckte er sich im Gebüsch oder er war abgezogen.

Ich ging wieder rein. Tamara sah mich misstrauisch an.

»Und?« Ich zuckte mit den Schultern.

»Nirgends. Er ist anscheinend abgehauen.«

»Der kann nicht weit gekommen sein, so besoffen wie der war.« Maja kehrte die Scherben hinter dem Sofa zusammen.

Ich richtete die Antenne wieder aus und ließ mich auf meinem Platz am Boden neben Ché nieder. *Wetten, dass ...?* war inzwischen vorbei. Wir drehten den Ton leise und lauschten nach draußen. Silke schlief. »Ich werde heute Nacht kein Auge zutun«, schluchzte Maja. Es lief das Wort zum Sonntag. Eine Pastorin hielt eine Kinderzeichnung von einem Engel in die Kamera.

Diesmal roch ich es als Erster. Es stank nach offenem Kamin.

»Irgendwas brennt da«, sagte ich.

Tamara schnupperte. »Verdammt.« Wir stürzten zu dritt ins Freie, nur Silke drehte sich auf dem Kanapee um und pennte weiter. Der Brennholzstapel vor dem Kundalini-Schuppen stand in Flammen. »Fuckfuckfuckfuckfuck!«, rief Tamara panisch. »Das darf nicht sein!«

»Wir müssen sofort die Feuerwehr alarmieren.«

Sie drehte sich um und scheuerte mir eine.

»Keine Feuerwehr, keine Bullen.«

Ich schlug zurück und traf sie im Gesicht. Sie stürzte.

»Rühr mich noch einmal an, du durchgeknalltes Miststück. Wenn die Funken fliegen, brennt der ganze Hof ab. Die Flammen sind kilometerweit zu sehen.«

»Das ist mir scheißegal. Keine fucking Feuerwehr, keine fucking Bullen. Ich hole Eimer.«

Tamara blutete aus der Nase. Sie rappelte sich auf und lief hinter zum Stall. Maja und ich standen da und begafften das Spektakel. Zum Löschen war es zu spät. Es prasselte und zischte, die Flammen arbeiteten sich schon zum Dach hinauf. In Artlhofen heulte die Sirene, und einen Augenblick später schlug auch der Pager in meinem Zimmer Alarm. Das Telefon im Gang läutete ununterbrochen.

Als Tamara das hörte, stürzte sie aus der Stalltür. Sie raufte sich die Haare. »Jetzt ist alles aus. Wegen deines bescheuerten Pfarrers. Ich hätte dich nie und nimmer in dieses Haus lassen dürfen. Ich war zu gutmütig.«

Die Freiwillige Feuerwehr Artlhofen traf nach nur zehn Minuten ein, aber der Brennerhof lag ja auch fast in Sichtweite des Dorfs.

»Ist da jemand im Gebäude drin?«, fragte mich Kowalczyk als Erstes, während die anderen schon den Schlauch ausrollten und am Tank anflanschten.

»Unwahrscheinlich«, sagte ich und berichtete ihm, was vorgefallen war. Ich blickte mich nach Tamara um, aber sie war verschwunden. Maja sah nach Silke, sie schlief immer noch auf dem Kanapee.

»Also insgesamt zwei vermisste Personen«, konstatierte Kowalczyk, der jetzt ganz im Kommandantenmodus funktionierte. Er setzte sich in den Magirus und gab die Lage der Polizei durch. Dann befahl er mir, ich solle eine Jacke anziehen und beim Bau der Saugleitung zum Entwässerungsgraben helfen.

Zwei Vermisste und Verdacht auf Brandstiftung, das reichte, um das gesamte Arsenal von Polizei und Feuerwehr im Umkreis von 20 Kilometern in Marsch zu setzen.

Das Feuer ließ sich davon nicht beeindrucken. Es fraß sich durchs Dach, das an zwei Stellen bereits einsackte. Die Hitze brannte auf meinem Gesicht. Schließlich brach die Giebelwand zusammen, Funken stoben in den Nachthimmel. Das gab den Blick auf Tamaras Meditationsraum frei, der mit seinen Glasflaschen und Schläuchen mehr an ein Chemielabor erinnerte. Unter dem Dach wuchs ein Wald aus Hanfpflanzen. Die Aluminiumisolierung zwischen den Sparren reflektierte den Feuerschein. Ein paar Augenblicke lang dampfte der Hanfwald wie ein Dschungel nach dem Regen, aber als genügend Sauerstoff eingeströmt war, explodierte er. Es stank nach tausend Joints. Die Löschmannschaft setzte sich Schutzmasken auf.

»Ihr seid ja eine nette Wohngemeinschaft hier«, sagte Brandl zu mir.

»Ehrlich, ich habe damit nichts zu tun«, antwortete ich, aber kam mir dabei selbst dämlich vor.

»Dir traue ich alles zu«, schnauzte Brandl hinter seiner Maske. »Du bist ein falscher Hund.«

Inzwischen kreiste ein Hubschrauber über den Äckern. Sein Suchscheinwerfer tastete sich entlang der Entwässerungsgräben und sprang dann zu einem Jägerstand, auf dem er Willi entdeckte. Es sah aus, als fiele himmlisches Licht auf ihn. Um ihn runterzuzerren, brauchten sie fünf Mann, Udo und Lohner schleiften Willi zum Rettungswagen, der ihn ins Krankenhaus brachte. Auch Silke, die barfuß im Morast aus Löschwasser herumirrte, nahmen sie mit.

Noch vor Morgengrauen durchsuchte die Kripo mit einem Spürhund das Anwesen. Sie schnitten die Matratzen auf, rissen Schubladen raus, sie hebelten Dielenbretter ab, bauten wieder einmal die Rückbank des Commodore aus, leerten die Mehldosen in der Küche, sie verwandelten das ohnehin kaum mehr bewohnbare Haus vollends in eine Ruine. Ich musste meine Feuerwehrklamotten ausziehen und mit der verheulten Maja im Wohnzimmer warten.

Am Morgen traf Kandler ein, derselbe Typ, der uns im Trash den Saft abgedreht hatte. Nachdem er in Gummistiefeln das Haus und die Trümmer des Schuppens begutachtet hatte, bestellte er mich zur Vernehmung in die Küche. Neben ihm saß ein junger Beamter, kaum älter als dreißig, mit Bürstenhaarschnitt.

»Kommissar Fiedler«, sagte Kandler. »Und du bist der Kerl, der im Trasch mit der Band aufgetreten ist.«

Ich nickte. Kandler schaute müde aus. Nicht wie jemand, der schlecht schlief, sondern wie jemand, der an einer grundsätzlichen und tiefgreifenden Form von Müdigkeit leidet, an einem generellen Überdruss. Er seufzte. »Das Wochenende ist sowieso im Eimer. Du kannst es dir und uns leicht oder schwer machen.«

»Wir sind nicht per Du«, sagte ich.

Er zog ein Papier aus einer roten Mappe und las vor. »Stand neun Uhr. 24.000 Mark Bargeld, 18 Kilogramm Marihuana, 2012 Kapseln Amphetamin, 3542 Kapseln Benzodiazepam und 50 Gramm Kokain verteilt übers Anwesen. Zwei Gramm Heroin im Zimmer von Frau Reinhardt und drei Kapseln Benzodiazepam in deinem Saustall. Der Rest ist zu deinem Glück verbrannt.« Kandler seufzte wieder. »Der reinste Großhandel, den ihr hier betreibt.«

»Ich habe damit nichts zu tun«, sagte ich.

Fiedler lachte.

»Wir hätten euch sowieso in den nächsten Tagen hochgenommen«, sagte Kandler ungerührt. »Wir sind ja auch nicht ganz dumm.«

»Ich will sofort mit meinem Anwalt sprechen«, sagte ich. Den Satz kannte ich aus dem Fernsehen.

»Du bist ein vergammeltes Bürscherl«, gab Kandler zurück. »Du brauchst ganz gewiss keinen Anwalt. Aber wenn du kooperierst, dann kommst du vielleicht mit Bewährung davon. Sonst hockst fünf Jahre in Stadelheim.«

Ein weiterer Polizist betrat die Küche und überreichte Kandler einen Zettel. Er las laut vor. »Tamara Wieling ist in München am Hauptbahnhof festgenommen worden.« Dann schaute er wieder mich an. »Die Dame wird längere Zeit nicht mehr mit dem Zug fahren. Und du auch nicht.«

»Ich habe hier bloß gewohnt«, sagte ich. »Ich habe nichts Verbotenes gemacht.«

»Bloß gewohnt«, wiederholte Kandler höhnisch. »Aber warum liegen in deinem Zimmer die gleichen blauen Kapseln, wie wir sie im Schuppen gefunden haben?«

»Ich sage jetzt überhaupt nichts mehr.«

»Egal, wir haben gegen euch ohnehin genug in der Hand.«

Kandler stand schwerfällig auf, wobei er sich mit den Armen an der Tischkante hochdrückte, und winkte Fiedler nach draußen. Durchs Fenster konnte ich sehen, wie sie diskutierten.

Nach ein paar Minuten kam Kandler in die Küche zurück und verkündete, ich werde vorläufig festgenommen, weil Flucht- und Verdunkelungsgefahr bestünden.

Auf dem Hof stand noch der neue Mercedes-Benz aus Stein- kirchen als Brandwache. Die Feuerwehrleute schauten mich mit einem Ausdruck von Abscheu an, als mir Fiedler vor ihren Augen demonstrativ Handschellen anlegte. Wir fuhren in Artl- hofen die Hauptstraße runter. Ich duckte mich zur Seite, damit mich niemand sehen konnte. Nur als wir an Landmaschinen Kowalczyk vorbeikamen, blickte ich kurz aus dem Fenster und sah, wie sie auf dem Hof den Magirus mit dem Dampfstrahler reinigten.

Ein Schauer aus Angst überlief mich. Sie würgte mich so sehr, dass ich fast keine Luft mehr bekam.

»Mit deinem Vater habe ich immer gekegelt«, sagte Kandler, der auf dem Beifahrersitz saß, in seinem grundmüden Tonfall. »So ein ehrbarer Mann war der. So zünftig. Was haben wir miteinander für eine Gaudi gehabt.«

Teil 3

Vollpension

Auf dem Revier in Landshut nahm mir Fiedler die Handschellen ab. Ich musste in einem Raum warten, in dem es nichts außer einer Bank gab, die an die Wand geschraubt war. Mir fiel ein, dass ich seit dem Abend davor nichts mehr gegessen und getrunken hatte. Meine Klamotten stanken, als ob ich am Lagerfeuer übernachtet hätte. An meinen Turnschuhen klebte Schlamm.

Fiedler brachte mir einen Kaffee und eine Brezen vorbei und teilte mir mit, dass die Arrestzellen wegen des Starkbierfests leider belegt seien. Man suche gerade nach einer anderen Unterbringungsmöglichkeit für mich, eventuell müsse ich nach Regensburg oder München ins Untersuchungsgefängnis verlegt werden.

»Ich kann auch wieder gehen«, sagte ich.

»Die Option scheidet aus«, sagte Fiedler.

Nach einer halben Stunde kam er zurück und verkündete, dass ich vorübergehend in der JVA Landshut untergebracht werde.

»Und für wie lange?«, wollte ich wissen.

»Das entscheidet der Haftrichter.«

Fiedler und ein anderer Polizist brachten mich mit einem VW-Bus zum Gefängnis, einem alten Kasten, der mich an ein Kloster erinnerte. Das Tor öffnete sich rumpelnd vor dem Auto. Inzwischen war es dunkel geworden. In einem Zimmer musste ich mich ausziehen, das kannte ich schon von der Durchsuchung auf dem Parkplatz in Schwandorf. »Hinknien, Arschbacken auseinander«, befahl der Beamte. Anschließend reichte er mir blaue Anstaltskleidung. Ich musste eine Aufstellung meiner persönlichen Habe unterschreiben und Bettzeug und Seife übernehmen. Als auch das erledigt war, kam ein Wärter, um mich zu meinem Haftraum zu führen. Er schloss eine stählerne Gittertür auf und marschierte mit mir einen gelb gestrichenen Gang hinunter. Zu essen gebe es jetzt leider nichts mehr, sagte er. Aber morgen um sechs Uhr bekäme ich vom Freistaat Bayern ohnehin ein kostenloses Frühstück frei Haus geliefert. Er hielt vor Zelle 26 und spähte durch das Guckloch. »Die Burschen sind noch wach«, sagte er.

»Bekomme ich keine Einzelzelle?«, fragte ich.

»Kommt drauf an, wie lange Sie unser Gast bleiben. Jetzt fangen wir einfach mal so an.« Der Wärter sperrte auf und trat vor mir in die Zelle. Sie war noch kleiner als meine Bude auf dem Brennerhof, mit dem Unterschied, dass hier nicht eine Matratze auf dem Boden lag, sondern zwei Stockbetten an den Wänden standen. Es stank nach Zigarettenrauch und Scheißhaus. »Meine Herren, das ist Vinzenz Bachmaier, der seine Heimat mal von einer neuen Seite kennenlernen darf. Gute Nacht.« Er schloss die Tür ab.

Ich stand da mit meinem Bettzeug und wusste nicht, was ich machen sollte. Also warf ich mein Paket auf die Pritsche rechts oben.

»Erster Fehler«, hörte ich jemanden von unten aus dem Halbschatten sagen. Mit einem Ruck richtete er sich auf und schwang die Füße auf den Boden. Ein dürrer Kerl um die dreißig mit speckigen Haaren und Mittelscheitel. Über seiner Oberlippe wuchs mehr schlecht als recht ein Flaumbart. Er starrte mich aus einer runden Nickelbrille an.

»Ähm, wieso?«, stammelte ich.

»Weil man frägt, bevor man sich ein Bett nimmt. Also noch mal von vorne.«

»Ich würde da gerne pennen.«

»Abgelehnt, du gehst auf die Seite von Albert rüber. Ich bin der Stubenälteste.«

Albert lag mit dem Gesicht zur Wand. Er stöhnte. »Bitte Ivo, halts Maul. Wir klären das morgen.«

»Frage eins: Bist du selbstmordgefährdet?«, wollte Ivo wissen.

»Da habe ich noch nicht drüber nachgedacht«, antwortete ich wahrheitsgemäß.

»In Bruchsal, da hat sich mal ein Neuling in der Nacht am Bettpfosten aufgehängt …«

Albert stöhnte wieder. »Wenn du nicht endlich die Schnauze hältst, dann hänge ich mich auf.«

»Frage zwei: Bist du ein Kinderficker? Fickst du Jungs oder Mädels?« Ivo sprang auf. Er ging mir gerade mal bis zum Kinn, aber er wirkte so gefährlich wie zwei Stangen Dynamit.

»Ja oder nein? Ich kriege es eh raus.«

»Nein.«

»Was dann?«

»Irgendwas mit Drogen.«

Ivo lachte. »Das ist ja wahnsinnig originell. Irgendwas mit Drogen. Super.« Er legte sich wieder hin.

»Bitte mach dein Bett und dann das Licht aus«, flehte Albert.

»Und im Sitzen pissen, weil sonst der Vorhang stinkt«, sagte Ivo.

Die Decke der Zelle sah im Dunkeln glatt und nüchtern aus, nicht wie auf dem Brennerhof, wo rissige Adern den Putz durchzogen und mich das Gefühl beschlich, dass sie nachts von schwarzem Blut durchströmt wurden. Albert schnarchte. Mit einem Mal stieg Angst in mir auf, wie die braune Giftbrühe beim Hochwasser im Frühjahr. Sie war aus den Gullydeckeln gequollen und die Straßen hinuntergelaufen. Wir mussten zwei Tage lang Keller leer pumpen. Ich konnte den Modergeruch wieder riechen, er erinnerte mich an etwas Gefährliches, etwas Tödliches. Durch meine Brust fraß sich ein Loch, ich spürte, wie es wuchs und mir die Luft nahm. Ich würde hier auf meiner Pritsche sterben, dann würden sie auch mich hinter dem Schweinestall in Artlhofen verscharren, aber niemand würde kommen, denn ich hatte es mir mit allen verschissen.

Die Panik drückte mir den Schweiß durch die Poren, es war entsetzlich heiß in der Zelle. Ich musste dringend um Hilfe rufen, aber die Tür war verschlossen, sie war aus Beton, da war ich mir sicher. Es gab kein Entrinnen. Keinen Ausgang. Wie war ich bloß hier reingeraten? Was war passiert?

Ganz hinten in meinem Kopf meldete sich eine Stimme aus der letzten Bastion der Vernunft. Du bräuchtest jetzt dringend eine von den Benzos, sagte sie, besser zwei, dann würde sich die braune Brühe in Rosenwasser verwandeln, mit ein bisschen Glück würde sich vielleicht sogar die Mondfrau zeigen. Aber du hast die Benzos vergraben, und wer weiß, wann du wieder an sie rankommst. Jetzt hast du Entzugserscheinungen, lieber Vinz, davon stirbt man nur selten. Das kommt davon, wenn man es mit den Tranquilizern übertreibt. Du hast ein bisschen zu viel von Rainers Familienpackung konsumiert. Jetzt spielt dir dein Hirn einen Horrorfilm mit Überlänge vor, und das kostenlos auf dem besten Sitzplatz.

»Mit dem Scheißen ist es so: Als Erster gehe ich, dann kommt Albert an die Reihe und am Schluss du. Aber sofort spülen, ist das klar?«

Ich sah das Gesicht von Ivo vor meinem Bett. Das Licht der Neonröhre blendete mich. Mein Kopf schmerzte, ich verspürte rasenden Durst.

»Verstanden?«

»Ja.«

Um halb sieben wurde die Tür aufgesperrt. Wir traten an, um das Frühstück zu fassen. Ein Häftling teilte uns Schwarzbrot, Wurst und Marmelade zu. Weil Sonntag war, gab es außerdem eine Kanne Kaffee. Wir setzten uns an einen Tisch, dessen braunes Kunststofffurnier Blasen warf. Unser Gestank mischte sich mit Kaffeeduft. Ich sah Albert ins Gesicht. Er hatte die Statur eines Zehnkämpfers und trug einen Vokuhila, die ihm über die Schultern hing. Seine hellblauen Augen sahen mich freundlich an. Warum so einer im Knast saß?

»Kein Vergleich mit Vechta. Also, in Vechta haben wir jeden Tag nach Belieben Wurst und Käse bekommen, außerdem …«

»Was führt dich hierher?«, fragte mich Albert in den Redeschwall von Ivo hinein.

»Ich bin gestern vorläufig festgenommen worden«, sagte ich.

»Unmöglich«, warf Ivo ein. »Schwachsinn.«

»Halts Maul«, fuhr ihn Albert an.

Ich erzählte ihnen, was passiert war und dass ich keine Ahnung habe, wie es jetzt weitergehe. Ivo bekam immer größere Augen.

»Justizskandal!«, rief er und stand auf, um aus einem Regal den zerfledderten Band mit der 22. Auflage der Strafprozessordnung zu holen. »Die kenn ich auswendig«, sagte er. Er zündete sich eine Selbstgedrehte an. Erstens sei es fraglich, ob bei mir Flucht- oder Verdunkelungsgefahr vorlägen. Zweitens müsse ich bis spätestens Mitternacht ohnehin freigelassen werden, wenn vorher kein Haftbefehl ergehe. Drittens solle ich bei einer Vernehmung kein Wort sagen. Und viertens werde er jetzt gleich mal den Zimmerservice holen, damit ich einen Anwalt anrufen könne, denn das sei mein Recht.

»Der Ivo ist eine brutale Nervensäge, aber falls er es jemals mehr als zwei Jahre in Freiheit durchhält, könnt er es zum Juraprofessor bringen«, sagte Albert. Ivo drückte den Knopf der Sprechanlage.

»Hä?«, krächzte eine Stimme.

»Big Problem«, sagte Ivo. »Sogar very big Problem.«

Zehn Minuten später musste ich im Vorzimmer der Anstaltsleitung ein Fernsprechgesuch ausfüllen, dann rief ich Wolfi an. Er ging nicht ans Telefon. Ich ließ es bei Kowalczyk klingeln, aber auch der nahm nicht ab. Als ich es bei Simmerl probieren wollte, den ich schon seit Wochen nicht mehr gesehen hatte, moserte der Wachbeamte, ich könne meinen Anwalt anrufen oder meine Eltern, aber nicht meine ganzen Spezl. Ich solle am Nachmittag während der Freistunde noch einmal kommen. Ivo regte sich weiter wahnsinnig auf und gab mir auch von seinem Tabak ab. Fast jeder hier sei ein Justizopfer, einschließlich er selber, da könne er mir stundenlang von erzählen. Um neun Uhr sperrten sie wieder auf, dann durften wir raus auf den Hof gehen. Albert und ich setzten uns auf eine Bank in die Sonne, Ivo wollte irgendwas organisieren.

»Was habt ihr eigentlich ausgefressen?«, fragte ich.

Albert erzählte, Ivo sitze derzeit wegen Totschlags in einem minderschweren Fall, er sei im Prinzip ein guter Kerl, aber auch sehr reizbar. Er selbst büße noch drei Monate wegen Hehlerei ab, beim Weiterverkauf von Autos habe er sich leider ein bisschen dumm angestellt. Meinen Commodore schätzte er als absolut diebstahlsicher ein, da könne ich sogar den Schlüssel stecken lassen, weil bei so einer Kiste lohne sich das Umlackieren nicht. Ich wäre fast eingepennt, da ertönte eine Lautsprecherdurchsage, dass ich mich in der Kammer melden solle. Ivo rief mir noch nach, ich solle auf alle Fälle mein Maul halten.

Ich musste meine stinkigen Straßenklamotten anziehen, dann brachten sie mich aufs Polizeirevier, wo mich Kandler und

Fiedler in Empfang nahmen. Kandler fing wieder damit an, dass sein Wochenende komplett im Eimer sei. Er habe detaillierte Kenntnisse über meine Verstrickungen in den Drogenhandel. Wenn ich kooperiere, dann könne ich eventuell bis zum Prozess auf freiem Fuß bleiben, andernfalls werde er heute noch einen Haftbefehl erwirken, was das bedeute, wisse ich ja nun.

Ich hielt mich strikt an das, was mir Ivo eingetrichtert hatte. Ich sagte nur, dass ich nichts sagen werde, er könne sich die Zeit sparen und mit seinem Hund Gassi gehen.

»Na gut«, sagte Kandler. »Dann bleibst halt im Gefängnis.«

Beim Rausgehen drehte ich mich noch einmal um und fragte, ob ich doch was sagen dürfe.

»Nur zu«, antwortete Fiedler hoffnungsvoll.

»Ihr zwei könnt mich mal kreuzweise.«

Am Abend um acht Uhr erreichte ich endlich Wolfi. Leider sei er gestern in München versumpft und gerade erst nach Hause gekommen. Er hatte weder was vom Brand noch von meiner Verhaftung gehört. Nachdem ich auch ihm Bericht erstattet hatte, regte er sich fast noch mehr auf als Ivo. »Sie müssen dich sofort freilassen!«, rief er ins Telefon. »Spätestens um Mitternacht bist du sowieso draußen. Ich rufe jetzt den Kandler an und dann schau ich, welcher Richter am Wochenende Dienst hat. Du hörst von mir.«

Abends feierten sie draußen auf der anderen Straßenseite das Starkbierfest. *Ein Prosit der Gemütlichkeit* grölten die Besucher, dann setzte wieder die Blasmusik ein. Der Duft von Steckerlfischen zog durchs gekippte Zellenfenster. »Wenn du Glück hast, dann kannst dir hernach noch eine Maß kaufen«, sagte Albert. »Aber trink sie für uns mit.«

Kurz vor Mitternacht hatte ich aber immer noch nichts von Wolfi gehört. Wir lagen auf unseren Pritschen und rauchten. Draußen zogen Besoffene vorbei. »Ausscheider«, brüllten sie und »Knastbagage«.

Ivo sagte, er fände es fast schade, dass ich jetzt schon wieder rausgeschmissen werde, weil mein Fall sehr interessant sei. Bevor ich abhaue, solle ich ihm aber noch schildern, wie meine Freundin nackt aussieht, er brauche neue Inspiration. Ich sagte, da könne ich ihm leider nicht helfen, weil ich solo sei.

Um Mitternacht drückte er die Sprechanlage.

»Hä?«, krächzte es.

»Nummer 26«, sagte Ivo. »Wir haben hier einen Fall von Freiheitsberaubung. Sofort aufmachen.«

»Ich kann ihn ohne Anordnung nicht laufen lassen«, sagte die Stimme. »Morgen früh sehen wir weiter.«

Der Gullydeckel hob sich in der Nacht wieder, aber nur um ein paar Zentimeter.

Gleich nach dem Frühstück wurde ich wieder zur Kammer zum Umziehen beordert. Albert sagte, wenn ich mal ein richtig geiles Auto fahren wollte, dann solle ich mich im Sommer bei ihm melden. Er habe da noch einen top Alfa Romeo Spider, Baujahr 1977, in der Werkstatt stehen, bei dem seien sogar die Papiere in Ordnung, auf Wunsch mache er einen neuen TÜV. Von allen Frauen, die er kenne, würde keine einzige in einen braunen Opel Commodore einsteigen, aber alle in ein Spider Cabrio. Ivo rief mir wieder nach, für die Rechtsberatung schulde ich ihm einen Fünfziger, in Geldfragen verstehe er keinen Spaß.

Draußen wartete aber nicht der Wolfi auf mich, sondern der VW-Bus. »Was soll der Blödsinn?«, fragte ich. »Ich gehe jetzt nach Hause.«

»Das entscheidet alleine der Haftrichter«, sagte der Bulle. Er legte mir Handschellen an. Wir fuhren zum Amtsgericht, einem Klinkerbau aus den Siebzigerjahren. Am Eingang wartete Wolfi auf mich. Er trug wieder sein Tweedsakko, ein

Zeichen dafür, dass es ernst war. »Du hältst die Klappe, bis ich dir sage, dass du reden sollst«, befahl er mir. Wir marschierten zum Verhandlungsraum im ersten Stock. Dort saß schon die Staatsanwältin Klingenstein. Wolfi knallte seinen Anwaltskoffer auf den Tisch, statt Guten Morgen sagte er nur: »Heute wird's scheppern.« Zwei Minuten später kam Amtsrichter Böhmer mit einem Bündel Akten unter dem Arm und setzte sich ans Tischende. Seine Haare standen in alle Richtungen ab, als sei er nach dem Duschen gleich ins Bett gegangen.

Er rief die Haftsache Vinzenz Bachmaier auf. Wolfi legte gleich los und deutete auf mich: »Dieser junge Mann wird seit Samstag ohne jeden Grund widerrechtlich festgehalten.« Böhmer erwiderte, er solle jetzt mal halblang machen, und bat Staatsanwältin Klingenstein um ihren Vortrag. Sie hielt mir vor, dass ich Mitglied eines Drogenrings sei, der im Anwesen Artlhofen, An der Lohe 1, Drogen hergestellt, verkauft und teilweise selbst konsumiert habe. Die Kripo habe das Objekt schon länger observiert und verfüge über umfangreiches Beweismaterial. Beim Herrn Bachmaier bestehe Flucht- und Verdunklungsgefahr, der Verdächtige habe sich zudem bisher unkooperativ verhalten und die Aussage verweigert. Deshalb beantrage die Staatsanwaltschaft einen Haftbefehl wegen Verstoßes gegen Paragraf 29 BtMG, insbesondere Absatz 3, dem Verbot gewerbsmäßigen Handels.

»Herr Zollner«, sagte Böhmer.

Wolfi schnaubte. Er fange jetzt mal beim juristischen Proseminar an. Der Herr Bachmaier sei am Samstagnachmittag vorläufig festgenommen worden, schon das sei eigentlich ein Skandal, weil er mit dem Drogenhandel nichts zu tun habe. Anschließend habe man ihm den Kontakt mit einem Anwalt verweigert, ihn beim Verhör unter Druck gesetzt, widerrechtlich in eine reguläre Haftanstalt eingewiesen und dort auch noch illegal über das Wochenende hinaus festgehalten.

»Wollen Sie noch mehr wissen?«, fragte Wolfi. Böhmer schwieg. Er habe auf Bitten seines Mandanten hin am Sonntagabend vergeblich versucht, den Ermittlungsrichter Böhmer und den Kripobeamten Kandler zu erreichen. Er wisse jetzt, warum. Sie hätten beide auf dem Starkbierfest gesoffen, immerhin an getrennten Tischen, statt sich um ihre Dienstpflichten zu kümmern. Und ganz ehrlich, das sehe man dem Gericht auch an. In die Akte habe er als Anwalt noch keinen Einblick bekommen, das sei für sich genommen eine Sauerei, falle aber kaum mehr ins Gewicht in Anbetracht all der Ungeheuerlichkeiten. Er schlage deshalb vor, man beendete das Theater sofort, weil Herr Bachmaier sonst zu spät zur Arbeit komme.

»Ähm«, sagte Böhmer. »Da ist allem Anschein nach einiges in der Kommunikation nicht so optimal gelaufen.« Wolfi lachte.

»Trotzdem stehen schwerwiegende Vorwürfe im Raum, deshalb möchte ich den Herrn Bachmaier fragen, ob er sich zum Sachverhalt ...«

»... der sagt definitiv kein Wort«, unterbrach ihn Wolfi. »Keine Silbe, weil drei Beruhigungstabletten im Schlafzimmer noch niemanden zum Drogenhändler gemacht haben.«

Böhmer blickte zu Klingenstein. Sie zuckte mit den Schultern.

»Ich habe den Vorgang so vorgefunden.«

Na gut, verkündete Böhmer, auf der dünnen Basis werde er keinen Haftbefehl erlassen. Er richtete sich an mich. »Sie können gehen, Herr Bachmaier. Das heißt aber nicht, dass das Ermittlungsverfahren damit eingestellt ist.«

Ich hob den Arm wie in der Schule. »Darf ich was fragen?«

»Nur zu«, sagte Böhmer.

»Kann ich noch mal kurz zurück? Ich habe fünfzig Mark Schulden bei einem Zellengenossen.« Wolfi schlug die Hände vors Gesicht.

»Das geht ab sofort leider nur noch zu den offiziellen Besuchszeiten«, beschied mir Böhmer.

Camping

Draußen vor dem Eingang musste ich erst einmal eine rauchen. Es nieselte. Ein Montag um 9.30 Uhr. Um die Uhrzeit saß ich normalerweise mit Kowalczyk bei der Brotzeit.

»Du stinkst wie ein Räucheraal«, sagte Wolfi.

Wir fuhren zurück nach Artlhofen, vorbei an der Maschinenhalle, am Friedhof und der Bäckerei Scheininger, und bogen rechts ab auf den Holperweg, der hinaus zum Brennerhof führte. Die Felder lagen trostlos braun da. Nur die Wintergerste bildete einen grünen Flaum, der das Frühjahr ankündigte. Ich sah den Commodore mit offenen Türen vor dem Haus stehen. An der Wand lehnte die Rückbank, daneben lag umgekippt der Fahrersitz. Ein Absperrband umgab die Ruine der Scheune, von der kaum mehr als ein verkohltes Viereck auf dem Boden übrig geblieben war.

Wolfi stellte den Motor ab. »Du hast Riesenglück gehabt, dass die so dämlich sind«, sagte er. »Auch wenn am Ende nichts bleibt, kann man für so was drei Monate in U-Haft sitzen.«

»Ich habe damit wirklich nichts zu tun gehabt«, beteuerte ich.

»Aber wenn man nicht aufpasst und nie Stopp sagt, dann rutscht man einfach so in Dinge rein. Ich habe dich vor Tamara gewarnt.« Wir schwiegen.

»Was war eigentlich im Mai 1972?«

Er sah mich verblüfft an. »Die liebe Tamara aus Ergolfing. Das trägt sie mir ewig nach.« Dann erzählte er, wie er mit ihr damals in München in einer WG gewohnt habe. Ihre Freundin, die Anni, habe Kontakt zu RAF-Mitgliedern gehabt und dauernd vom bewaffneten Widerstand gelabert. Nach dem

Bombenanschlag auf das Landeskriminalamt in München habe die Anni angekündigt, dass sie auch ein Zeichen setzen wolle.

»Ich habe dann aber selbst ein Zeichen gesetzt und die Anni bei den Bullen hingehängt«, sagte der Wolfi. »Danach bin ich zurück nach Eberfing. Ich schleiche seitdem als Verräter durch die Gegend. Und das mit bestem Gewissen.«

»Und die Tamara?«

»Die hat nichts geregelt bekommen. Sieht man ja.«

»Die Oberlinke betreibt einen Drogengroßhandel, und Hochwürden schiebt Spendengelder ein.«

»Auf dem Land wird's eben nie langweilig«, sagte Wolfi. »Was machst jetzt? Du kannst ja unmöglich weiter in der Bude hausen, sonst hängst bald wie der Brenner am Baum. Dafür bist du noch zu jung.«

»Erst einmal schraube ich wieder mein Auto zusammen.«

Wolfi räusperte sich. »Ich bewundere dich dafür, wie du dich in alles voll reinhaust. Aber die Richtung fehlt ein bisschen. Der Halt.«

»Ist das jetzt wieder so eine Art Belehrung?«

Er lächelte mit einem Anflug von Verlegenheit. »Kann schon sein. Ich meine es gut.«

»Danke«, sagte ich. »Ehrlich.«

An der Haustür und am Eingang zum Stall klebten amtliche Siegel. Ich nahm den Spaten und schlug damit das Wohnzimmerfenster ein, dann stieg ich auf einen Schubkarren und öffnete den Riegel. Drinnen lag alles durcheinander, als hätten Einbrecher gewütet. Es roch nach kaltem Rauch, der Strom war abgestellt, aufgerissene Schränke, herausgezogene Schubladen, schwarze Trittspuren auf dem Boden. In der Küche stank es nach Abfällen. Ich nahm eine Flasche Orangensaft aus dem Kühlschrank, roch daran und setzte mich an den Tisch. Alles tot hier, dachte ich. Mit einem Mal überkam mich wieder eine große Lust, den ganzen Mist kurz und klein zu schlagen. Ich hob die Tischplatte langsam an und sah zu, wie die dreckigen Teller und Gläser ins Rutschen kamen und dann auf dem Boden zersprangen. Das fühlte sich so gut an, dass ich hinten aus dem Stall den Vorschlaghammer holte und damit auf das RAF-Graffito im Hausgang eindrosch. Putzbrocken spritzten umher. Als ich nicht mehr konnte, warf ich den Hammer durch die Milchglasscheibe der Wohnzimmertür.

Außer Atem setzte ich mich auf den Boden. Aus dem Garderobenspiegel starrte mich ein dürrer Kerl mit Flaumbart und Pferdeschwanz an. Vinzenz Karl Bachmaier, Vollwaise, Mamamörder, Willikiller, Möchtegerngitarrist, Beziehungstrottel, unehrenhaft entlassener Oberministrant. Knacki. Loser. Abschaum. Der Typ im Spiegel ekelte mich an. Noch mehr ekelte ich mich aber vor dem Drecksloch, in dem ich seit Monaten hauste, vor dem ganzen Chaos aus Joints, Benzos und WG-Gelaber. Wackersdorf, da muss man doch was gegen tun. Atomstaat. Kapital. Widerstand.

Danke, auf Wiedersehen.

Ich rappelte mich auf und ging nach oben ins Bad. Ich duschte im kalten Wasser und zog mir die saubersten Klamotten an, die ich in meinem Haufen finden konnte. Anschließend raffte ich meine Sachen zusammen und warf sie aus dem Fenster, die Gibson und den Verstärker trug ich zum Auto. Bevor ich abhauen konnte, musste ich Rückbank und Fahrersitz wieder in den Commodore einbauen, aber das kannte ich schon von der Polizeikontrolle auf der Fahrt nach Wackersdorf. Ich sammelte die Klamotten ein und stopfte sie in den Kofferraum. Unter meinen Hintern legte ich eine Tengelmanntüte, weil das Polster nach zwei Tagen im Regen durchnässt war. Als ich den Zündschlüssel umdrehen wollte, hörte ich ein Winseln neben der Beifahrertür. Ich beugte mich rüber und stieß sie auf. Ché kam angekrochen.

»Na gut, du doofes Vich«, sagte ich und klopfte auf den Sitz. Er sprang herein und leckte mir zum Dank das Gesicht ab. Ich stieg noch mal ins Haus ein und holte die Schachtel mit den Futterdosen. Bei der Gelegenheit entdeckte ich die Haushaltskasse, die die Bullen nicht geleert hatten. Ich zählte 360 Mark in Scheinen und steckte sie ein. Dann brachen wir auf.

Als ich links in die Hauptstraße einbiegen wollte, verließ mich aller Mut. Ich traute mich nicht, Kowalczyk unter die Augen zu treten. Deshalb fuhr ich geradeaus in Richtung Landshut. Wo sollte ich jetzt hin? Ich ließ mich durch die Gegend treiben. In Frontenhausen tankte ich. In Pfarrkirchen kaufte ich einen Dosenöffner und anschließend in der Metzgerei zwei Schinkensemmeln und einen Knochen für Ché. Weil er ihn nicht mehr losließ, verbannte ich den Köter auf den Rücksitz, wo er während der Fahrt an seiner Beute herumnagte.

Da kam mir die Idee, ich könnte wie nach der K.-o.-Niederlage gegen Schachtner noch einmal eine Nacht auf dem Campingplatz in Bayerbach pennen, um Zeit zu gewinnen. Statt der Frau mit den gerupften Augenbrauen stand diesmal ein Mann an der Rezeption. Als ich ihm sagte, dass ich eine Nacht im Auto schlafen wollte, weil ich kein Zelt habe, schnauzte er mich an, das sei ein Campingplatz und kein Obdachlosenasyl.

Es dämmerte bereits, als ich mir einen Platz auf einer Lichtung in einem Waldstück suchte. Dort raffte ich Holz zusammen, und nachdem ich eine halbe Stunde lang geblasen hatte, gelang es mir, ein Lagerfeuer zu entfachen. Es rauchte und stank entsetzlich. Ich öffnete für Ché eine Dose Hundefutter, die ich ihm ins Gras leerte. Nur ein kleines Stück Fleisch probierte ich selbst, aber ich spuckte es gleich wieder aus. Ché verschlang es gierig. Ich holte meine Gibson aus dem Kofferraum und setzte mich damit auf einen Baumstamm. Wenigstens war ich nicht allein. Ché hatte sich auf meine Füße gelegt. Ich sang *Prodigal Son* von den Stones, ohne Verstärker und Publikum. *Well a*

*poor boy took his father's bread and started down the road/Started
down the road/Took all he had and started down the road/Goin'
out in this world, where God only knows/And that'll be the way
to get along.*

Ché witterte Wild, weshalb ich ihn mit ins Auto nahm. Ich
drehte den Beifahrersitz nach unten und zwängte mich in den
Schlafsack, Ché pennte auf der Rückbank. Und als sich nur
noch Glut in der Seitenscheibe spiegelte, da schlief ich ein,
ganz ohne Benzos.
Am nächsten Morgen wachte ich steif auf. Die Scheiben waren
beschlagen. Erst tranken wir beide aus einem Entwässerungsgraben, dann machte ich Ché seine Frühstücksdose auf. Mein
Magen knurrte. Aber ich wusste jetzt, was zu tun war.

Ausnahme

Seit der Osternacht vor drei Jahren hatte ich die Kirche von Artlhofen nicht mehr betreten. Aber als ich mich in die Bank setzte und den Muff aus Weihrauch und Kerzenwachs einsog, stieg sofort dieses vertraute Gefühl in mir auf, diese Mischung aus Langeweile und diffuser Schuld, die für mein Vorhaben an diesem Vormittag äußerst förderlich war. Punkt zehn Uhr trat Pfarrer Euler aus der Sakristei und eilte mit seinen Trippelschritten den Gang am Seitenschiff entlang. Euler war kein moderner Pfarrer wie Onkel Willi, er trug stets ein schwarzes Hemd mit Kollarkragen wie Generalvikar Wagner, und weil er es kaum auf 1,70 Meter brachte und noch dazu mit hoher Fistelstimme sprach, wirkte er auch mit 35 wie ein Schrat aus dem Priesterseminar.

»Vinz?« Er starrte mich durch seine Krankenkassenbrille so perplex an, als sei ihm der Heilige Antonius von Padua erschienen.

»10 Uhr Beichtgelegenheit, steht doch am Aushang«, sagte ich.

»Du willst beichten?«

Von wollen konnte keine Rede sein. Ich hatte zum letzten Mal vor der Firmung gebeichtet. Weil ich damals nicht wusste, was ich sagen sollte, hatte ich mich davor mit Simmerl beraten. »Du musst ihm was anbieten«, schärfte er mir ein. »Denk dir was aus, das nicht so schlimm ist, aber gut ankommt.« Wir gingen zusammen die Zehn Gebote durch. Ich nahm das dritte Gebot, das mir von allen als das unverfänglichste erschien: »Du sollst den Feiertag heiligen.« Dem Pfarrer Dotterweis erzählte ich, dass ich am Freitag eine Wurstsemmel gegessen hatte, obwohl an dem Tag keine Fleischspeisen erlaubt seien. Dotterweis gab sich damit aber nicht zufrieden. Das könne ja wohl nicht alles sein, schnauzte er mich an. Wie es denn um die Keuschheit stünde, wollte er wissen, da liege meistens was im Argen. Das brachte mich völlig aus dem Konzept. »Insgesamt gut«, stammelte ich. Dotterweis schnaubte durchs Gitter des Beichtstuhls. Wenn ich glaubte, das Sakrament der Beichte mit Lügen zu beschmutzen, dann könne ich jetzt zwischen einer Watschen und zehn Vaterunser wählen. Ich entschied mich für die zehn Vaterunser. Er gab mir eine Watschen und warf mich raus.

Dieses Mal war die Sache aber klar. Es ging unter anderem um das vierte Gebot: »Du sollst deinen Vater und deine Mutter ehren.«
Euler winkte mich in den Beichtstuhl und schaltete das rote Besetzt-Zeichen ein. Ich schloss die Tür mit dem violetten Vorhang und kniete mich hin. Das Kabuff war eng und dünstete drei Jahrhunderte schlechtes Gewissen aus.
Aber ich musste endlich diese Last loswerden, die mich schier erdrückte seit jenem Sonntag, als Elvira hinten im Halbdunkel des Flurs »Mamamörder« geschrien und mich Schachtner mit einem Schlag fast umgebracht hatte. Und ich musste es hier in der Pfarrkirche Sankt Anton beichten, die ich einerseits so verabscheute, die aber doch irgendwie meine Heimat war und mich immer noch gefangen hielt. Ich musste diesen Moment wieder hervorholen, als sich auf dem Friedhof die Menschenmenge vor mir teilte, weil ich ein Ausgestoßener war, einer, der gegen die Gebote verstoßen hatte, ein Typ, der allen Grund hatte, vor sich selbst auszuspucken.
All das erzählte ich Pfarrer Euler, dessen Gesicht ich hinter dem Gitter, das uns trennte, nur erahnen konnte. Und ich beichtete ihm noch viel mehr, ich gestand ihm, wie ich Rainers Pillen nach der Razzia im Trash für mich behielt, nach und

nach konsumierte und den Rest vergrub, wie ich mir im Dukes LSD einwarf. Wie sehr mich das schlechte Gewissen gegenüber Pfarrer Willi plagte, den ich aus Rache vernichtet hatte, ich gestand Euler, wie ich mit Angelika Unzucht …

»Es reicht jetzt«, unterbrach er mich.

»Aber warum? Ich bin doch noch gar nicht fertig«, sagte ich.

Euler atmete schwer aus. Er sah mich jetzt durchs Gitter an. Ich versuchte seine Miene zu lesen. Vielleicht war sogar ihm als Profi mein Geständnis zu viel geworden. Vielleicht passte eine so große Schuld einfach nicht in einen engen Beichtstuhl. Ich wollte am liebsten die Tür aufreißen und weglaufen. Ich schämte mich für meinen ganzen unsortierten Mist. Die Idee, mich reinzuwaschen, kam mir plötzlich absurd vor.

»Einen Moment bitte«, sagte er. Euler öffnete die Tür, Licht fiel auf sein Gesicht, und ich hörte draußen die Scheiningerin mosern, warum das so lange dauere, sie müsse noch Brezen machen.

»Bei einigen dauert es halt länger, gell«, sagte Euler und zog die Tür wieder zu.

»Also, hör mal zu, Bachmaier«, fistelte er. »Das Beichtgeheimnis ist unverletzlich. Was hier gesprochen wird, darf niemals nach außen dringen. Aber die katholische Kirche zeichnet sich auch durch Liebe, Güte und Augenmaß aus. Erst das macht uns zu wahrhaftigen Christenmenschen. Verstehst du das?«

Ich schüttelte den Kopf. »Nein.«

»Die Pfarrgemeinde und ich sind dir Dank schuldig«, fuhr Euler fort. »Du hast die Machenschaften meines Vorgängers Wilhelm Schleginger aufgedeckt. Ohne dich würde er heute noch unsere Spendengelder veruntreuen und falsche Rechnungen ausstellen. Aber vor allem wäre ich immer noch Kaplan unter ihm, ohne jede Aufstiegschance, weil er mir dauernd negative Beurteilungen geschrieben hat.«

»Er muss ins Gefängnis wegen mir.«

»Er tut Buße, das ist nur gottgefällig. Danach kann er wieder ganz unten anfangen.«

»Wo ist das, ganz unten?«

»In der Mission.«

»Am Hauptbahnhof?«

»Nein, Zentralafrika.«

»Ich habe auch so viel Mist gebaut.«

»Jesus hat selbst Mist gebaut«, sagte Euler. »Er war Mensch wie wir.«

»Davon steht nichts in der Bibel.«

»Ich hätte es an seiner Stelle auch nicht reinschreiben lassen.«

»Eigentlich, also eigentlich, wollte ich nur meine Sünden bekennen«, stammelte ich. Das Beichtgespräch nahm plötzlich einen ebenso merkwürdigen Verlauf wie bei meiner Firmung.

»Da geht es dir genauso wie dem Schachtner Manfred«, antwortete Euler.

»Aha«, sagte ich.

»Ich komme jetzt wieder auf den Anfang zurück. Das Beichtgeheimnis ist unantastbar, es sei denn, man richtet damit mehr Schaden als Nutzen an. Deshalb mache ich jetzt mal eine Ausnahme.«

»So, eine Ausnahme«, wiederholte ich.

»Der Schachtner war hier und hat gesagt, dass er sich die Geschichte mit deiner Mutter bloß ausgedacht hat. Er hat in der Früh die Zeitung aus dem Postkasten geholt, weil er die Kreisligaergebnisse lesen wollte. Da hat er das Bild vom Konzert gesehen. Erst danach ist er rüber ins Wohnzimmer, wo deine Mutter wahrscheinlich schon Stunden auf dem Boden lag.«

»Und das mit dem Undank?«

»Auch erfunden.«

»Und warum?«

»Weil du so ein arroganter Typ gewesen seist, hat er gesagt. Da ist vielleicht sogar was Wahres dran.«

»Wie kann man sich so etwas nur ausdenken? Der Schachtner, diese Riesendrecksau, dieses miese Arschloch, dieser Kruzifixhund …«

»Halt!«, rief Euler. »Das ist immer noch ein Beichtstuhl und kein Stammtisch. Das habe ich auch dem Schachtner gesagt.«

Ich fluchte leise weiter. »Und der Rest mit den Drogen, was mache ich jetzt damit?«

»Schwamm drüber«, sagte Euler. Ich glaubte eine Art Lächeln auf seinem Gittergesicht zu erkennen.

»Einfach so?«

»Nein, für die voreheliche Sauerei mit der Angelika betest du ein Gegrüßet seist du Maria und beim Adventssingen im Pfarrheim spielst du mit deiner Gitarre.«

»Abgemacht«, sagte ich.

Euler sprach: »Indulgentiam, absolutionem et remissionem peccatorum tuorum tribuat tibi omnipotens et misericors Dominus. Amen.«

Ich bekreuzigte mich. »Amen.«

»Eins noch«, setzte er hinzu. »Das Weihwasser hat er übrigens tatsächlich bei euch abgefüllt.«

Als ich aus dem Beichtstuhl trat, drehte ich mich noch einmal um.

»Und was haben Sie dem Schachtner dafür auferlegt? Das muss er doch büßen.«

»Zehn Vaterunser und zwanzig Prozent Rabatt beim Baumaterial für den neuen Kindergarten. Aber das bleibt bitte unter uns. Beichtgeheimnis.«

Die Scheiningerin stand hinten am Weihwasserkessel und wartete. Als sie mich sah, giftete sie, jetzt sei ihr schon klar, warum es so lange gedauert habe. Ich trat dicht an sie ran, worüber sie erschrak, und raunte ihr ins Ohr: »Und dabei ging es einzig um Sex. Ausschließlich.«

Ché saß hechelnd vor der Tür. Das Gegrüßet seist du Maria hatte ich schon vergessen. Ich ging um die Kirche herum zum Grab meiner Eltern. Es war von akkurat geschnittenem Buchs eingefasst. Hyazinthen und Osterglocken blühten in einem Topf. Ich dachte mir, dass ich jetzt irgendwas sehr Wichtiges denken sollte, etwas Grundsätzliches über Leben und Tod und so. Wäre dies ein Film, ich müsste zusammenbrechen und dann am Grabstein heulen. Aber die Luft fühlte sich so klar und frisch an wie nur im Frühling, und Ché schnupperte zwischen den Gräbern herum. An einer Zypresse hob er das Bein. Ich musste lachen.

Mein Leben in den letzten drei Jahren glich einem bösen Witz. Doch die Pointe war genial.

Volahiku

Auf dem Weg zum Auto kam ich am Salon Adelwarth vorbei. Ich ging ohne lange zu überlegen hinein. Alle Frisierstühle waren unbesetzt und kein Mensch zu sehen. Ich wartete einen Moment und drehte mich schon zum Gehen um, da kam hinter dem weißen Vorhang eine Frau hervor, die so was von eindeutig nicht die Chefin war, eindeutiger ging es kaum mehr. »Ich habe keinen Termin«, sagte ich.

Sie grinste. »Bist ein Notfall, ich seh' schon. Da müssen wir sofort handeln.«

Sie dirigierte mich zum Stuhl am Schaufenster. Ich löste mein Haarband, das den Pferdeschwanz zusammenhielt. Sie stellte sich hinter mich. Ich roch ihr Haarspray und Kirschkaugummi. Sie trug eine kurze Jeans, schwarze Strumpfhosen und eine Bluse mit Sonnenblumenmuster, die unten verknotet war. Die schwarzen Haare fielen ihr in wilden Locken auf die Schultern.

»Ich hätt' sie gerne vorne und an der Seite eher kurz, hinten mittellang.«

Sie schüttelte den Kopf. »Mach ich nicht«, sagte sie und grinste wieder so spöttisch. »Willst du wie ein Idiot ausschauen?«

Das brachte mich völlig durcheinander. »Ich will aber keine Dauerwelle wie Sepp Maier oder so.«

»Wer?«

»War ein Fußballer.«

Sie wirkte gekränkt. »Wenn du mir nicht vertraust, kannst du morgen wiederkommen. Da ist die Frau Adelwarth da.«

»Ich ergebe mich«, sagte ich.

»Gut, dann waschen wir erst einmal deine Fettsträhnen.«

Ich hatte mir beim Friseur noch nie die Haare waschen lassen. Aber sie massierte meine Kopfhaut mit solcher Hingabe, dass ich die Augen schloss und mir wünschte, dass sie damit nie aufhörte.

Ihre Armreifen klimperten.

»Ich bin die Dilara. Und du?«

»Vinzenz.«

Warmes Wasser lief mir den Nacken hinunter, als sie das Apfelshampoo ausspülte. Dilara trug eine zweite Portion auf und begann wieder mit der Massage.

»Und was machst du so?«, fragte sie.

»Ich bin Gitarrist.« Die Massage brach jäh ab. Ihr Lockenkopf erschien neben mir. »Wow«, sagte sie. »Bei welcher Band?«

»Zurzeit bin ich solo.«

Sie kicherte und fing wieder mit der Massage an.

»Spielst auch was von Depeche Mode?«

»Eher weniger.«

Nach einer kurzen Pause fragte ich: »Und was machst du so beruflich?«

»Ich bin Friseurin, du Hirni.«

Dilara setzte mich vor den Spiegel, schnitt mir erst die Haare kurz und nahm dann einen Rasierapparat, um mir den Nacken auszurasieren. Nur oben ließ sie noch ein paar Zentimeter stehen.

»Undercut«, sagte sie. »Genau wie Dave Gahan.«

»Wer?«

»Na, der Sänger von Depeche Mode.«

Dilara schnippelte schier endlos an mir herum, was mir aber gerade recht kam. Sie erzählte, dass sie erst seit drei Wochen im Salon Adelwarth arbeite und bei der Frau Hiller wohne, aber dass sie jetzt schon wisse, dass sie in diesem Bauernkaff nicht alt werde. Abgesehen davon wollten alle bloß die gleiche Dauerwelle, dafür habe sie keine Ausbildung gemacht.

Als sie mit den Haaren fertig war, deutete sie auf meinen Bart.
»Das Zeug muss auch weg«, sagte Dilara.
»Unbedingt«, sagte ich, weil ich wollte, dass sie weitererzählte.
Der Job hier sei echt nur übergangsweise, weil nach der Meisterprüfung, da werde sie einen eigenen Laden aufmachen. Entweder in München oder in Izmir.
»Izmir?«
Da stamme ihre Familie her und da sei das ganze Jahr über das voll schöne Wetter und da könne man auch voll gut baden und voll gut essen.
»Nicht bewegen«, befahl sie und rasierte mir mit dem offenen Messer den Bart ab. Ich beobachtete aus dem Augenwinkel ihren konzentrierten Blick. Ihre Fingernägel waren blau lackiert. Ihr warmer Kirschatem strich über mein Gesicht.
»Augenbrauen.«
»Wie?«
Sie kürzte mir die Augenbrauen mit der Schere.
»Gel«, sagte sie.
»Nie im Leben.«
»Doch«, sagte sie, und schon hatte sie das Zeugs zwischen den Handflächen verrieben und in meinen Haaren verteilt.
»Fertig. Mister Gahan.« Sie stand hinter mir und setzte wieder dieses kokette Grinsen auf. »Volahiku und Ola.«
»Ola?«
»Oben lang. Sag mal, deine Klamotten, klaust du die eigentlich aus der Kleidersammlung?«
Ich trug meine Cordjacke und darunter das karierte Springsteen-Hemd, das mich als ehrlichen Arbeiter auswies, aber ihr das zu erklären, wäre verdammt kompliziert gewesen. Stattdessen vergaß ich für einen Augenblick all meine Komplexe, schließlich hatte ich ja frisch gebeichtet und war von daher eine unbefleckte Seele. Also fragte ich sie: »Willst du mit mir nach Landshut fahren und Klamotten kaufen?«

»Wann?«

»Jetzt«, sagte ich. »Notfall.«

Sie überlegte einen Augenblick. Eigentlich dürfe sie erst um fünf Uhr zusperren, aber heute sei eh nichts los und ich sei ja nun echt ein krasser Notfall. Fünf Minuten später saß sie neben mir im Auto.

»Die Karre ist ja auch voll asselig«, schimpfte sie und hielt sich die Nase zu, dass ich schon fürchtete, sie würde es sich anders überlegen und wieder aussteigen. Ché schnupperte hinten vom Rücksitz an ihren Haaren. Aber ich fragte sie schnell nach ihrer Familie. Die war anscheinend ziemlich groß, jedenfalls erzählte sie bis nach Landshut von ihren Eltern, Onkeln und Tanten und Cousinen, die, soweit ich mir das merken konnte, über ganz Europa verteilt lebten.

Ich wollte in den Kaufhof gehen, aber Dilara schleppte mich in ein Modegeschäft in einer Seitengasse. Dort suchte sie für mich eine schwarze Kunstlederjacke mit Nietenbesatz und Cowboystiefel aus, dazu eine schwarzes und ein weißes T-Shirt. Für eine neue Jeans reichte mein Geld nicht mehr, aber eine Hose dürfe ruhig eine Spur abgefuckt aussehen, erklärte sie. Die alten Klamotten musste ich auf ihr Geheiß hin in den nächsten Mülleimer stopfen. »Wie viel hast du noch übrig?«, wollte sie wissen. Ich zählte knapp zwanzig Mark zusammen.

»Das reicht locker«, sagte sie und marschierte vor mir in ein Schmuckgeschäft, wo ich mir einen Ohrring stechen lassen musste. Danach war ich pleite.

»Ich lade dich auf einen Kaffee ein«, sagte Dilara.

Wir saßen in der altmodischen Konditorei mit Teppich und Barockstühlen, wo sich meine Mutter immer nach Monsignore Breitwiesers Vorträgen den Bauch vollgeschlagen hatte, und tranken Espresso. Es gab Mohnkuchen.

Sie musterte mich.

»Bist zufrieden?«, fragte ich.

»Hey, du bist voll der hübsche Kerl«, sagte sie. Mir wurde heiß im Gesicht. »Brauchst nicht gleich rot zu werden.«

Auf der Rückfahrt wollte Dilara wissen, wo ich wohne. Ich sagte, dass ich mitten im Umzug sei und in einer Schaffenspause zwischen zwei Bandprojekten, weshalb ich gerade bei Landmaschinen Kowalczyk jobbe und dort in einem Apartment wohne. Ich parkte den Commodore zweihundert Meter die Straße runter, damit uns die Hillerin nicht sehen konnte. Sie sagte, Frau Hiller sei eine voll Nette, sie dürfe nur keinen Herrenbesuch in ihrem Zimmer empfangen.

Einen Moment lang sahen wir uns an, aber es war eh schon alles klar, das checkte sogar ich. Wir lösten die Sicherheitsgurte und fingen an zu knutschen. Und das konnte Dilara wirklich super, obwohl sie erst zwanzig war, kein Vergleich mit Angelika. »Wir sehen uns«, säuselte sie, als sie ausstieg.

Ich fand, dass es ein echter Glückstag war, dafür, dass ich das Wochenende im Gefängnis verbracht und die letzte Nacht im Wald gepennt hatte. Deshalb fuhr ich endlich zu Kowalczyk. Die Halle war schon abgesperrt. Ich klingelte.

Er streckte seinen Kopf aus dem Fenster im Obergeschoss.

»Was wollen Sie?«, schnauzte er mich an.

»Ich bin's. Vinz.«

»Wie siehst du denn aus? Haben sie dich im Gefängnis gefoltert?«

»Bin entlassen worden wegen erwiesener Unschuld«, rief ich hinauf.

»Schade, dass sie dich nicht länger behalten haben. Ein paar Tage mehr im Gefängnis hätten dir ganz gutgetan.«

»Ich habe nachgedacht.«

»Sensation.«

»Ich glaube, ich ziehe jetzt mein Ding durch. Ich will endlich ein Spießer werden. Vielleicht nicht ganz so schlimm wie mein

Vater oder meine Mutter, aber eine eigene Wohnung wäre uns schon recht.«

»Jetzt redest du schon in der Mehrzahl von dir.«

Ich deutete auf Ché im Auto. »Der ist jetzt auch Vollwaise. Bitte gib uns eine Woche bei dir.«

Kowalczyk verschwand für einen Moment, dann warf er den Schlüssel runter. »Eine Woche«, sagte er. »Keinen Tag länger.«

Ich setzte mich an den Brotzeittisch in der Halle. Kowalczyk kam in Jogginghose und Pantoffeln angeschlurft. Er holte zwei Bier aus dem Kühlschrank und ließ sich mir gegenüber auf die Bank fallen.

»Was soll das alles?«, fragte er. »Wieso machst du so viel Unsinn? Die Polizei war am Samstag bei mir und hat mich über dich ausgefragt. Sie haben mir sogar mit einer Hausdurchsuchung gedroht, weil du bei mir Drogen versteckt haben könntest. Sag mir, ob das stimmt.«

»Nein, ich habe mit den Geschäften der anderen nichts zu tun«, versicherte ich ihm. Dann erzählte ich, was sich auf dem Brennerhof zugetragen hatte, wobei ich lediglich die Sache mit Rainers Kapseln wegließ. Kowalczyk musste ja nicht alles wissen.

Er nahm einen Schluck aus der Flasche und schüttelte den Kopf. »Mal kommst du zur Arbeit, dann wieder nicht. Ich hätte dich schon längst rausschmeißen sollen. Du nutzt meine Gutmütigkeit aus. Was glaubst du, was deine Feuerwehrkameraden von dir halten? Ich kann dich nicht immer verteidigen.«

»Es tut mir leid«, sagte ich.

»Du sollst dich nicht entschuldigen. Du sollst ein halbwegs normales Leben anfangen, wie alle anderen auch.«

»Da bin ich gerade dabei«, gab ich zurück und versuchte irgendwie optimistisch auszusehen, indem ich die Mundwinkel hochzog.

»Und jetzt bringst du auch noch einen Köter mit ins Haus. Such dir lieber endlich mal eine Freundin.«

»Da kannst du mir sicher Tipps geben, wie ich dich kenne. Ich glaube, dass du noch nie eine hattest.«

Kowalczyk schlug mit der Faust auf den Tisch, dass ich meine Bierflasche festhalten musste. »Eine Frechheit. Das ist ja wohl meine Privatsache.« Er stand auf und ging wortlos in den ersten Stock. Ich bezog mit Ché meinen Verschlag und dachte mir, dass ich seit fast zwei Jahren auf vergammelten Matratzen pennte.

Hampelmann. Baywa-Kalender. Alzmetallmonster. Nacht.

Am nächsten Vormittag tat Kowalczyk immer noch beleidigt. Er kam nur einmal ins Büro, um zu stänkern, weil der Dichtsatz für den Fendt nicht geliefert worden war, das könne ja wohl nicht sein, da müsse ich härter nachfassen am Telefon. Ich ging zur Metzgerei Faltermeier, um vier Schaschlikspieße fürs Mittagessen zu holen, weil das Kowalczyks Lieblingsspeise war. Die Gerlinde schaute mich ganz überrascht an, wahrscheinlich wegen meiner neuen Frisur und weil sie wohl damit gerechnet hatte, dass ich noch im Gefängnis saß. Sie sagte aber nichts, und ihr Otto lag für drei Tage im Krankenhaus, weil er sich mit dem Tranchiermesser fast den Daumen abgesäbelt hatte. So konnte ich ohne einen einzigen blöden Kommentar mit meinen Spießen und einem Hundeknochen abziehen.

Später stellte ich den Grill vors Werkstatttor und schob den Tisch raus in die Frühlingssonne. Ché lag ausgestreckt auf dem Teer und wärmte sein Fell. Kowalczyk wollte seine Nörgelei immer noch nicht lassen. Er deutete mit seinem Brotzeitmesser auf ihn und sagte, er verstehe einfach nicht, was an einem Hund so besonders sei. »Entweder schläft so ein Köter oder er frisst oder er scheißt.«

»Er ist halt ganz wie wir Menschen«, sagte ich.

»Aber wir machen dazwischen noch das ein oder andere.«

»Das ist ja das Problem.«

Kowalczyk nahm einen Schluck Spezi und rülpste laut. Ché erwachte aus seinem Halbschlaf und hob den Kopf. Er sprang auf und schwänzelte zur Einfahrt. Da bog Dilara zu Fuß um die Ecke. Sie trug eine pinkfarbene Hose und dazu eine Bluse mit Rosenmuster. »Mein braver Ché«, flötete sie und hob einen Teller über ihren Kopf. »Nein, das ist nicht für dich.«
Kowalczyk drehte sich auf der Bank nach hinten und glotzte. Sein Gesicht nahm einen merkwürdigen Ausdruck an, er blickte irgendwie jungenhaft und zugleich perplex drein, als sähe er zum ersten Mal in seinem Leben einen fliegenden Mähdrescher. »Hi, ihr zwei Schönen«, sagte Dilara und stellte den Teller auf dem Tisch ab. Ohne zu fragen, setzte sie sich neben mich und wuschelte mir die Haare. »Da musst du jeden Tag Gel reinschmieren, sonst schaut's gleich wieder vergammelt aus.« Mir wurde schon wieder heiß im Gesicht.
Kowalczyk glotzte.
»Das ist der Kowalczyk«, sagte ich. Er lüftete zum Gruß die Baseballmütze und strich seine Fettsträhnen nach hinten.
»Angenehm«, sagte er.
»Dilara«, sagte sie. »Baklava, selbst gemacht.« Sie deutete auf den Teller mit vier grünlichen Dingern unter einer Folie. »Rezept von der Oma.«
Dann erzählte sie, dass sie am Vormittag schon zwei Dauerwellen gelegt habe. Jetzt sei ihre Mittagspause, da habe sie sich gedacht, sie schaue mal beim Musiker vorbei. Das seien ja richtig viele Maschinen hier, ihr Onkel väterlicherseits, Nabil, der habe auch eine Werkstatt, aber eine für Mopeds.
»Ich mach keine Mopeds«, sagte Kowalczyk. Da hätte ich ihm eine reinhauen können, für eine so saublöde Bemerkung. Es war seine Sache, dass er mit Frauen offensichtlich nie was auf die Reihe bekommen hatte. Aber deshalb bauchte er mir noch lange nicht die Tour versauen.
»Ich würde mir gerne ein Moped kaufen«, log ich.

»Ich finde Mopeds scheiße, ich hätte lieber einen fetten Benz«, sagte Dilara.

»Siehst du, das Fräulein hat Geschmack«, sagte Kowalczyk. Er klopfte eine Reval aus der Packung und zündete sie an.

Dilara riss die Folie vom Teller und schob uns die grünen Dinger hin. »Probieren.«

»Wie isst man die?«, fragte ich.

»Na ja, mit dem Mund. Abbeißen, kauen, schlucken.«

Kowalczyk angelte sich eine mit seinen Ölfingern. Er roch daran.

»Honig«, sagte Dilara.

Ich schnappte mir auch eins. Noch nie zuvor hatte ich etwas Vergleichbares gegessen. So unglaublich süß, irgendwie nussig, honigtriefend. Das Zeug schmeckte so, wie Dilara duftete. Nach Mittelmeersonne. Zyperns Duft. Sie betrachtete neugierig mein Gesicht.

»Und?«

»Vorzüglich«, antwortete Kowalczyk für mich. Ich wusste gar nicht, dass er solche Wörter kannte. Er hatte noch nie gesagt, dass ihm der Aufschnitt oder der Nudeleintopf vorzüglich schmeckten.

»Lässig«, sagte ich.

Kowalczyk nahm sich ohne zu fragen gleich das nächste Baklavading.

»Ich kann türkisch kochen«, sagte Dilara. »Ich bringe euch mal wieder was mit. Euer bayerischer Fraß ist ja nicht zum Aushalten.« Sie legte das letzte Stück auf den Tisch. Um eins habe sie die nächste Dauerwelle, weshalb sie jetzt verschwinden müsse. Zum Abschied wuschelte sie mir noch einmal durchs Haar. »Gel rein.« Als sie auf die Hauptstraße bog, lief ihr Ché hinterher. Ich kommandierte ihn zurück, aber er stellte sich taub.

»Ich bringe ihn dir nach Feierabend wieder«, rief sie und verschwand hinterm Zaun.

Auf dem Tisch lag noch das letzte Stück. Ich schnitt es in zwei Hälften und reichte eine davon Kowalczyk. Wir kauten andächtig drauf herum.

»Süß«, sagte er.

Ritex

Ich war verknallt, eindeutig. Nicht so schwer wie damals in Ricarda, sondern mehr so federleicht. Es passte zum Frühlingswetter. Auf den Wiesen blühte der Löwenzahn, die Rapsfelder leuchteten gelb und abends rief der Kuckuck durch den Wald. Wenn sie mit der Arbeit fertig war, spazierte Dilara die Straße runter zu Landmaschinen Kowalczyk. Ché lief ihr entgegen, weil er auch in sie verknallt war, ich glaube, er war sogar schwer verknallt. Und auch Kowalczyk wäre in sie verknallt gewesen, wenn er 40 Jahre jünger gewesen wäre, so aber grinste er nur und begrüßte sie mit »Ah, das liebe Fräulein«, wenn sie in die Halle kam und Tüten auf dem Tisch abstellte, weil sie für uns türkisch kochen wollte. Danach speisten wir zwischen den Hebebühnen Bulgur und andere seltsame Gerichte, deren Namen ich gleich wieder vergaß.

Nach dem Essen gingen Dilara und ich über Vilgertshofers Wiese fast bis zu der Stelle, wo ich vor drei Jahren umgekippt war. Wir setzten uns ins Gras und schauten übers Land, das fett und grün dalag. Hinter dem Wald stieg die Dampfsäule des Atomkraftwerks so weit in den Himmel hinauf, dass sie sich mit den Wolken vereinigte. Ché jagte Hasen über die Felder, und wir knutschten miteinander. In den Pausen redete sie. Ich wusste inzwischen alles über ihre Familie, sofern man über eine so große Familie jemals alles wissen konnte. Eines Abends fragte sie mich, warum ich eigentlich nie was von meiner Familie erzählte. Ich sagte, dass meine Eltern tot seien und meine Schwester fünf Monate alte Zwillinge mit dem größten Trottel von Artlhofen hätte. Ich hätte außerdem noch ein paar Onkel und Tanten und Cousinen in der Gegend, aber schon lange keinen Kontakt mehr zu ihnen.

»Das ist aber verdammt traurig«, sagte sie. Das spürte ich auch zum ersten Mal, weil der Mensch, der mir am nächsten stand, ein 60-jähriger Kauz war, der selbst seine Familie verloren hatte.

»Ich habe im Moment auch bloß dich«, sagt Dilara. »Und deinen Köter.« Sie warf den Stock übers Feld und Ché rannte hinterher.

»Kommst heute zu mir?«, fragte sie, ohne mich anzusehen.

»Die Hiller bringt mich um.«

»Sie geht immer zum Sendeschluss ins Bett. Mein Zimmer ist links im Anbau. Ich lasse die Terrassentür auf.«

»Und wenn ich aufs Klo muss?«

»Ich habe ein eigenes Bad.«

Mein Herz klopfte, aber ihres auch, das spürte ich.

»Okay«, sagte ich. »Um zehn.«

Ich musste mir jetzt dringend Präser besorgen, das hatte ich von Angelika gelernt. Soweit ich wusste, gab es in Artlhofen nur einen einzigen Automaten, und zwar im Hofwirt. Aber da konnte ich mir unmöglich welche ziehen, weil der Weg zum Klo durch die Gaststube führte und schlimmstenfalls der Schachtner Manni mit seinen Freunden von den Republikanern drin herumhing. Das war eine neue Partei für Nazis, nur ohne Hitlergruß. In Landshut am Hauptbahnhof hatten sie sicher auch einen Automaten, aber mich ekelte vor dem versifften Klo. Einer Dilara war das nicht würdig. So fuhr ich ins Trash, weil dort das Herrenklo unauffällig durch den Hintereingang im Saal zu erreichen war. Als ich eintrat, war es tatsächlich leer. Ich warf zwei Mark in den Automaten und wollte schnell eine Packung *Ideal extrafeucht* ziehen. Doch die Schublade blieb auf halbem Weg hängen. Ich riss daran und drückte den Rückgabeknopf. Nichts. Dann schlug ich mit der Faust auf den Münzschlitz. Wieder nichts. Inzwischen hatte ein anderer Typ das Klo betreten. Er war besoffen, jedenfalls stand er schier endlos an der Pissrinne und rief mir zu, er habe das Problem auch schon gehabt und wisse, wie es zu lösen sei.

»Ich komm schon klar«, versuchte ich ihn abzuwimmeln, aber er zog sich den Hosenschlitz zu und trat mit einem Karatekick auf den Automaten ein. Das machte einen riesigen Radau, doch die Schublade hing immer noch fest. Nachdem er noch ein paarmal zugetreten hatte, ging die Tür auf und der Wolfi kam herein.

»Ja, habt ihr einen kompletten Vogel«, stauchte er uns zusammen.

»Der Präser hängt fest«, lallte der Besoffene. Da erst erkannte Wolfi mich mit meiner Depeche-Mode-Frisur.

»Vinz, wie schaust du aus und was machst du hier?«

»Ich wollte mir einfach eine Packung Präser kaufen. Nur so aus Interesse. Nichts Konkretes.«

»Aber der Automat ist kaputt«, mischte sich der Besoffene wieder ein. Wolfi zog genervt die Augenbrauen hoch. »Ich hole den Schlüssel«, sagte er und verschwand. Fünf Minuten später kam er tatsächlich mit dem Schlüssel zurück und öffnete die Vordertür des Automaten.

»Da ist ein Bolzen unter dem Fallschacht ausgeleiert«, sagte er und fing an, dran rumzuhantieren. Nach einer Weile fummelte er den Zwickel raus und sperrte den Automaten zu. Jetzt ließ sich auch die Schublade wieder zurückschieben. Wolfi warf noch einmal die Münze in den Schlitz und sagte: »Pronto, welche Sorte wolltest du?«

»Irgendeine«, sagte ich flehend. »Mir pressiert's jetzt wirklich.«

»Nimm die bunten«, empfahl der Besoffene und zog die Schublade im gleichen Moment für mich heraus.

Ich steckte die Packung ein und wollte schleunigst verschwinden. Da hielt mich der Wolfi an der Schulter fest.

»Ich habe mit der Staatsanwältin Klingenstein geredet. Sie werden das Verfahren gegen dich wahrscheinlich gegen eine Geldauflage einstellen. Für die beiden Damen sieht es aber schlecht aus. Die Bullen haben auch noch eine ganze Reihe von ihren Dealern hochgenommen.«

»Und die Silke?«

»Entzugsklinik.«

»Ich muss leider wirklich los«, sagte ich.

Wolfi grinste. »Gut schaust aus. Hast noch was vor? Ich wünsche Dir jedenfalls einen schönen Abend.«

Es war schon nach zehn, als ich über den Gartenzaun von der Frau Hiller stieg. Ich hatte bei ihr in der Grundschule Religion gehabt, weshalb ich besonders vorsichtig war. Sie verteilte noch mehr und noch härtere Watschen als der Pfarrer Willi, allerdings nahm sie ihren Opfern zuvor die Brille ab, damit bei der Züchtigung kein Sachschaden entstand. Ich schlich zur Terrassentür, die nur angelehnt war. Drinnen war es so finster, dass ich im ersten Augenblick nichts erkennen konnte.

»Dilara?«, flüsterte ich.

»Ein Einbrecher«, flüsterte sie zurück.

»Wo bist?«

»Im Bett.«

Ich tastete mich an einem Einbauschrank entlang in Richtung ihrer Stimme, bis ich mit dem Schienbein an ihren nackten Fuß stieß, den sie aus dem Bett streckte.

»Ausziehen«, befahl sie. Ich ließ meine Klamotten auf den Teppichboden fallen und kroch zu ihr unter die Decke. Mich fror so sehr, dass ich zitterte. An ihr war alles weich und warm. Sie duftete nach ihrem Früchteparfüm, aber ihr Nacken roch nach Geheimnis und Dunkelheit, nach Erde und Moos, nach Dilara, in die ich eintauchte wie ein Delfin ins Meer vor Izmir oder Zypern.

»Kondom«, raunte ich, weil ich mich einen Moment lang dann doch an den Ratschlag von Angelika erinnerte.

»Ja«, sagte sie. Ich kramte mit der linken Hand in meiner Jacke herum, aber es dauerte eine Weile, bis ich die verdammte Packung gefunden hatte. Dann bekam ich sie nicht auf und Dilara musste die Nachttischlampe anknipsen. »Lass mich das mal machen«, sagte sie und nahm mir die Präser ab. »Bunte Mischung«, las sie halblaut vor.

»Gab nichts anderes.«

Sie zog einen heraus und löschte das Licht.

»Ich glaube, das ist ein roter«, sagte sie.

»Meine Lieblingsfarbe«, sagte ich.

Danach stieg ich mehrmals die Woche über den Zaun von Frau Hiller. Wir waren ein fast lautloses Liebespaar. »Pssst«, mahnte sie mich, wenn ich auch bloß einmal kurz stöhnte. Sie selbst biss ins Kissen, wenn sie einen Orgasmus bekam, und sie biss oft ins Kissen, denn so unbeschwert, wie sie lebte, so liebte sie auch. Einmal erinnerte ich mich mittendrin an den Spruch von Angelika, dass ich endlich mein Kreuz loslassen solle, aber weder das eine Mal mit ihr noch die Kapseln oder die Rache an Willi hatten mich von der ewigen Scham und Schuld erlösen können. Dafür musste mir erst eine Friseurin aus Izmir über den Weg laufen. Dilara interessierte sich nicht für Politik und schon gar nicht für den Kampf gegen die WAA. Sie hörte Depeche Mode und andere schreckliche Musik. Sie hatte in ihrem Leben nicht ein einziges Buch gelesen. Aber trotzdem spürte ich, dass sie mir in fast jeder Hinsicht überlegen war.

Ich konnte nie bis zum Morgen bei ihr bleiben, sondern musste mich immer mitten in der Nacht zurück durch den Garten schleichen und durch Artlhofen huschen wie ein Einbrecher auf der Flucht. Manchmal schliefen wir nebeneinander ein, dann wachte ich im Morgengrauen auf, eine gefährliche Zeit, zu der schon die Frau Mannert im Ort unterwegs war, um die Zeitung auszutragen. Zweimal lief ich ihr über den Weg und grüßte betont freundlich mit einem »Guten Morgen«, aber die Mannert wusste nur zu gut, wer sich warum auf den menschenleeren Straßen herumtrieb. Ich ölte die Tür zur Werkshalle, um Kowalczyk nicht aufzuwecken, trotzdem maulte er herum, er sei ja froh, dass ich eine Liebste gefunden habe. Nur leider schleiche sich jedes Mal der Hund in sein Bett, wenn ich wieder ausgeflogen sei. Er könne den Köter nicht leiden und komme sich verarscht vor, dass er neben einem Stinktier schlafen müsse, während ich mich mit meiner Freundin vergnüge.

»Aber wir haben es beide wenigstens schön warm«, sagte ich, worauf Kowalczyk drohte, er werde mir gleich den Schraubenschlüssel nachschmeißen.

Horst oder Heinz

Die Sache mit meiner Familie und speziell mit meiner Schwester ließ Dilara keine Ruhe. Zweimal habe sie der Elvira schon eine Dauerwelle gelegt. Frisurmäßig sei sie zwar nicht auf dem neuesten Stand, da helfe auch gutes Zureden nicht, aber sonst finde sie meine Schwester voll okay. Der Schachtner dagegen wolle nur immer die gleiche Bürstenfrisur mit der Maschine und starre ihr im Spiegel dauernd auf die Titten. Außerdem frage er jedes Mal, woher sie komme, und neulich habe er auch noch damit angefangen, dass Ausländer den Deutschen die Arbeitsplätze klauten. Sie habe ihm dann den Rasierapparat die Hand gedrückt und gesagt, er könne sich gerne die Haare selber schneiden, worauf der Manni dann geantwortet habe, dass er das nur so ganz allgemein gesagt habe, weil sie definitiv eine optische Bereicherung fürs Land sei.

»Ein Wichser vor dem Herrn«, sagte ich im Flüsterton.

»Deine Schwester tut mir leid«, fing sie wieder an.

»Mir nicht.«

»Es ist deine Pflicht als Bruder, sich um sie zu kümmern.«

»Deine beiden Brüder kümmern sich auch nicht um dich, zum Glück.«

»Sie rufen zweimal die Woche an. Aber sie haben noch nie gefragt, mit wem ich ins Bett gehe, falls du das meinst.«

»Meine Schwester kann mich mal. Außerdem schuldet sie mir noch 70.000 Mark.«

»Sexstreik«, flüsterte Dilara. Sie zwickte mich in den Hintern.

»Wie?«

»Solange du nicht bei ihr warst, wird nicht mehr gevögelt.«

»Du türkische Erpresserin«, säuselte ich und zog sie zu mir, aber sie drückte mich weg. Sie meinte es ernst. Ich ging beleidigt nach Hause. Am nächsten Tag kam Dilara nicht zum Essen vorbei. Kowalczyk machte ein besorgtes Gesicht und sagte, ich solle doch mal im Salon Adelwarth nachfragen, was da los sei. »Da ist gar nichts los«, schnaubte ich.

Am Nachmittag fuhr ich rauf zum Siedlerweg, weil um diese Uhrzeit das Risiko, dem Manni wieder in die Bodybuilderarme zu laufen, am geringsten war. Ich stieg die Treppen zur Haustür hinauf und läutete zweimal. Die Klingel klang genauso penetrant wie immer. Kein Gong oder so, sondern einfach nur ein schrilles Riiiiing, Riiiiing. Nach ein paar Sekunden hörte ich Schritte näher kommen. Elvira öffnete die Tür einen Spaltbreit und beäugte mich ungläubig.
»Ich Bruder«, sagte ich und klopfte mir auf die Brust.
»Du willst bloß Geld«, sagte Elvira.
»Das auch«, gab ich zu. »Aber erst reden.«
»Worüber?«
»Dies und das.« Aus dem Hausgang hinter ihr drang Kindergebrabbel.
»Und meine Neffen sehen«, fügte ich hinzu, was zumindest nicht ganz gelogen war.
Endlich machte sie mir die Tür auf und blickte mich vorwurfsvoll an. »Das glaubst du doch selber nicht.«
Zum Glück tönte aus dem Wohnzimmer plötzlich ein schriller Schrei, weshalb Elvira mich für einen Moment vergaß und nach hinten eilte. Ich trat vorsichtig ein und blickte nach links in die Küche, die noch exakt genauso aussah wie vor zwei Jahren, nur die Tablettenschachteln und die Hefte auf dem Tisch waren verschwunden. Auch das grüne Telefon stand noch akkurat auf dem Kästchen mit der Häkeldecke im Flur. Im Wohnzimmer dagegen herrschte ein Riesendurcheinander. Ein Laufstall

nahm den größten Teil der freien Fläche vor der Schrankwand ein. Auf dem Glastisch standen etliche Nuckelflaschen und leere Gläser mit Babynahrung. Auf dem Boden verstreut lagen Puppen, Holzautos und undefinierbares Zeugs. Elvira saß auf dem Sofa mit einem plärrenden Kind im Arm, während das andere versuchte, sich am Kissen hochzuziehen. Ich ließ mich in den Sessel fallen, den sie zur Seite gerückt hatte, um Platz zu schaffen.

Statt des Botticellis hing jetzt ein riesiges Kitschbild mit einem Sonnenaufgang an der Wand.

»Neu?«, fragte ich.

»Das hat mir der Herr Schachtner zur Geburt geschenkt.«

»Der Schwiegervater, da schau her.«

»Nein, der Manfred.«

»Ihr wart doch mal per Du.«

»Das war mal. Aber …« Weiter kam sie nicht, weil ihr der Bub beim Reden seine Hand in den Mund schieben wollte. Sie drehte den Kopf weg, da fing er wieder an zu plärren. Genau in dem Moment fiel der andere auf seinen Windelarsch und schrie jetzt auch, und zwar so laut, dass ein Gespräch nicht möglich war.

»Wie heißen die beiden eigentlich?«, rief ich ins Geplärre hinein.

»Horst und Heinz.«

Als ob sie meine Gedanken lesen könnte, fügte Elvira hinzu, das sei die Idee vom Herrn Schachtner gewesen und nicht ihre. Die Zwillinge hießen nicht nur blöd, sie schauten auch ganz wie der Manni aus. Auf ihren Köpfen wuchsen rotorange Löckchen, und schon jetzt hatten sie das breite Betonwerksgesicht ihres Vaters.

»Beide ganz der Papa«, rief ich. »Was ist eigentlich mit dem?«

»Der ist abgehauen vor zwei Monaten. Er hat gesagt, dass ihm das zu viel wird und er eine Auszeit braucht.«

In dem Punkt konnte ich ihn irgendwie verstehen. Der Horst oder Heinz, der auf dem Boden saß, robbte jetzt mit einer erstaunlichen Geschwindigkeit in Richtung Wohnzimmertür. »Halt ihn auf«, bat mich Elvira. Ich folgte ihm und hob ihn hoch, was ihm überhaupt nicht gefiel. Seine Windel stank nach Scheiße, die in einem wässrigen Streifen am rechten Bein runterlief.

Elvira pflanzte den anderen Horst oder Heinz in den Laufstall und nahm mir den Stinker ab. Sie legte ihn auf eine Decke am Boden und riss die Windel auf. Ich betrachtete das Ölgemälde. Sonnenaufgang über einem Science-Fiction-Meer. Ohne Umschweife kam ich zur Sache.

»Der Manni hat die Geschichte mit der Zeitung und dem Schlaganfall von der Mama bloß erfunden. Das Weihwasser hat er im Bad eingefüllt.«

»Woher willst du das wissen?«, fragte Elvira, während sie die Kacke von Horsts oder Heinz' Hintern abwischte.

»Der Pfarrer Euler hat es mir verraten. Manni hat es bei ihm gebeichtet.«

Sie hielt inne und blickte mich erschrocken an. »Der Bruch des Beichtgeheimnisses ist eine Todsünde. Spinnt der?«

Ich zuckte mit den Schultern. »Der Euler ist der erste Pfarrer, den ich cool finde. Muss aber unter uns bleiben.«

»Was hat er sonst noch alles gebeichtet?«, wollte die Elvira wissen. »Das war sicher nicht alles.«

»Keine Ahnung«, antwortete ich wahrheitsgemäß. »Was hast jetzt vor ohne den Herrn Schachtner?«

»Das siehst doch«, sagte sie. »Windeln wechseln.« Sie legte den Horst oder Heinz zu seinem Bruder und setzte sich aufs Sofa. Dann nahm sie einen Schluck Wasser und fing zu heulen an. Sie erzählte, dass manchmal die Tante Mechthild zum Helfen vorbeischaue, den Job im Betonwerk sei sie jetzt natürlich los, aber wie solle sie als Bürokauffrau mit zwei Kindern jemals wieder Arbeit finden. Und der Herr Schachtner laufe schon wieder anderen Weibern hinterher, und überhaupt hänge er neuerdings mit den Republikanern beim Hofwirt rum.

Wie sie da so saß, dachte ich mir, dass mir die Elvira zeitlebens fremd war und ich im Grunde genommen nichts von ihr wusste. Sie tat mir leid, aber sie kam mir zugleich so naiv und auf eine Art fast dämlich vor, wie sie dem Schachtner auf den Leim gegangen war und den Sprüchen von Onkel Willi beim Mittagessen.

»Was schaust mich so an?«, wollte sie wissen.

»Du bist mir so fremd«, sagte ich.

Sie schnäuzte sich und blickte mich aus verweinten Augen an.

»Sei ehrlich, haschst du noch?«

Ich verdrehte die Augen und blickte zur Decke. »Elvira, ich glaube, du solltest dir auch mal einen drehen.«

Horst und Heinz saßen im Laufstall und glotzten uns an.

»Das Schlimmste ist«, sagte sie mit tonloser Stimme, »dass ich die Kinder im Grunde hasse.«

Ich verspürte den Drang, einfach aufzustehen und zu gehen. Die vergangenen zwei Jahre waren für mich obermies gelaufen, so schien es mir jedenfalls. Dass es aber meiner Schwester offensichtlich noch schlechter ging, das überforderte mich.

»Ach, das gibt sich schon noch«, sagte ich. »Nach der Geburt sind Mütter oft schlecht drauf, das habe ich irgendwo gelesen.«

Ich stand auf und sagte, dass ich noch vor fünf Uhr dringend Ersatzteile bestellen müsste, der Kowalczyk warte da schon drauf. Elvira begleitete mich zur Tür.

Auf dem Treppenabsatz drehte ich mich noch einmal um.

»Wegen dem Geld. Gibt mir einfach 50.000 Mark und Schwamm drüber.« Sie nickte.

»Das mit dem Manni tut mir leid«, sagte sie. »Schwör, dass das stimmt.«

»Ich schwöre bei der heiligen Mutter von Wigratzbad.«

Danach fuhr ich sofort zum Salon Adelwarth, wo Dilara gerade Haare zusammenfegte.

»Ich war dort, sogar fast eine Stunde lang.«

Ihr Schmollgesicht hellte sich auf. »Was machst heute Abend?«, fragte sie.

Drei Tage später meldete sich die Sparkasse Ergolfing bei mir, der Herr Steininger würde sich gerne mal mit mir unterhalten. Ich dachte an das Fest und dass danach zerbrochene Bierflaschen im Pool lagen und auch noch ein paar andere Dinge etwas in Unordnung geraten waren. Und dann fiel mir wieder der Moment ein, als das Lichtwesen mit seinem durchsichtigen blauen Badeanzug an den Beckenrand trat. Aber das war alles schon mehr als drei Jahre her und damit verjährt. Während ich noch grübelte, was der Steininger von mir wollte, sagte die Sekretärin, es gehe um meine Geldanlage.

»Geldanlage?«

»Um die 50.000 Mark auf Ihrem Konto.«

Mir wurde heiß. 50.000. Elvira hatte die Kohle tatsächlich überwiesen.

Rot

Im Sommer rief der Albert bei mir im Büro an. Er sei jetzt
entlassen worden und trotz mehrerer Wochen mit Ivo in der
Zelle auch geistig noch bei erstaunlich guter Gesundheit. Von
ihm solle er mir einen schönen Gruß ausrichten, ich schulde
ihm immer noch die 50 Mark für die Rechtsberatung. Albert
gab mir Ivos Kontonummer durch und sagte dann, dass er
eigentlich wegen etwas anderem anrufe. Er baue jetzt seinen
Autohandel wieder auf, dieses Mal aber hoch seriös. Nur noch
deutsche Sportwagen mit sauberen Papieren und scheckheftge-
pflegt. Kundschaft mit bester Bonität. Das habe er auch schon
seinem Bewährungshelfer so gesagt, der finde die Idee ebenfalls
gut. Deshalb wolle er jetzt den Alfa Romeo Spider loswerden,
weil der nicht mehr ins Portfolio passe. Falls ich noch Interesse
hätte, für 5000 Mark in bar und ohne Rechnung sei er zu
haben.
»Farbe?«, fragte ich.
»Rot, was sonst.«

Ich ging auf den Hof und betrachtete meinen Commodore. Ich
hatte mich an ihn gewöhnt, wie ich mich zum Beispiel daran
gewöhnt hatte, dass es beim Duschkopf in Kowalczyks Bad zur
Seite rausspritzte oder das Verstärkerkabel einen Wackelkontakt
hatte. Wenn ich mich besonders verloren fühlte, dann kam mir
der Commodore sogar manchmal wie mein Gutes Zimmer vor.
Er war einfach da, und das schon seit 1974, als ihn mein Vater
beim Händler in Landshut abgeholt hatte und die Sitzlehnen
noch in durchsichtigen Plastikhauben steckten. Mal abgesehen

von den Beulen, die mir Dietrich reingetreten hatte, fraß sich der Rost entlang der Radläufe und Türen ins Blech. Drinnen stank es nach Ché und seinen Hundefürzen und einem Hauch Schimmel, weil bei Regen neuerdings Wasser in den Fußraum tropfte, wo es erst den Teppich durchtränkte, um dann durch ein Loch im Boden wieder zu verschwinden. Auf der beigen Rückbank zeichneten sich dunkle Flecken ab und den Auspuff- topf hatte ich mit einem Draht an die Stoßstange gebunden.

Beim Mittagessen erzählte ich Kowalczyk und Dilara von Al- berts Angebot. Bei einem Cabrio gebe es nichts zu diskutieren, das müsse man einfach sofort kaufen, befand Dilara.

Kowalczyk tauchte das Brot in die Tomaten-Auberginen-Soße mit Oliven ein.

»Ein Fahrzeug von einem Straftäter und noch dazu ein Alfa Romeo, da muss man die Finger von lassen.«

Er immer mit seiner Miesepeterei. »Der Albert ist ein netter Kerl«, sagte ich. »Außerdem war ich auch schon im Gefängnis.«

»Aber wegen Dummheit und nicht wegen Hehlerei«, gab Kowalczyk zurück.

»Rot ist total geil«, sagte Dilara.

Am Sonntag fuhren wir zu viert nach Holzen, einem Weiler in der Nähe von Buchach, wo der Albert wohnte. Obwohl er den Weg am Telefon genau beschrieben hatte, fanden wir nicht hin, und ich musste an einem Bauernhaus klingeln, um zu fragen. Als ich der Frau die Adresse nannte, sah sie mich verächtlich an. Der Albert Spielmannsberger wohne draußen beim Schin- derhäusl, der Feldweg zweige gleich hinter der Kapelle ab. Er sei der gleiche Lump und Verbrecher wie sein Vater und gerade erst aus dem Landshuter Zuchthaus entlassen worden. Was wir da wollten?

Ich sagte, ich sei sein Zellengenosse in Landshut gewesen und wolle ihm einen Besuch abstatten. Die Bäuerin fuhr mich an, ich solle mich mit der ganzen Saubagage schleichen, bevor sie den Hund rauslasse oder ihren Buben hole. So zog ich schleunigst ab, aber immerhin fanden wir danach den richtigen Weg, der durch einen Wald führte, hinter dem ein Häusl in Sicht kam, das so schäbig aussah, dass sich sogar der Brennerhof im Vergleich dazu wie eine Millionärsvilla ausnahm. Das Dach saß so windschief auf den niedrigen Mauern, als ob es jederzeit einstürzen könnte. Daneben stand ein morscher Schupfen mit einem Anhänger davor, auf dessen Ladefläche Moos wuchs. Ein Brennnesselberg markierte die Stelle, wo früher mal der Misthaufen war. »Das ist ja fürchterlich«, sagte Dilara, die den Kopf zwischen die Vordersitze steckte. »Ich dachte, der hätte einen Autohandel.«

Da ging schon die Haustür auf und Albert mit seinen schwarzen Lockenhaaren trat ans Auto. Er trug eine Jeans und dazu ein weißes Feinrippunterhemd, unter dem sich ein Bauchansatz wölbte. Im Gefängnis war er mir noch sportlich vorgekommen. Als ich ausstieg, umarmte er mich so herzlich, als ob ich mit ihm zehn Jahre gesessen hätte, dabei war es doch nur ein Wochenende gewesen. Dilara zögerte zwei Sekunden, bevor sie ihre weißen Reeboks in den Staub setzte, aber auch sie drückte der Albert wie eine alte Bekannte. Zuletzt stieg Kowalczyk aus. Er behielt seine beiden Hände tief im Overall vergraben und sagte nur »Servus« zu Albert.

»Das ist hier alles ein bisschen vergammelt«, entschuldigte sich der Albert. »Schließlich war ich fast ein Jahr im Urlaub.« Er lachte verlegen. Ché schnüffelte am Misthaufen herum. Dilara kaute an ihrem Kirschkaugummi. Kowalczyk zündete sich eine Reval an.

»Kaffee?«, fragte der Albert.

»Erst Auto«, beschied ihm Kowalczyk.

»Ja dann«, sagte Albert und marschierte voran zum Schuppen. Er zog die Tür auf. Die Werkstatt war picobello aufgeräumt, was so überhaupt nicht zum Schinderhäusl passte. Sogar den Boden hatte er anscheinend frisch gefegt. Der Spider stand mit einer grauen Plane verhüllt über einer Grube, doch Kowalczyk inspizierte erst einmal Schlüssel und Schraubenzieher, die sortiert an der Wand hingen.

»Innenlager-Abzieher«, sagte Albert.

»Bin ja nicht blöd«, gab Kowalczyk zurück und tat recht missgelaunt. Ich hatte aber keine Lust auf ein Fachgespräch und sagte dem Albert, dass er jetzt langsam mal das Geschenkpapier von der Kiste runternehmen solle. Er zog die Plane vom Spider und fuhr ihn auf den Hof.

Der rote Lack funkelte in der Sonne, die polierten Chromleisten blitzten. Ich setzte mich rein. Innen roch der Alfa nach Ledercreme und Cockpitspray. »Benzina« stand auf einer der Anzeigen, »Acqua« auf einer anderen.

Kowalczyk ließ sich währenddessen von Albert den Fahrzeugbrief zeigen. Da war ein Vorbesitzer aufgeführt, ein Herr Oldenhoff aus München. Ich musste die Motorhaube entriegeln, damit er die eingestanzte Fahrgestellnummer abgleichen konnte, dann händigte er ihn wieder an Albert aus. Ich strich mit der Hand übers Holzlenkrad. Es fühlte sich warm an. Glatt. Sündig. Nutzlos. Gebaut, um damit Spaß zu haben. Eine Art Fledermausanzug auf vier Rädern. Bei mir meldete sich das schlechte Gewissen, von dem ich dachte, ich hätte es im Beichtstuhl beim Euler zurückgelassen. Durfte der frühere Oberministrant Vinzenz Bachmaier ein so verdorbenes Auto fahren? Mit einer türkischen Friseuse auf dem Beifahrersitz? Genauso gut hätte ich in Artlhofen eine Lautsprecherdurchsage machen können: »Achtung, Achtung! Ich habe vorehelichen Geschlechtsverkehr, was schlimm genug ist, aber ich pfeife obendrein auch noch auf Klassenkampf und Umweltschutz, weil ich ein hedonistisches Schwein bin und deshalb wahrscheinlich bald FDP wählen werde. Ich danke für Ihre Aufmerksamkeit.«

Nein, so ein Spider war unmöglich, ich sollte mir vielleicht doch den Ford Escort für 1500 Mark und frischem TÜV holen, der seit drei Monaten in Landshut vor der Schlosserei Kreitmayer zum Verkauf stand.

Dilara legte mir ihr Kinn auf die Schulter. »Ich bin total verliebt«, hauchte sie mir ins Ohr.

»In mich?«

»In den roten Lack.«

Kowalczyk beugte sich tief über den Motor, er hatte sogar eine Taschenlampe mitgebracht, mit der er jeden Winkel ausleuchtete, während Albert unentwegt sein Auto anpries.

»Kein Rost, nirgends. Nicht mal an der Türkante. Der ist sogar hohlraumversiegelt. Motor trocken. Kraftstoffpumpe neu. Verdeck dicht.«

»Aussteigen«, befahl Kowalczyk. »Wir machen eine Probefahrt. Ihr zwei bleibt da.«

»Ist das jetzt eigentlich mein Auto oder deins?«, wollte ich von ihm wissen, aber Kowalczyk zwängte sich schon hinters Lenkrad und winkte den Albert auf den Beifahrersitz. Sie rauschten über den Feldweg davon. Eine Staubfahne zog hinter ihnen über die Wiesen.

Es wurde still. Mücken summten.

»Ach, Scheiße.«

Dilara schlug um sich. Wir gingen den Feldweg entlang spazieren. Ich brach einen Birkenast ab und wedelte damit die Viecher über Dilaras Kopf weg. Ché umschwänzelte uns. Er pinkelte mal hierhin, mal dorthin.

»Dieser Albert ist eine arme Sau«, fing sie an. »Da heraußen so ganz alleine. Und von wegen Autohandel. Er hat bloß den Spider.«

»Aber der ist cool.«

Sie redete einfach weiter, das machte sie oft so, weshalb ich mir manchmal dachte, wenn wir heiraten würden, dann müsste ich ihr vielleicht beibringen, dass sie auch mal Pausen beim Quasseln einlegen sollte, aber das würde ich nur ganz vorsichtig formulieren, weil sie sonst überhaupt nichts mehr reden und schlimmstenfalls Schluss machen würde. Irgendeine Art Mittelweg, das müsste doch möglich sein.

»… aber man sieht dem Albert an, dass er im Grunde ein ehrlicher Mensch ist. Das spüre ich bei jedem. Ich brauche bloß in den Frisierspiegel schauen. Dann weiß ich, wen ich vor mir habe. Sofort.«

»Und das hast du bei mir auch gesehen?« Wir blieben stehen.

»Bei dir habe ich sofort gesehen, dass du total versaut bist.«

Sie biss mich in die Wange.

»Wenn ich den Spider kaufe, fährst du dann mit mir zum Gardasee? Wir nehmen sogar ein Hotel, schließlich bin ich jetzt reich.«

Sie klimperte mit ihren falschen Wimpern. »Könnte schon sein.«

Eine halbe Stunde verging, bis die Staubfahne die Rückkehr von Albert und Kowalczyk ankündigte. Sie hatten das Verdeck runtergeklappt und die Stereoanlage aufgedreht. *Servus, mach's guad und verlier net den Muat*«, trällerte Nicki in voller Lautstärke. Kowalczyk stellte den Motor ab. Die beiden blieben im Auto sitzen.

»Hey, wart ihr in München oder was?«, motzte Dilara. »Voll heiß hier.«

Kowalczyk trommelte mit den Händen auf dem Holzlenkrad rum, was mir wie eine eigenartige, fast kindische Geste bei ihm vorkam.

»Jetzt sind wir dran«, sagte ich, aber Kowalczyk winkte ab, er habe jetzt leider keine Zeit mehr, ohnehin habe er alles Nötige bereits mit dem Albert besprochen.

»Aha«, sagte ich.

»Das Fahrzeug ist in einem akzeptablen Zustand«, verkündete er. »Nur der Preis ist völlig unrealistisch.«

Albert saß in seinem Feinrippunterhemd daneben, auf seinem Gesicht zeichnete sich ein Sonnenbrand ab. Über den Preis könne man unter Umständen noch reden, aber es hätten schon mehrere Interessenten angerufen. Unter 4500 Mark könne er auf keinen Fall gehen.

Statt mit ihm zu verhandeln, sagte Kowalczyk lediglich, dass er sich bei ihm telefonisch mit einem Angebot melden werde. Albert wirkte geknickt. Jetzt habe er den Spider völlig umsonst gewaschen.

Auf der Rückfahrt fragte ich Kowalczyk, was das für ein seltsamer Auftritt von ihm gewesen sei.

Kowalczyk befand, da sei gar nichts seltsam. Der Albert habe ihm bei der Ausfahrt gestanden, dass der Spider sein eigenes Auto sei und er ihn verkaufen müsse, weil ihm die Gläubiger im Nacken säßen. Deshalb habe er mit Albert ausgemacht, dass er am Mittwoch bei ihm auf Probe als Mechaniker anfange, für die Fahrt zur Arbeit könne er ja den Commodore nehmen.

»Wahnsinn«, seufzte ich.

»Du zahlst ihm 3500 Mark und schenkst ihm dein Auto, das ist ein fairer Handel«, sagte Kowalczyk, aber es klang wie ein Befehl.

Dilara strich ihm von hinten über seine Baseballmütze. »Du bist voll süß, Alter.«

Da überkam Kowalczyk plötzlich einer seiner Reval-Hustenanfälle, aber diesmal ein ganz schlimmer, denn es mischte sich eine Art Baritonlaut darunter, ein Oaaaahaaahaaaa. Das kam mir so fremd vor, dass ich ihn ganz erschrocken von der Seite anblickte, weil ich einen Moment lang befürchtete, er habe den Verstand verloren. Womöglich war irgendeine Erinnerung aus seiner KZ-Zeit in ihm aufgestiegen. Oaaaahaaahaaaa. Es schüttelte ihn regelrecht durch in seinem Overall, Tränen schossen ihm in seine Augen, und da merkte ich erst, dass er lachte. Ich hatte ihn noch nie lachen gesehen.

»Echt jetzt«, setzte Dilara hinzu und schlug ihm mit der Faust sanft auf den Kopf.

Und Kowalczyk lachte.

Lago

Mein Leben hatte jetzt wieder eine Perspektive, und die hieß Gardasee mit Alfa und Dilara. Im Reisebüro Riedmüller in Landshut blätterte ich den Katalog durch und entschied mich für die Pension Sole direkt am Hafen von Limone. Frau Riedmüller schwärmte mir vor, sie fahre schon seit 20 Jahren nach Limone, das sei so was von zauberhaft, da schnallst du total ab, da springt dir voll der Draht aus der Mütze. Sie tippte die Reservierung in ihren Computer und ich musste sage und schreibe 78 Mark für zwei Nächte im Doppelzimmer und fünf Mark Bearbeitungsgebühr zahlen. Aber das war es mir wert.

Ich wollte schnell noch bei der Boutique vorbeischauen, um mir noch mehr coole Dilara-Klamotten zu kaufen, da hielt neben mir der Fünfer-BMW vom Kandler. Er ließ das Fenster auf der Fahrerseite runter. Sein grundmüdes Gesicht kam zum Vorschein.

»Bachmaier, ich möchte dir mal was persönlich sagen. Gewissermaßen außerdienstlich. Privat.«

Ich blieb stehen. Gleich würde es wieder eine Ansprache geben. Und während ich noch überlegte, wer mir alles schon ungefragt Ratschläge oder Ermahnungen erteilt hatte, fing er auch schon an damit.

»Dass du hier frei herumspazieren darfst in der Stadt, das ist die größte Sauerei, die es gibt. Wenn es nach mir ginge, dann würde der Staat Typen wie dich ins Arbeitslager sperren. Aber ich sag dir eins: Ich bin noch lange nicht fertig mit dir und deinen Terroristenfreundinnen.«

»Bist sauer, Kandler, weil du dich vor Gericht so blamiert hast?«

Statt einer Antwort surrte der Fensterheber und er fuhr wieder los. Ich bekam gerade noch die Antenne hinten zu fassen und knickte sie um. Anscheinend hatte Kandler es nicht mal gemerkt, denn der Fünfer fuhr die Gasse hinunter, wo er am Ende nach rechts abbog und verschwand.

Trotzdem fürchtete ich zwei Tage lang, dass der Kandler in der Werkstatt auftauchen und mich wegen Sachbeschädigung festnehmen würde. Stattdessen stand am Mittwoch um 6.45 Uhr Albert vor der Tür, im frisch gebügelten Overall.

Er roch noch schlimmer als Kowalczyk nach Rasierwasser und hatte sich zusätzlich fett Gel in seine Haare geschmiert. Kowalczyk gab ihm nicht mal die Hand, sondern führte ihn gleich durch die Werkstatt.

»Hofmann-Hebebühne«, sagte Albert. »Stark.«

»Hebebühne halt«, sagte Kowalczyk. Er deutete auf ein Deutz-Mähwerk. »Teller klemmt, muss man austauschen oder ausrichten. Kannst du das?«

Der Albert tat ganz beflissen. »Sowieso.«

»Ja dann.«

»Pause ist um neun Uhr«, sagte ich, weil ich auch irgendwas beitragen wollte.

Ich zog mich ins Büro zurück und beobachtete die beiden durchs Fenster vor dem Schreibtisch. Der Albert schraubte am Mähwerk, während Kowalczyk draußen mit einem Kunden über dessen Heulader diskutierte.

In der Brotzeitpause saßen wir zu dritt am Biertisch, aber keiner sagte ein Wort. Mittags kam Dilara und fuhr dem Albert mit der Hand durchs Haar. »Zu viel Gel. Nimm lieber Wachs. Und ein anderes Deo.«

Wir kochten Spaghetti mit Joghurtsoße. Beim Essen verriet ich, dass ich schon eine Pension in Limone gebucht hätte. Dilara warf mir dafür eine Kusshand zu. Kowalczyk schwieg weiter, aber wenigstens der Albert taute auf und erzählte endlos vom

Urlaub mit seiner Freundin in Rimini vor zwei Jahren, wo er den Bürgermeister von Buchach in einer Eisdiele getroffen habe, zufällig. Der Wahnsinn.

Am Nachmittag winkte Kowalczyk den Albert zu sich. Ich beobachtete, wie er ernst auf ihn einredete. Dann wusch Albert sich die Hände am Waschbecken, ging raus zum Commodore und fuhr davon.

Kowalczyk holte sich ein Bier aus dem Kühlschrank und trat ins Büro.

»Du hast ihn rausgeschmissen«, sagte ich.

»Ich habe ihn eingestellt«, antwortete er. »Der Albert ist ein Topmechaniker.« Er rülpste. »Jetzt Feierabend. Spritztour.«

In letzter Zeit kam mir Kowalczyk immer merkwürdiger vor. Ich vermutete, dass es was mit dem Essen und Dilara zu tun haben musste oder mit dem Hund oder was weiß ich.

»Kannst du auch mal einen ganzen Satz sagen?«, fragte ich.

Er zeigte auf den Spider. »Ausflug.«

Eigentlich wollte ich, dass bei meinem ersten Ausflug Dilara neben mir saß. Aber Kowalczyk ließ sich nicht abwimmeln. So fuhren wir bei Nieselregen durch die Gegend, ich musste auf sein Geheiß hin sogar noch das Verdeck aufmachen. Hinten schnappte Ché im Fahrtwind nach Regentropfen und hielt den Kopf in den Wind, aber ich stellte mir einfach vor, dass ich am Gardasee entlangfuhr, von Torbole bis nach Sirmione, das hatte ich mir auf der Karte schon alles genau angesehen.

Senza di te

Ich ging durchs Gartentor hinein, schließlich kam ich dieses Mal ausnahmsweise nicht zum heimlichen Vögeln, sondern ganz legal und gentlemanlike, um mit meiner Herzdame in den Süden zu reisen. Das hatte Stil, da dürfte mich die alte Hiller ruhig sehen. Den Weg zur Terrassentür kannte ich inzwischen auch mit geschlossenen Augen, doch als ich sie aufschob und dabei wie immer leicht anhob, damit sie nicht knarzte, sah ich im ersten Moment nur das abgezogene Bett. Ich klopfte an die Badezimmertür.

»Vinzenz«, hörte ich eine Stimme sagen, aber es war nicht die von Dilara, sondern die von Frau Hiller, die hinter mir in der Terrassentür stand. In meinem Kopf machte sich eine Blutleere breit, eine Ahnung, dass irgendwas Schreckliches passiert sein musste. Vielleicht war Dilara von einem Auto überfahren worden oder gestorben oder was weiß ich. Vielleicht hatte sie sich in einen anderen Typen verliebt, der einen fetten Benz fuhr. Die Hiller hielt mir ein Kuvert hin, mehr so länglich, wie die von der Sparkasse Ergolfing, die ich neuerdings regelmäßig zugeschickt bekam. Aber wo sonst das Sichtfenster war, stand nur »Für Vinz« in der Krakelschrift von Dilara, weil schreiben konnte sie nicht wirklich gut. Darüber war ein Herz gemalt, ein kleines blaues Kugelschreiberherz.

»Für dich«, sagte die Frau Hiller mit einer Miene, die mir noch zusätzlich Angst einjagte, aber das wusste ich auch so. Ich riss ihn auf und faltete das hellblaue Briefpapier auseinander und las die Zeilen in Kugelschreibergekrakel.

Mein liebster Vinz,

es tut mir so ungeheuer leid. Ich habe mich so sehr auf den Urlaub mit dir gefreut. Aber meine Schwester Selin hatte eine Fehlgeburt und liegt im Krankenhaus. Ich fliege heute nach Izmir und werde dort länger bleiben. Es ist schrecklich. Ich wollte nicht persönlich tschau sagen, denn das hätte ich nicht gepackt. Sei mir bitte nicht böse. Ich steh voll auf dich.

Deine Dilara

P.S.: Du vögelst unheimlich gut

Die Hiller stand regungslos in der Tür.

»Das arme Mädel«, sagte sie und erzählte, dass Dilara vor zwei Stunden mit dem Taxi nach Landshut gefahren sei und von dort aus weiter mit dem Zug zum Flughafen nach München-Riem.

»Die … die … die kann doch nicht einfach so abhauen«, stammelte ich. »Das geht doch nicht. Wir haben doch für heute das Hotel gebucht.« Ich ließ mich rücklings aufs Bett fallen. Es roch nach ihr. Nach uns.

Interessant, dachte ich mir. Die Zimmerdecke ist hier einfach nur weiß, glattweiß ohne Adern, das war mir noch gar nicht aufgefallen, wahrscheinlich, weil ich sie noch nie bei Tageslicht gesehen hatte.

»Und was wird jetzt aus mir?«, fuhr ich die Zimmerdecke an. »Was ist mit meiner Scheißfamilie? Hm? Was ist an mir so falsch? Die eine geht mit meinem Kumpel ins Bett, die andere fährt mit ihrem Deppen an den Baum, die nächste haut in die Türkei ab. Meine Eltern sind tot, meine einzige Schwester spinnt. Liegt das an mir oder an was sonst? Ich möchte eine Antwort, aber sofort. Weil mir reicht's total.« Ich zerknüllte den Brief und schleuderte ihn in die Ecke.

»Mei, Bub«, hörte ich die Hiller sagen. »Des Leben kann gemein sein. Aber es kommt gewiss noch eine Schöne für dich, die läuft schon irgendwo da draußen rum.«

»Ich scheiß drauf. Ich möchte endlich eine Freundin und einen Platz für mich. Ich möchte ein ganz normales Leben führen wie jeder andere Depp auch. Ich möchte nicht mehr in einer Werkstatt hausen. Das ist doch nicht zu viel verlangt.«

»Wenn du magst, kannst das Apartment übernehmen. Hast eh schon fast gewohnt hier, jedenfalls in der Nacht.«

»Wie viel?«

»150 Mark im Monat«, sagte die Frau Hiller. »Aber kein Damenbesuch. Oder jedenfalls nur heimlich.«

»Okay«, antwortete ich. »Aber ab sofort.«

»Ich hole frisches Bettzeug. Und sag nicht so oft Scheiße.«

Sie verschwand. Ich fühlte einen Druck in der Brust, als ob jemand mit Springerstiefeln draufstand, aber ich wollte nicht vor der Frau Hiller heulen, deshalb lief ich raus, setzte mich in den Spider und fuhr los. Auf dem Beifahrersitz lag die Adriano-Celentano-Kassette, die ich mir von Tamara kopiert hatte. Ich schob sie rein und hörte »La mezza luna«, während mir die Tränen runterliefen. Ich hatte das heilige Recht, voll am Arsch zu sein.

Ja, das Leben war gemein. Deshalb stellte ich mir vor, dass ich die Waldkurve mit hundert nähme, das wäre ein perfekter Abgang, ich würde aus dem Spider geschleudert und irgendwo zerschmettert zwischen den Bäumen liegen bleiben. Eine Geschichte für die Ewigkeit. Ich kannte mich zwar nicht mit Shakespeare aus, aber ich war mir sicher, es wäre ein Stoff nach seinem Geschmack gewesen. Die Moritat vom tragischen Leben und Sterben des Jünglings Vinzenz Bachmaier. Aber während ich auf die Straße nach Steinbach einbog, dachte ich mir, dass so ein Unfalltod doch eine ziemlich brutale Angelegenheit wäre, es würde mir alle Knochen brechen und vielleicht den Kopf abreißen. Ich mochte aber meinen Kopf und auch die Finger, speziell die der linken Hand, wie sie übers Griffbrett der Gibson glitten. Eigentlich schade drum. Doch wenn ich wollte, dann könnte ich in zwei Minuten tot sein, ich hatte die Freiheit, das zu entscheiden, ich allein. Jetzt. Wenn es blöd liefe, dann würde ich überleben und in Sankt Jakobus sabbelnd im Rollstuhl sitzen. Einmal die Woche würde Kowalczyk vorbeischauen und mir Bier mit der Schnabeltasse einflößen, jedenfalls im ersten Jahr, bevor er mich vergessen hatte, weil der Albert sich cleverer anstellte als ich.

Ich sah, wie die Fahrbahn vor mir links im Wald verschwand, Adriano Celentano sang irgendwas, von der Liebe wahrscheinlich, *Senza di te,* was sonst, ich gab Gas, unentschieden, ob ich leben oder sterben wollte. 300 Meter noch, das Marterl für den Günther kam in Sicht, wie immer mit frischen Blumen geschmückt und brennender Grabkerze. Der Tacho zeigte 85 an, der Alfa hing wirklich gut am Gas, ein kleiner Kick noch, dann würde irgendwo im Gebüsch mein Pager Alarm schlagen, weil ich den in der Hosentasche trug, und die Feuerwehr Artlhofen würde ausrücken, wie immer zu spät. Dann würden Kowalczyk und die anderen einsammeln müssen, was von mir und vom Spider übrig war.

Das Auto riss und zog am Heck, aber fahrwerkstechnisch hatte sich seit Günthers Abflug doch einiges getan. Und auch die Stoßdämpfer waren top, da hatte der Albert wirklich nicht gespart bei seinem Italiener. Der Spider wollte nicht sterben, nicht hier und heute, er wollte vorher schon noch mal den Gardasee sehen, wo seine Brüder und Schwestern rumkurvten, er stemmte sich mit seinen 205er-Reifen gegen den Tod, er kreischte und schrie hysterisch und gab erst wieder Ruhe, als er geradeaus laufen durfte.

90, das war neuer Rekord. Das hätte auch der Günther respektabel gefunden.

Ich hielt auf dem Parkplatz vor dem Steinbacher Feuerwehrhaus. Es war kurz nach halb drei Uhr. Noch früh am Tag. Selbstmord, was für eine beschissene Idee. Am Schlüsselanhänger baumelte die heilige Mutter von Wigratzbad. »Ich werde mich nie mehr umbringen«, versprach ich ihr. »Amen.«

Da kam Richi, der Hausmeister der Steinbacher Feuerwehr, auf mich zugeschlendert.

»Lässiger Schlitten«, sagte Richi.

Ich versuchte zu grinsen. »Die Straßenlage ist top.«

»Aber der Fahrtwind. Hast ganz rote Augen. Deshalb werde ich mir nie ein Cabrio kaufen. Ich fahre einen Opel Rekord mit der Berlina-Ausstattung. Der hat sogar Klima.«

»Mir ist meine Freundin abgehauen.«

Richi zog eine Aludose mit Schnupftabak aus seiner Hose.

»Das ist schlimm«, sagte er und klopfte eine Prise auf seinen Handrücken, um sie dann in seine Knollennase einzusaugen. »Aber es gibt was, das noch schlimmer ist.« Er schnäuzte in ein Stofftaschentuch, das aussah wie einer von Kowalczyks Öllappen. »Ich bin seit 35 Jahren verheiratet und keiner von uns beiden ist abgehauen.«

Ich wusste nicht, was ich mit mir anfangen sollte. Offiziell war ich mit Dilara auf dem Weg zum Gardasee. Ich hatte keine Lust, in die Werkstatt zu fahren und über mein neues Unglück zu reden. So fuhr ich wieder Richtung Artlhofen, mit dem Springerstiefelschmerz in der Brust, den selbst die heilige Mutter von Wigratzbad nicht wegzaubern konnte, als mir Rainers Bremspillen einfielen. Eine könnte ich jetzt brauchen, nur eine einzige, und das ausnahmsweise. Extremsituation quasi. Ich drehte um und bog in das Waldstück ein, wo ich sie im Frühjahr vergraben hatte. Allerdings hatte ich keinen Spaten dabei, weshalb ich mir einen Stecken schnappte und damit das Erdreich an einer Stelle, die ich mir gemerkt hatte, aufschürfte. Und tatsächlich kam die Tupperdose zum Vorschein. Doch als ich sie herauszog, stellte ich fest, dass sie zur Hälfte mit Wasser gefüllt war. Die Kapseln hatten sich zu einem schimmligen Brei aufgelöst.

So stand ich zehn Minuten später wieder vor meinem neuen Zuhause bei Frau Hiller. Ich setzte mich aufs Bett, das meine Hausherrin inzwischen überzogen hatte, und dachte an Dilara. Wahrscheinlich würde sie jetzt gerade einchecken. Auf den Tisch neben der Einbauküche hatte die Hiller ein Stück Rhabarberkuchen hingestellt. Ich schlang es runter. Dann schaute ich ins Bad. Es roch nach Essigreiniger, all die Tuben und Flakons vor dem Spiegel waren verschwunden. Ich öffnete die Schränke, zog die Schubladen heraus, ich schaute unter dem Bett nach. Es musste doch irgendwo eine Spur von ihr geblieben sein, irgendwas, ein Haar vielleicht, eine verlorene Socke, sie konnte sich doch nicht einfach so in Luft aufgelöst haben. Ich suchte noch einmal die Ecken ab, zog den Badezimmerschrank von der Wand weg, und da fand ich ihn: den roten Fingernagel aus Plastik. Ich steckte ihn in meinen Geldbeutel, vorsichtig.

Das Trash öffnete um sechs. Ich wartete schon eine Viertelstunde vorher vor der Tür, weil ich mir vorgenommen hatte, mich zu besaufen, wenn schon Selbstmord und die Option mit den Bremspillen ausschieden. Es sollten ruhig alle teilhaben an meinem Leid und meiner neuen Einsamkeit, ich würde mich an die Bar pflanzen und mich in meine Aura des Scheiterns hüllen. Das hatte ich mal in einem Film mit Robert de Niro oder Al Pacino gesehen. Große Männer setzten sich immer zum öffentlichen Schweigen an die Bar, wenn sie am Ende waren.
»Einen Whiskey«, sagte ich zum Bernd, dem Kellner. Außer mir war noch niemand da. Er schob mir einen Johnnie Walker hin und musterte mich. »Zu früh.«

»Aus meiner Sicht zu spät«, sagte ich, weil ich ja irgendwas antworten musste. Ich hasste Whiskey, er hinterließ eine Feuerspur in meiner Speiseröhre, aber der Springerstiefel drückte nicht mehr so schwer auf meine Brust.

Langsam füllte sich das Trash, und nach ein paar weiteren Whiskeys und Ermahnungen von Bernd hätte ich mich gerne mal der Länge nach ausgestreckt, aber das ging auf dem Barhocker so schlecht. Irgendwann tauchte der Wolfi links in meinem Gesichtsfeld auf und sagte, die Tamara habe sich im Frauengefängnis Aichach aufgehängt, und mir fiel nur »Senza di te« dazu ein, sonst nichts. Da tuschelten der Wolfi und der Bernd miteinander, obwohl ich echt nicht wusste, was es da zu tuscheln gab. Auf einmal stand Dietrich, der Angelikaficker, vor mir. Ich hatte ihn schon wochenlang nicht mehr gesehen. Er lallte irgendwas davon, dass The Holy Shit endlich mal ein Reunion-Konzert geben müsste, da warte die halbe Welt drauf. Auch die Angie sei der Meinung, dass wir mal ein Konzert zu Ende spielen sollten, dafür sei es nie zu spät.

Angie, Angie, immer nur Angie. Was kam mir der jetzt so blöd mit dieser Schlampe daher. Der Gipfel der Frechheit war aber, dass er mir auch noch ins Ohr lallte, wer mir diesen Haarschnitt und die Nietenjacke verpasst habe, offensichtlich lese ich neuerdings die BRAVO, weil mein Outfit erinnere ihn stark an eine Mischung aus Spider Murphy Gang und Depeche Mode. Auf einmal steckte mein Kopf so merkwürdig in der Achselhöhle von Dietrich, die fürchterlich nach Wackersdorf-Robert roch, wirklich ganz seltsam alles. Er faselte immer noch was von der BRAVO. Und die Decke im Trash, das war schon wieder so ein interessantes Detail, die bestand aus diesen Nut- und Federbrettern, wie daheim in meinem Zimmer am Siedlerweg. Von allen Zimmerdecken war sie mit Abstand die hässlichste. Es heißt Plafond und nicht Decke, fiel mir noch ein. Da hätte ich wirklich früher draufkommen können.

Ich erwachte neben der Kloschüssel. Die Hiller stand schon wieder in der Tür und schob mir mit dem Fuß einen Putzeimer hin. Sie drücke jetzt mal ein Auge zu, weil das mit der Dilara schon hart für mich sei, aber sie habe 17 Jahre lang mit einem Alkoholiker zusammengelebt, einen zweiten brauche sie jetzt auf ihre alten Tage nicht mehr im Haus. Ich solle die Sauerei aufwischen und dann gefälligst in die Arbeit gehen wie jeder andere Mensch auch, das sei es doch, was ich wolle. Selbstmitleid habe noch nie jemandem geholfen. Wenigstens gab sie mir keine Watschen wie früher im Religionsunterricht, wenn ich die zehn Gebote mal wieder nicht aufsagen konnte. Die Hiller hatte sich echt zum Positiven verändert.

Weil mein Auto nicht da war, ging ich zu Fuß runter zu Landmaschinen Kowalczyk. An der Hofeinfahrt stellte ich mich zwischen einen Eicher E 22 und den Zaun und kotzte ins Gras. Kowalczyk und Albert saßen gerade beim Mittagessen, als ich ihnen entgegenwackelte. Es stank ganz übel nach halbem Hendl und Kartoffelsalat.

»Sie?«, fragte Kowalczyk. Ich ließ mich auf die Bierbank plumpsen und legte die Stirn auf den Tisch.

»Schluss. Mir ist schlecht.«

Albert schleckte sich die Finger ab.

»Gardasee?«

Weil mir das Sprechen noch schwerfiel, erzählte ich ihnen in ein paar kurzen Sätzen, was passiert war, wobei ich meine Rekordfahrt aber ausließ.

»Das hatte ich befürchtet«, dozierte Kowalczyk. »Dieses Mädchen ist zu unbeschwert für dich. Sie fliegt wie eine Biene von Blume zu Blume, mal dahin, mal dorthin.«

»Wahnsinn, wie du das so auf den Punkt bringst«, sagte der Albert mit ehrlicher Bewunderung in der Stimme. »Du bist ein Philosoph.«

Ich raffte mich auf und schleppte mich ins Büro, wo ich zwei Aspirin aus der Schublade kramte. Als die Schmerzen in meinem Kopf nicht mehr hämmerten, sondern nur noch pochten, nahm ich mir die Bestellliste für den Tag vor oder versuchte es zumindest.

Am Abend fuhr mich der Albert mit dem Commodore nach Eberfing. Der Spider stand noch so an der Stadelwand, wie ich ihn eingeparkt hatte. Bernd schien schon auf mich gewartet zu haben. Er stellte mir ein großes Wasser mit Zitrone auf den Tresen. Aus seinem Kellnergeldbeutel zog er einen Zettel, den er mir vor die Nase hielt.
»Ich krieg noch 63,70 Mark und zehn Mark für die kaputten Gläser nach der Rauferei mit Dietrich.«
»Das ist mir wahnsinnig peinlich«, sagte ich und zahlte 80 Mark inklusive Trinkgeld. »Wer hat mich eigentlich heimgefahren?«
Bernd deutete mit dem Kopf in Richtung Küche. »Er will mit dir reden.«
Ich schlich mich rein in der Erwartung, dass er mir Hausverbot erteilen würde. Aber Wolfi stand ganz entspannt am Herd und rührte im Gulaschtopf. Ich lehnte mich gegen die Spüle.
»Danke fürs Fahren.«
»Hat irgendwie lustig ausgesehen, wie ihr euch beide am Boden gewälzt habt.«
Ich sagte nichts.
Er warf eine Handvoll Salz in den Topf und wischte sich die Finger an der Kochschürze ab.
»Wenigstens bist jetzt bei der Hiller in guten Händen. Mit Saufen und Kiffen geht da nichts. Ich fahr dich aber nicht jedes Mal heim, wenn du in der Klemme steckst.«
Darian, der Spüler, verscheuchte mich, weil er Pfannen auswaschen musste. Wolfi nahm den Schlüsselbund von der Wand und überreichte ihn mir.

»Wahrscheinlich hast du das gestern nicht mitbekommen. Die Tamara ist tot. Sie hat sich im Gefängnis in der Dusche aufgehängt.«

»Warum?«

»Warum man sich halt so aufhängt. Aus Verzweiflung, vermute ich mal. Bis zu acht Jahre Knast ist nicht wirklich eine tolle Perspektive.«

»Das tut mir leid«, sagte ich.

Wolfi zuckte mit den Schultern.

»Es ist eine Urnenbeisetzung. Ich rufe dich an, wenn ich den Termin weiß.«

Bernds Gesicht erschien in der Durchreiche. »Vier Schnitzel Wiener Art!«, rief er.

Ich klappte das Verdeck meines Spiders zurück, bevor ich losfuhr. Der Fahrtwind zerzauste meine Haare. Mich fröstelte. Es roch nach Frühherbst, nach abgeernteten Feldern. Regentropfen fielen auf die Windschutzscheibe und kitzelten mein Gesicht.

Im Wohnzimmer von Frau Hiller brannte Licht, als ich nach Hause kam. Es war warm im Apartment. Hier gab es einen Schrank, ein Bett, eine Couch samt Tisch, eine Kochnische mit Mikrowelle und sogar ein eigenes Bad mit Wanne nur für mich. Ich ließ mir heißes Wasser ein und streckte mich aus. Aus meiner Jeans, die am Boden lag, fingerte ich den Geldbeutel und zog vorsichtig den roten Fingernagel heraus.

»Voll schön«, raunte ich ihm zu.

Brillant

Mit Baklava und Pide war es jetzt vorbei. Ich ging mittags wieder los, um bei der Metzgerei Faltermeier einzukaufen. Immerhin gab es dort jetzt eine Feinkosttheke mit Wurstsalat, Fleischsalat, Krautsalat, Nudelsalat und Champignonsalat. Der Otto referierte neuerdings dauernd darüber, dass Deutschland von Flüchtlingen überrollt werde, erst vor einer Woche habe er so einen DDR-Kommunisten gesehen, wie er mit dem Brillant die Hauptstraße runtergefahren sei und eine Riesenrauchfahne hinter sich hergezogen habe.

»Trabant«, belehrte ich ihn. »Nicht Brillant.«

Der Trabant, das behielt ich aber für mich, hatte bei uns vor der Werkstatt gehalten. Ein Typ in Jeansjacke war ausgestiegen und hatte den Albert gefragt, ob wir zufällig einen Totpunktmesser hätten. Albert holte Kowalczyk und mich. Wir standen uns gegenüber und beglotzten uns einen langen Moment. »Dodpunktmässa«, wiederholte der Fremde, und endlich setzte sich Kowalczyk in Bewegung, um ihn zu suchen. Eine Stunde lang stellten sie zu dritt die Zündung des Trabants ein, danach setzte sich der Kurt zu uns an den Tisch und erzählte, dass er aus Ungarn komme und auf dem Weg zu seiner Schwester nach Ingolstadt sei, der ganze Dreckssozialismus jetzt zusammenbreche und wir ein einig Vaterland seien.

Albert, der blöde Hund, deutete mit der Gabel auf mich und verriet dem Kurt, dass ich auch so eine Art katholischer Sozialist sei. Der Kurt schnorrte sich eine Camel und sah mich ungläubig an. Das könne er ja überhaupt nicht verstehen, dass man in einem freien Land freiwillig links sei, ich solle mal bei ihm daheim in Freiberg vorbeifahren und mir die Stadt anschauen oder was der Iwan davon übrig gelassen habe nach 45 Jahren Besatzung. Zum Glück schrillte das Telefon durch die Halle, und ich machte mich ins Büro davon, um den Anruf entgegenzunehmen. Es war die Frau Brezowksi von Allmayer und Söhne wegen der Bestellung für den Eicher, den der Hopfensberger aus Oberergoldsbach ums Verrecken nicht wegschmeißen oder wenigstens dem Museum geben wollte. Als ich nach fünf Minuten zurückkam, hatte der Albert dem Kurt den Commodore im Tausch gegen den Trabant aufgeschwatzt. Kurt war sogar noch stolz, dass er jetzt in einem Westauto weiterfahren durfte. Wir winkten ihm nach, als er vom Hof fuhr.

»Was willst du mit der Kiste?«, fragte ich.

»Den lackieren wir um und stellen ihn als Showcar an der Einfahrt auf.«

»Hoffentlich kommt er mit dem Commodore bis zum nächsten Bahnhof«, sagte ich.

»Das ist halt Marktwirtschaft, das muss der Kurt noch lernen«, sagte Albert und grinste. Mit einem Mal wurde mir klar, warum er es in den Knast geschafft hatte.

Bye, bye, Junimond

An einem nebeligen Septembertag wurde Tamara in Ergolfing beigesetzt. Eigentlich war es gar keine richtige Beerdigung mit Pfarrer und Weihrauch und Lass sie ruhen in Frieden, weil die Tamara schon mit achtzehn aus der Kirche ausgetreten war. Das hatte sie mir bei unseren Küchenrunden immer wieder unter die Nase gerieben. Sie könne nicht verstehen, warum ich noch Mitglied in so einer Verbrecherorganisation sei. Erst dank Bhagwan habe sie in Colorado Spiritualität mit Politik und Klassenkampf verbunden, aber in der Hinsicht fehle es bei mir noch himmelweit. Ich musste da immer an Onkel Willi und seine Sonntagsvorträge denken und dass Tamara eine Art Tante Willi war.

Deshalb grübelte ich, ob ich überhaupt hingehen sollte. Ich hatte sie nie leiden können und die ganze Zeit auf dem Brennerhof kam mir in der Erinnerung so heiter wie ein unterbelichtetes Schwarz-Weiß-Foto vor. Außerdem hatte ich eine Abneigung gegen das Sterben im Allgemeinen und Beerdigungen im Speziellen entwickelt. In Dilaras Bett überkam mich nachts manchmal das Gefühl, dass ich für mein Alter schon ziemlich viele Abschiede hinter mir hatte.

Und dann auch noch Selbstmord. Wolfi hatte von Tamaras Anwalt erfahren, dass sie sich in der Dusche am Wasserrohr aufgehängt hatte. Ich wollte mir das nicht vorstellen und tat es doch.

Der Nebel lag an dem Tag so dicht über Ergolfing, dass ich vom Friedhofseingang aus das Leichenhaus nur schemenhaft erkennen konnte. Eine Trauergemeinde von vielleicht 30 Leuten hatte sich davor versammelt. Ich stellte mich hinten dazu und suchte nach bekannten Gesichtern. In der geöffneten Tür erkannte ich die verheulte Maja zusammen mit zwei Polizisten, die sie bewachten. Auch Silke war da, wiederauferstanden mit braunen Locken auf dem Kopf. Zwischen den Grabsteinen erspähte ich Spy zum ersten Mal seit Monaten, akkurat in Anzug und Mantel.

Ein fetter Typ um die fünfzig mit Glatze und schwarzer Brille trat vor die Trauergemeinde und fing ohne Begrüßung an zu reden.

»Lasst Euch nicht verführen! Es gibt keine Wiederkehr. Der Tag steht in den Türen, ihr könnt schon Nachtwind spüren: Es kommt kein Morgen mehr. Liebe Trauergäste, heute nehmen wir Abschied von Tamara ...«

»Weißt du eigentlich, dass du ein wirklich dummer Hund bist?«, fuhr mich eine Stimme von links an. Es war Dietrich in seinem schwarzen Ledermantel. »Wegen dir muss ich jetzt jede Woche zum Physiotherapeuten. Ich habe mir den Rücken gezerrt, als du mich angefallen hast.«

»Ich kann mich an praktisch nichts erinnern«, sagte ich wahrheitsgemäß.

»... schon in früher Jugend trat die Genossin Tamara Wieling für Gerechtigkeit und Solidarität im bäuerlich geprägten ...«

»Ich mich zum Glück auch nicht«, zischte Dietrich. »Ich weiß nur, dass du ein erbärmlicher Gegner warst. Ein Hüftwurf, und du bist umgekippt. Ganz schwach.«

»Warum hängst jetzt du eigentlich unter der Woche besoffen im Trash rum, noch dazu ohne mich vorher anzurufen?«, wollte ich wissen.

»Ich habe mit Angie gefeiert. Wir ziehen zusammen und ich trete meine Stelle als Zivi in Sankt Jakobus an. Ich habe leider vorm Verwaltungsgericht verloren.«

»Noch nie ist ein Mensch freiwillig nach Artlhofen gezogen.«

»Wir lieben uns. Wir werden heiraten.«

»Du bist wahnsinnig geworden«, sagte ich eine Spur zu laut. Der Trauerredner hielt einen Moment inne und schickte uns einen bösen Blick. Wolfi kam rübergestapft und schimpfte, wir sollten zum Schlägern vielleicht besser rausgehen.

Ich berichtete ihm, der Dietrich sei offensichtlich verrückt geworden, weil er von München nach Artlhofen ziehe und Angelika heiraten wolle, aber Wolfi antwortete bloß, das wisse er alles schon längst.

Mit einem Mal kam ich mir ausgeschlossen vor, offensichtlich wollte mit mir niemand mehr was zu tun haben.

»Was ist eigentlich an mir so unsympathisch?«, fragte ich.

Die beiden glotzten mich an.

»… gerade in diesem Jahr zeigt sich aufs Neue, dass der imperialistische Westen mit allen Mitteln versucht, die Errungenschaften des Sozialismus …«

»Will endlich jemand wissen, warum ich an einem Donnerstagabend 14 Whiskey im Trash gekippt habe?«

»Warum hast du an einem Donnerstagabend 14 Whiskey im Trash gekippt und mich dann angefallen?«, fragte Dietrich brav.

»Weil mit Dilara Schluss ist und ich mich drei Stunden davor umbringen wollte. Oder eigentlich weiß ich nicht, ob ich mich wirklich umbringen wollte. Es war mehr so was dazwischen. Ein versuchter Selbstmordversuch. Ist das interessant genug für euch?«

»Du musst unbedingt Antidepressiva nehmen, die haben bei mir auch geholfen«, sagte Dietrich. »Und in der Therapie an deiner Biografie arbeiten. Ein Gefühlstagebuch führen.« So entstünden bei ihm sogar die besten Songtexte.

Wolfi blickte bestürzt drein. »Vielleicht solltest du dich in eine Klinik einweisen lassen. Das wird langsam ein bisschen unheimlich mit dir.«

»Ich will in keine Klinik, ich will keine Tabletten, ich will meine Friseuse zurück!«, rief ich. »Aber sofort!«

Der Trauerredner stockte wieder. Er war gerade beim Bombenanschlag auf das Springerhochhaus, bei dem Tamara eine wichtige Rolle gespielt habe, worüber sie aber zeitlebens geschwiegen habe.

»Alles gut, Chris«, signalisierte ihm Wolfi beschwichtigend. »Kannst weitermachen.«

»Was redet der eigentlich für einen Mist daher?«, wollte ich wissen. »Ich dachte, die Tamara wird beerdigt.«

Der Chris, raunte Wolfi, sei ein gemeinsamer Studienfreund von ihm und Tamara gewesen. Er studiere jetzt schon seit 1969 Philosophie und Soziologie, ohne eine einzige Prüfung abgelegt zu haben.

Spy trat zu uns. »Was wird das für eine Party?«

»Wir erörtern existenzielle Fragen«, sagte Dietrich. »Dazu sind Beerdigungen schließlich da.«

Ich wandte mich an Spy. »Sag mir sofort drei Gründe, warum du dich noch nicht umgebracht hast.«

Er wirkte nicht einmal überrascht, sondern grinste nur sein spöttisches Spy-Grinsen. »Sex and Drugs and Rock and Roll, was sonst, ihr Idioten.«

Ich lachte. »Da bist du genau richtig bei der Bundeswehr.«

»Na ja, bei Sex and Drugs funktioniert die Notversorgung. Aber der Rock and Roll fehlt. Wir sollten wieder mal auftreten und ein paar durchziehen.«

»Bitte nicht bei mir im Trash«, warf Wolfi ein. »Bitte. Ich will nicht, dass die Bullen wieder …«

»… abgelehnt«, unterbrach ihn Spy. »Wir bringen ein bisschen Leben in deine Spießerbude. Ich habe gehört, du lässt sie angeblich renovieren.«

Wolfi sah ganz danach aus, als ob er gleich in Fahrt kommen würde. Da rumpelte es im Megafon über der Tür des

Leichenhauses. Musik krächzte blechern über den Friedhof. Zwei Männer von der Bestattungsfirma schoben den Wagen, auf dem die Urne von Tamara stand. Wir reihten uns in den Trauerzug ein und marschierten zum Grab unter einer Birke. *»Es ist vorbei, bye, bye, Junimond«,* sang Rio Reiser hinter uns aus dem Megafon.

Als sie die Urne versenkt hatten, standen wir zum letzten Gruß an. Die Oma von Tamara mussten zwei junge Frauen stützen, damit sie nicht in die Grube fiel. Links und rechts davon traten vier Typen mit roten Fahnen der DKP an. Als ich an der Reihe war, zog ich eine Rose aus einem Eimer mit Wasser und warf sie ins Grab. Das war jetzt schon meine dritte Beerdigung, zweimal mit Sarg und einmal mit Urne. Aber als ich auf diese graue Dose in der Tiefe blickte, die alles enthielt, was mal Tamara ausmachte, einschließlich ihrer Erinnerungen an den Mai 1972 und was weiß ich noch, da dachte ich mir, nein, ich spürte es regelrecht beim Luftholen, während der Sauerstoff in meinen Körper strömte, dass ich meine eigene Beerdigung noch lange aufschieben wollte. Und wenn es irgendwie möglich wäre, hätte ich am Ende lieber einen katholischen Pfarrer dabei als einen Soziologen. Onkel Willi mal ausgenommen.

Nachtgedanken

Zwei Wochen später fing The Holy Shit an einem Samstag wieder mit dem Proben in der Lkw-Garage an. Eineinhalb Jahre hatten wir uns nicht mehr gesehen, und der Einzige, der sich äußerlich kaum verändert hatte, war Dietrich. Nur seine Hemden spannten jetzt noch mehr als früher um den Bauch herum, der Stoff zerrte an den Knöpfen, was wahrscheinlich an Angies Kuchen lag, aber das geschah ihm recht, sollte sie ihn ruhig mästen. Simmerl sah fünf Jahre älter aus, er hatte sich den Bart abrasiert, sein Kinn trat spitz hervor, was dem Gesicht einen harten Zug verlieh. Simmerls Vater war an Nierenkrebs erkrankt, weshalb er den Hof schon viel früher als gedacht übernehmen musste und keine Zeit für nichts mehr hatte, auch nicht für die Ulrike, die ihm vor zwei Monaten abgehauen war, weil sie sich nicht auf einem Hof zu Tode schuften wolle. Simmerl konnte nur am Nachmittag proben. Um sechs musste er schon wieder zum Melken in den Stall.

Wir spielten als Erstes *Highway to Hell* an, ich fand, es klang fürchterlich, aber Albert, der auf einem Reifenstapel saß und zuhörte, flippte aus. Er schnappte sich einen Schraubenzieher als Mikro und sprang so wild zwischen uns herum, dass er fast über den Dampfstrahler fiel. Als ich das Solo spielte, wechselte er auf Luftgitarre und sank auf die Knie. Spy kriegte sich vor Lachen kaum mehr ein, doch Dietrich brach ab.

»So kann ich nicht arbeiten«, beschwerte er sich. »Es geht hier um Kunst, mein lieber Albert. Um Musik. M-u-s-i-k.«

Spy verdrehte die Augen. »Spiel dich nicht so auf. Bei dir weiß man nie, ob du hustest oder singst, Alter.«

»Wir können auch gleich wieder aufhören«, schrie Dietrich ins Mikro.

Jetzt ging der ganze Mist nach zehn Minuten schon wieder von vorne los.

Dietrich moserte weiter. »Was hampelt der Typ da rum? Ich bin Frontman. Ich. Und sonst niemand.« Er tippte mit dem Zeigefinger auf seine Brust.

»Schluss jetzt«, fuhr ich dazwischen. »Ende. Ab sofort bin ich der Chef.«

Keiner sagte was, nicht einmal Spy. Albert kniete auf dem Boden. Dietrich verschränkte die Arme und drehte sich beleidigt zur Wand.

Das fühlte sich so gut an, dass ich gleich noch einen draufsetzte.

»Der Albert macht Backgroundsänger«, bestimmte ich.

»Was ist das?«, fragte Albert.

»Du stehst hinten und singst den Refrain mit und machst Percussion.«

»Was ist das?«, fragte Albert.

»Rassel und so Zeugs halt«, sagte Simmerl. Er warf ihm ein Tambourin zu.

»Künstlerisch halte ich das für …«, fing Dietrich wieder an, aber ich fuhr ihm über den Mund. »Schnauze. Jetzt spielen wir *Highway* wieder von vorn an.«

Spy, der immer das letzte Wort haben musste, nahm Haltung an und salutierte.

»Jawoll, Herr Unteroffizier.«

Meine Abende verbrachte ich im Herbst entweder im Trash beim Billardspielen oder auf dem Sofa von Frau Hiller vorm Fernseher. Sie strickte unentwegt Socken oder Pullover und jammerte über das Fernsehprogramm. Trotzdem hielt sie immer bis zu den Nachtgedanken mit Hans-Joachim Kulenkampff durch, anschließend legte sie ihr Strickzeug beiseite und schickte mich wie ihren Sohn rüber ins Bett, nicht ohne mich vorher zu belehren, dass guter Schlaf das Wichtigste überhaupt im Leben sei.

Drüben bei Kowalczyk kam ich mir inzwischen oft überflüssig vor. Der Albert hauste unter der Woche im Alzmetallkammerl, weil es darin wenigstens trocken war, anders als in seiner schimmligen Baracke im Moos. Aber die würde er sowieso bald an den Nachbarn verkaufen müssen, weil die Schulden aus seinem Autohandel, die konnte er nie und nimmer mit dem Gehalt von Kowalczyk abzahlen. Bei der Brotzeit sagte Albert, irgendwann werde er ein Autohaus eröffnen, eine richtige Vertragswerkstatt von Lada zum Beispiel, weil die von den Konditionen einfach viel fairer seien als BMW oder Mercedes-Benz. Kowalczyk sagte darauf nichts, aber ich wusste, was er dachte. Dass der Albert nämlich ein Träumer war, den man vor seinen Träumen ein bisschen beschützen musste, damit er sich darin nicht verlor.

Im Oktober kam eine Postkarte von Dilara aus Izmir mit einem Turm drauf und viel Meer. Hinten hatte sie mit Lippenstift einen Kussmund draufgedrückt und daneben eine Sonne hingemalt. Sonst nichts. Nicht mal einen Gruß oder den Namen. Albert und Kowalczyk studierten die Karte ausgiebig und reichten sie hin und her, als ob was in Geheimschrift draufstünde.

»Meiner Meinung nach kannst die vergessen«, verkündete Albert das Ergebnis der Untersuchung.

Kowalczyk nickte. »Dieses junge Mädchen geht ihren eigenen Weg, aber sie vermisst dich noch.« Ich fand die Botschaft auch dürftig, stellte die Karte aber an meiner Nachttischlampe auf.

Izmir.

Zyperns Duft.

Irgendwas musste ich mit meinem Leben anfangen. Ich konnte nicht ewig für Kowalczyk die Buchhaltung erledigen und Dichtungen bestellen. Simmerl hatte seinen Hof, Spy war zum

Unteroffizier aufgestiegen, Dietrich wohnte mit Angelika zusammen. Sogar die Gisela, die mir Simmerl immer aufdrängen wollte, studierte irgendwas mit Kunst in München, und nach ihrer Zahnspange sah sie echt top aus.

Bloß ich saß dumm herum und kam mir vor wie eine abgelaufene Packung Tütensuppe im Ramschkorb beim Tengelmann. Ich dachte wieder daran, mich an der Uni für Lehramt einzuschreiben. Aber ein ganzes Leben an der Hauptschule in Eggenfelden?

Die Tage schleppten sich trüb dahin, einmal schaute Pfarrer Euler im Büro vorbei, um mich an mein Bußversprechen zu erinnern und mir schon mal die Noten fürs Adventssingen auszuhändigen. »Du bist jederzeit wieder in der Gemeinde willkommen, gern auch als Jugendleiter«, schmeichelte er. Mich aber hielt nur die Aussicht auf den Gig im Trash einigermaßen über Wasser.

Für die Zeit danach sah es verdammt finster aus.

Nie zu spät

Irgendwo in diesem Durcheinander hörte ich jemanden meinen Namen rufen.

»Vinz!«

Es war eine Frauenstimme, eine, die in mir etwas zum Schwingen brachte, tief drinnen in meinem Bauch. Eine Erinnerung begann sich zu formen, vage noch, mehr ein Gefühl als ein Bild. Sie stieg auf wie das Blubberzeugs in den Lavalampen, langsam und gemächlich löste sich die Blase vom Boden. Suchend wandte ich meinen Kopf hin und her. Aber ich stand eingekeilt in der Menge, denn das Trash war wieder voll an diesem Donnerstagabend, so voll wie damals bei dem beschissenen Konzert im März 88, als danach alles über mir zusammenstürzte.

»Vinz!«

Kam die Stimme von hinten? Aber da war nur der Albert, der gerade eine Trixi belaberte, dass die Musik sein Leben verändert habe, er überlege jetzt, ob er Gesang studiere, und was mache sie eigentlich so, aha, Liegenschaftsamt, das sei ja voll der interessante Job, da müsse sie ihm unbedingt mehr erzählen, wenn er sich ein Bier geholt habe.

»Vinz!«

Die Blubberblase hatte inzwischen fast mein Hirn erreicht, den Frontallappen, um genau zu sein, wo die ganzen Computer standen wie bei der NASA in Houston und die Mission Bachmaier gesteuert wurde. Dort flimmerte auf einmal ein Gesicht über den Riesenbildschirm, erst noch undeutlich, aber als dann endlich mal einer ranzoomte, war alles klar.

»Ricarda?«

Sie saß in einer dieser neuen Neonnischen, die Wolfi vom Innenarchitekten hatte entwerfen lassen, damit das Trash nicht mehr gar so nach Dorfwirtschaft mit angegliedertem Heustadel aussah. Ich arbeitete mich in ihre Richtung vor.

»Ricarda?«

»Glotz nicht so, ich bin kein Geist. Du darfst mich umarmen, ich kann bloß nicht aufstehen.«

Zwei Krücken lehnten am Tisch. Ich beugte mich zu ihr runter und zog sie vorsichtig an mich. Da fiel mir ein, dass ich sie noch nie berührt hatte. Unter meiner Hand spürte ich ihr hartes Schulterblatt, das sich durch ihr Shirt drückte. Irgendetwas fehlte.

»Setz dich her zu mir!«, befahl sie, und ich rutschte neben sie auf die Bank.

Sie hatte kein Patschuli aufgetragen, das war es.

War das wirklich Ricarda? Das Mädchen, das ich so angeschmachtet hatte? Ihre rotbraunen Haare hatte sie auf Schulterlänge gekürzt. Alles an ihr schien schmaler, blasser als früher. Sie trug einen grauen Rollkragenpulli und darüber eine Jeansjacke. Das Lichtwesen von Steiningers Poolparty hatte sich zurück in einen sterblichen Menschen verwandelt. Und trotzdem war ich perplex.

»Bist enttäuscht?«, fragte sie.

»Warum?«

»Weil du mich so musterst.«

»Du … schaust so anders aus. So echt.«

Aber da waren noch immer ihre braunen Augen und diese hinreißende Oberlippe, die sich in einem so eleganten Bogen zum Grübchen unter ihrer Nase aufschwang. Und überhaupt, wie konnte man nur so weiße Zähne haben. Sie strich ihr Haar mit dem rechten Mittelfinger hinters Ohr, was für eine Geste. Da bemerkte ich erst die Ringe an ihren Fingern. Die sahen so aus, wie Patschuli roch, so orientalisch halt.

»Offener Oberschenkelbruch mit anschließender Knochenentzündung, zweifacher Beckenbruch, Rippe in der Lunge. Ein Jahr Krankenhaus, acht Operationen, die letzte erst vor vier Wochen. Dann schaut man so aus.«

»Das tut mir …«

Weiter kam ich nicht, denn Dietrich und Angelika setzten sich zu uns an den Tisch.

»Die Ricarda«, sagte ich.

»Ich weiß«, sagte Angelika, »wir haben uns vorhin schon unterhalten.«

Ich deutete auf Dietrich und Angelika. »Unser neues Liebespaar.«

Dietrich grinste mich und Ricarda an. »Unser altes Liebespaar.«

Ich spürte, wie es in mir heiß aufstieg, so heiß, dass sie oben an den Computern die Krawatten lockerten, obwohl das eigentlich im Dienst streng verboten war.

Jetzt drängte sich auch noch Wolfi dazu, wir rückten zusammen. Er hatte sich zur Feier des Tages ein Hawaiihemd übergezogen.

Ich spürte Ricardas Wärme. Sie strahlte durch ihre Jacke und mein Hemd hindurch wie eine dieser Wärmelampen, mit denen sich meine Mutter immer die Nebenhöhlen aufgeheizt hatte.

Angelika zerzauste Dietrichs Haare. »Mein Bärchen«, säuselte sie.

Ricarda nippte an ihrem Tee und lächelte. Allein schon wie sie die Tasse hielt mit ihren schlanken Fingern, keine andere Frau auf der Welt konnte so die Tasse halten. Und dieses Lächeln. So wissend.

Wolfi grinste über den Tisch.

»Was gibt's da jetzt zu grinsen?«, fuhr ich ihn an.

»Nix«, sagte er. »Ich würde vorschlagen, ihr fangt jetzt an, bevor der Kandler kommt und euch wieder den Saft abdreht.«

Angelika gab Dietrich noch einmal einen Extraschmatz mit, als er sich erhob.

Ich wollte nicht aufstehen, ich wollte am liebsten für immer hier sitzen bleiben, aber ich musste leider auch auf die Bühne. Ricarda hielt mich am Arm fest. Sie griff in die Jeansjacke und zog einen zerknitterten Brief hervor.

Es war mein Brief. Der Brief. Dieser Kackbrief.

»Du schuldest mir noch was«, sagte sie und wedelte mit dem Papier.

Ich schlug die Hände vors Gesicht. »Oh Gott, ist mir das peinlich, schmeiß ihn weg. Bittebittebitte.«

Sie blickte mich aus ihren braunen Leuchtaugen an, nicht mehr als 30 Zentimeter von mir entfernt, so nah, dass sie oben in der Kommandozentrale Spezialbrillen aufsetzen mussten, um nicht zu erblinden.

»Soll ich dir mal was sagen, Vinz? Das ist der schönste Liebesbrief, den ich jemals bekommen habe. Zyperns Duft …«

Noch ein einziges Wort von ihr und ich würde vor Scham unter den Tisch kriechen.

»Wir müssen jetzt dringend auftreten, glaube ich.«

»Und weißt du auch, warum es der schönste Liebesbrief ist?«

Sie gab einfach nicht auf, im Gegenteil, ihre Leuchtaugen waren nur noch 20 Zentimeter von mir entfernt. Dafür war das System Bachmaier nicht ausgelegt, ein paar Sekunden noch, dann würden in der Kommandozentrale alle erblinden oder den Verstand verlieren.

»Weil es der einzige Liebesbrief ist, den ich jemals bekommen habe.«

Einer setzte sich oben in meiner Zentrale an die Sprechanlage. Er sagte: »Echt? Eine wie du müsste doch einen ganzen Ordner davon im Regal haben.«

»Lieber Vinz, ich glaube, du musst jetzt dringend mit deiner Band auftreten.«

»Stimmt, ich trete jetzt dringend auf.«

Ich stöpselte meine Gitarre ein. Dietrich beugte sich zu mir rüber. Seine Alkoholfahne nebelte uns beide ein.

Er nahm seine Al-Jackson-Sonnenbrille ab und fixierte mich.

»Jetzt sag ich dir mal was, Alter. Wenn du es jetzt auch noch mit der vergeigst, dann schneide ich dir die Eier ab. Sie ist zum Niederknien. Und sie steht voll auf dich, was ich persönlich nicht nachvollziehen kann.«

»Ja, aber was soll ich jetzt machen?«, fragte ich.

Dietrich rollte mit den Augen.

»Du bist noch dümmer, als ich gedacht habe.«

Er begrüßte das Publikum, wobei ihm sein leichter Rausch zu erstaunlichem Witz verhalf, er stellte sogar Mister Albert Spielmannsberger als neues Bandmitglied vor, und dann legten wir mit unserer Reunion los, vielleicht nicht ganz so sicher wie einst, aber dafür mit der Leidenschaft eines Liebespaars, das seit eineinhalb Jahren keinen Sex hatte. Als wir *Highway to Hell* anspielten, da schoss Albert gegen alle Absprachen von hinten an den Bühnenrand vor, was Dietrich erst mit einem irritierten Seitenblick quittierte, doch dann legte Mister Spielmannsberger eine so geile Luftgitarrennummer hin, dass es fast das Dach des Stadels abgedeckt hätte. Dietrich konterte und riss sein Hemd auf, das Trash tobte und wackelte, und zum Glück war kein Kandler weit und breit, stattdessen mittendrin Kowalczyk mit seiner John-Deere-Kappe, die Fäuste geballt wie zum Jubelschrei, wenn Artlhofen gegen Deggendorf II gewann. Und dann kam die Zugabe.

Dietrich, der so verschwitzt aussah wie Joe Cocker in seinen besten Zeiten, machte die Ansage.

»Ich muss eins vorausschicken: Wenn Keith Richards eine Flasche Whiskey leert und sich anschließend einen Eimer aufsetzt, dann klingt seine Stimme ungefähr wie die von Vinz.«

Das Publikum lachte. Dietrich fuhr fort. »Trotzdem ist er es, der heute noch dringend was … Intimes loswerden möchte.

Ich konnte ihn leider nicht daran hindern. Deshalb Bühne frei für Vinz solo.«

Er sprang in den Zuschauerraum, die anderen folgten ihm nach. Ich war jetzt ganz allein da oben.

Das war also der Moment, auf den ich so lange gewartet hatte. Der ultimative Heldenauftritt des Vinzenz Bachmaier. Die Rache an allen Rainers dieser Welt. Aber welchen Song sollte ich spielen, um ihr verwundetes Herz zu erobern? *Cause we've ended as Lovers* kam nicht infrage, denn dafür hatte ich zu wenig geübt. *Every breath you take* von Police? Zu schwierig zum Singen. *Stunde um Stunde* von Wolf Maahn? Zu viel Geheule: *Jetzt bin ich aufgeschlagen/in meiner Seele ein Riss.* Das ging gar nicht. Gary Moores *Still got the Blues*? Auch nur Geseier: *So many years since I've seen your face. Here in my heart, there's an empty space.*

Ich sagte: »Für Ricarda.«

Danach hielt ich einen Moment lang inne. Wolfi lehnte an einem Holzpfosten. Er nickte mir aufmunternd zu.

Und dann spielte ich *Zu spät* von den Ärzten an. Dietrich drehte sich um und trommelte mit den Fäusten gegen die Wand.

»Doch eines Tages werd ich mich rächen. Ich werd die Herzen aller Mädchen brechen. Dann bin ich ein Star, der in der Zeitung steht, und dann tut es dir leid ...«

An der Stelle brach ich ab.

»Ich muss jetzt eine kleine, aber entscheidende Korrektur einfügen. Eigentlich sollte es jetzt heißen: *Doch dann ist es zu spät!* In meiner Version heißt es aber: *Doch es ist nie zu spät!* Also noch mal von vorne und alle zusammen.«

Ich fing wieder an. Der ganze Saal grölte den Refrain mit: »Doch es ist nie zu spät! Zu spät!«

Zum ersten Mal wagte ich einen Blick auf Ricarda. Sie bog sich vor Lachen, und Angelika schlug ihr immer wieder auf die Schulter.

Am Ende stand ich auf und machte mit der Hand eine Geste in Richtung Ricarda. »Für dich«, sagte ich und verneigte mich. Das Trash jubelte. Ricarda winkte in die Menge.

Vorhang.

Ich stieg von der Bühne und bahnte mir den Weg zurück zum Tisch. Ricarda stand mühsam auf und umarmte mich. Dafür gab es schon wieder Applaus und Zugabe-Rufe. Ricarda hörte gar nicht auf damit, aber als sie endlich losließ und mich anschaute, da hatte sie ganz verweinte Augen.

»Danke«, sagte sie und schniefte.

Die anderen von der Band waren auf einmal verschwunden. Ich ging in die Wirtsstube, um einen Tee für Ricarda zu holen. Dort drängte sich eine Menge um den Fernseher, der in einer Ecke an der Wand hing.

»Wahnsinn, die Mauer ist offen«, sagte Wolfi. Ricarda kam auf ihren Krücken dazu. Alle starrten auf den Bildschirm. In Berlin lagen sich die Menschen in den Armen.

Dietrich schüttelte mich durch. »Reunion! Wiedervereinigung! The Holy Shit! Deutschland! Ricarda und Vinz!« Und dann stieg er, besoffen wie er war, auf einen Tisch und brüllte so laut er konnte: »Freibier! Freibier für Deutschland!«

Wolfi antwortete resigniert: »Na gut, der Sozialismus hat kapituliert. Freibier für alle.« Er nickte Bernd hinterm Tresen zu.

Ricarda trank ihren zweiten Kamillentee. Sie sah müde aus. »Kannst du mich heimfahren? Ich nehme auch ein Taxi, kein Problem. Echt nicht.«

Ich rechnete nach. Mein Spider brauchte im Schnitt 12 Liter Benzin auf 100 Kilometer. In Artlhofen hatte ich für einen Zehner am Automaten getankt. Das waren folglich 8,5 Liter. Ich sollte damit also mindestens 70 Kilometer weit kommen. Von Artlhofen ins Trash waren es hin und zurück 42 Kilometer. Wenn ich Ricarda zu ihren Eltern nach Gammelsdorf brächte, müsste ich noch einmal 20 Kilometer Umweg fahren. Es blieben somit acht Kilometer Sicherheitsreserve übrig. Mindestens. Wichtig war ohnehin nur, dass mir der Sprit nicht auf der Hinfahrt ausging.

»Na klar«, sagte ich.

Benzina

Ich führte Ricarda zum Spider und hielt ihr die Tür auf. Sie zögerte.

»Ich pass auf«, sagte ich.

Wir schwiegen die ganze Zeit über, bis ich vor der Einfahrt hielt. Ich stellte den Motor ab und schaltete das Licht aus.

»Wie lange bleibst du jetzt hier?«, fragte ich.

Sie zuckte mit den Schultern. Wieder Schweigen.

»Wo warst du eigentlich die ganze Zeit?«

»Meine Eltern haben mich nach Herford in eine Spezialklink verlegen lassen. Sie wollten, dass ich erst einmal alle Kontakte nach Bayern abbreche.«

»Und der Rainer?«

»Er hat ein paar Verfahren am Hals. Ich bin durch mit dem.«

»Er wirkte so … obercool, so überlegen«, sagte ich.

»Das dachte ich auch. Aber er war ein Trottel, das fing schon damit an, dass …«

Unsere Stimmen schwebten in der Dunkelheit. Die Scheiben des Spiders waren beschlagen. Wir redeten über all das, was uns zugestoßen war in den Jahren davor. Ich kam mir schon wieder vor wie bei einer Beichte. Okay, hier und da machte ich ein paar kleine Retuschen. Aber im Großen und Ganzen: Wahrheit, nichts als die Wahrheit.

Irgendwann in der Nacht, nachdem wir zwei Stunden geredet hatten, versiegte der Strom der Worte, er plätscherte als Rinnsal aus, dann sagte sie: »Mir ist arschkalt.«

Ich wischte ein Guckloch auf der Windschutzscheibe frei. Endlich traute ich mich, es auszusprechen.

»Willst du mit mir zum Gardasee fahren?«, fragte ich sie. »Da soll es sogar im Winter warm sein, und du kannst die ganze Zeit dein Bein hochlegen.«

Sie gab mir als Antwort einen Kuss. Gemessen an dem, was jetzt in einer Filmszene zu erwarten gewesen wäre, erschien er mir als ein mittellanger Kuss von mittlerer Intensität. Aber bitte, es war der allererste Kuss und wir hingen in unseren Sicherheitsgurten fest. Dann aber strich sie mir noch mit dem Zeigefinger über die rechte Wange, nur ganz kurz, doch ich war mir sicher, dass ich mich auch in 50 Jahren daran erinnern würde.

»Nein«, sagte sie.

Das Wort hing in der Luft. Es blieb da einfach stehen wie ein Furz von Ché. Nein. Nein. Nein. Nein. Es war 2.32 Uhr am Freitag, 10. November 1989. Mein Rücken schmerzte vom langen Sitzen. Wer hatte dieses miese Drehbuch verfasst? Er musste augenblicklich gefeuert werden.

»Ich geh nach Westberlin, ich habe mich für Betriebswirtschaft eingeschrieben.«

Ich probierte es ein allerletztes Mal. »Dann fahren wir halt an die Ostsee. Oder ich studiere Philosophie in Berlin, das wollte ich sowieso immer schon. Oder ich arbeite bei AEG am Fließband und spiele in einer Punkband.«

»Vinzenz Bachmaier, du bist ein Romantiker. Und du gehörst hierher und nicht nach Berlin.«

»Da schätzt du mich aber total falsch ein. Mir ist das alles viel zu eng in Artlhofen.«

»Ich glaube dir kein Wort«, sagte sie.

»Aber du hast doch den Brief mitgebracht. Du bist doch einfach so wieder aufgetaucht, nicht ich.«

»Ja, und du hast mir das schönste Geschenk gemacht, das ich je bekommen habe. Wir sollten es nicht mit Beziehungsquatsch ruinieren.«

»Ich verstehe das nicht«, sagte ich. »Null, nada, nichts.«

Ricarda öffnete die Tür und stellte die Krücken raus. Ich wollte aussteigen und ihr helfen, aber sie bestand darauf, dass sie das allein könne. Nachdem sie sich aus dem Spider gewunden hatte, beugte sie sich noch einmal rein und sagte: »Danke für alles. Mach's gut.«

Auf dem Rückweg überfiel mich Müdigkeit. Mich fröstelte. Ich drehte die Heizung voll auf und schaltete das Radio an. Es liefen gerade die Drei-Uhr-Nachrichten, »Freiheit!«, rief eine Frau aus Ostberlin ins Mikro des Reporters. »Auf diesen Moment habe ich mein ganzes Leben gewartet. Endlich frei, verstehnse das?« Ich schob eine Kassette rein. Farin Urlaub und ich sangen: »*Doch eines Tages werd ich mich rächen, ich werd die Herzen aller Mädchen brechen.*«
Betriebswirtschaft. Nicht zu fassen.
Plötzlich flackerte im Armaturenbrett die Motor-Warnlampe rot auf. Die Benzina-Anzeige des Spiders stand auf null. Entweder hatte der Spider mehr als sonst gebraucht oder ich hatte mich verrechnet, und zwar um ziemlich genau neun Kilometer. Ich schaffte es noch bis zu einem Feldweg, der von der Straße abzweigte. Dort ließ ich das Auto ausrollen.
Ich zog den Zündschlüssel ab und schloss die Augen. Es war auf einmal so still. Nur der heiße Motor und der Auspuff knisterten leise.
Dann raffte ich mich auf und ging nach Hause.

Spannung in der Welt des internationalen Kunsthandels

Die Zwillinge Martin und Jonas Blume empfinden seit ihrer Kindheit nur Verachtung füreinander. Jonas ist der weltläufige Kunsthändler und wohlhabende Bonvivant. Martin hingegen, Polizeibeamter im höheren Dienst, führt das eintönige Leben eines kleingeistigen Misanthropen — bis einige spektakuläre Fälle auf seinem Schreibtisch landen. Nur es gibt keinerlei Spuren, kein Motiv, nichts! Aber als nach jahrelanger Funkstille ein Anruf seines Bruder kommt, werden die Zusammenhänge plötzlich glasklar.

Konrad Bernheimer
TÖDLICHE GEMÄLDE
336 Seiten · ISBN 978-3-7844-3558-9

LANGENMÜLLER

langenmueller.de

Ein mitreißender Roman —
mit biografischem Hintergrund

Nach Kriegsende muss die 18-jährige Ella ihr Leben ganz allein in den Griff bekommen. Mit Ideenreichtum und einer guten Portion Chuzpe ergreift sie die erstbeste Gelegenheit und macht ein heruntergekommenes Café zum beliebten Treffpunkt. Als ihr erfolgreiches »Start-up« ein jähes Ende findet, legt Ella erst so richtig los. Die Männer in ihrem Umfeld sind dieser Energie kaum gewachsen. Und auch für ihre Familie ist es nicht immer leicht, mit Ellas umtriebiger Geschäftigkeit klarzukommen.

Gerhard Delling
ELLA & CO. KG
416 Seiten · ISBN 978-3-7844-3581-7

LANGENMÜLLER
langenmueller.de